異世界最強の嫁ですが、
夜の戦いは俺の方が強いようです
~知略を活かして成り上がるハーレム戦記~
1
シンギョウ ガク
ill をん
モンスター文

「アルベルト、よく決心してくれた。妾は嬉しく思うぞ。
ならば、もうひといくさしようではないか。
リシェールも用意いたせ！」
マリーダ・フォン・エルウィン

N
W
E
S
車の大道
ベニア
ザイザン
ズラ
エルウィン家本領
アシュレイ
帝国暦259年9月
アレクサ王国からの防衛戦争
アルコー家
スラト
アレクサ王国
アレクサ王国王都
ルチューン

異世界最強の嫁ですが、夜の戦いは俺の方が強いようです～知略を活かして成り上がるハーレム戦記～①

シンギョウ ガク

MONSTER bunko

「皆、面《おもて》を上げよ」
クライスト・フォン・シュゲモリー

リゼ・フォン・アルコー

イレーナ

「親父っ！　オレも鬼人族の男だ。
戦いに関しては後れを取ることはないっ！　頼むから――」
アルベルト・フォン・エルウィン
ラトール・フォン・エルウィン

ブレスト・フォン・エルウィン
「ならぬ。アルベルトを護衛せよっ！
当主が、お前に割り振った任務である。
わがままを申すなら戦陣の倣《なら》いとして
お前の首を飛ばさねばならん！」

「承知しました。アルベルト様、まだあたしの方が、
回数が少ないと思いますので、頑張ってくださいね！」
リシェール

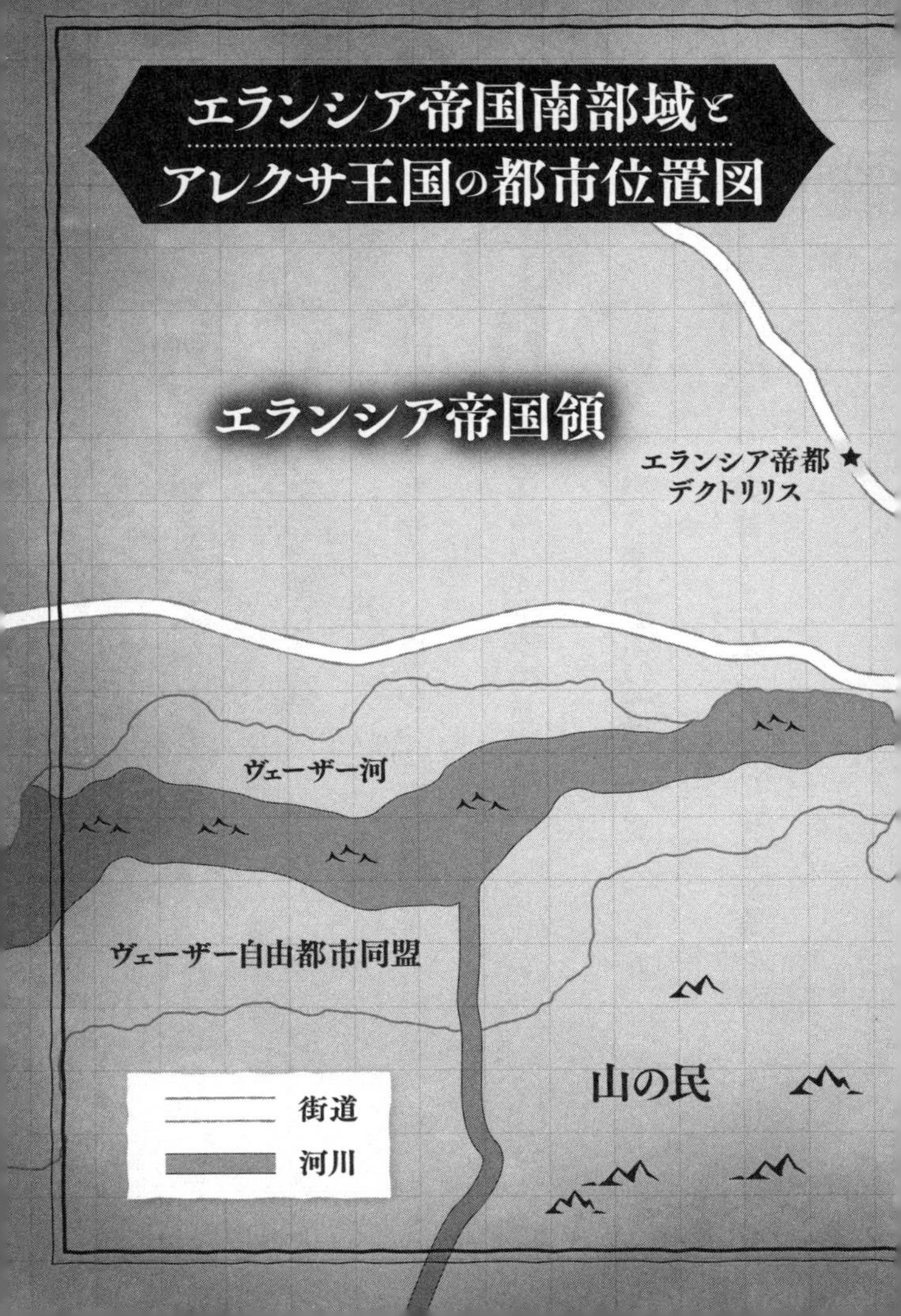
エランシア帝国南部域と
アレクサ王国の都市位置図
エランシア帝国領
エランシア帝都
デクトリリス
ヴェーザー河
ヴェーザー自由都市同盟
山の民
街道
河川

Contents

序章　閉ざされた道と新たな未来

俺は日本人『百鬼光太郎《なぎりこうたろう》』として、三二年の生涯を不慮の事故で終えている。

今はワースルーン世界にあるアレクサ王国で、『叡智の至宝』と呼ばれる神官『アルベルト』としての人生一五年目を迎えていた。

『百鬼光太郎』での生を終え、次に気付いた時には、アレクサ王国の叡智の神殿に併設された孤児院の前に、赤子として前世の意識を持ったまま捨てられていたのだ。

そんな俺は叡智の神殿の運営する孤児院で喋れるまで成長すると、簡単な計算の知識を披露し、神童との評価を得ることに成功する。

おかげで併設された叡智の神殿の大図書館での勉学を神殿から許され、現代日本で得ていた知識と絶え間ない努力によって得たこの世界の知識によって、最年少で叡智の神殿の神官に任じられた。

神官になってからは、国政における難題の解決に助言を行い、王の覚えもめでたく、官僚とも言える宮廷貴族への任官も目前と言われている。

ちなみに叡智の神殿の神官に任じられた12歳の時に発覚したのだが、どうやら俺には『相手の才能の限界値を見極められる』というチート能力を授かっていたらしい。

見える数字が才能の限界値だと察したのは、力を授かってから三年間ずっと経過観察している多くの人の数値が一切変化していないためだ。

転生したこの世界は魔法もないし、亜人こそ存在するものの、スキルといったチート能力の所持者の存在は確認できなかったので、ずっとチートは存在しないものだと思っていた。

気になったので、自身に宿った力を叡智の神殿にある大図書館で調べてみた。

そうすると、転生者と思える隣国の過去の偉人のエピソードを記した書物にも、不可思議な力を授かっていたと記されていたことにたどり着いた。

そのため、自身に備わった力は、転生者としての力だろうと推測している。

与えられた力は、行使した相手の才能限界値とも言えるステータスを表示するものだった。

武勇、統率、知力、内政、魅力といったゲームで見慣れたステータスが、数字とともに浮かび上がるのだ。

おまけに女性は、スリーサイズまで表示してくれるありがたい仕様であることも確認している。

ただ力を行使するには、かなり近くで相手を凝視する必要があった。

『叡智の至宝』として王から得た信頼と、授かったチート能力を使い、出世の道を駆け上がるため、各方面の才能があり、出世の見込みがある人との繋がりを増やし、転生した先の生活は順風満帆《じゅんぷうまんぱん》と思われた。

だが、そんな生活が予想された二度目の人生も、どうやらここで終わりのようだ。

呼び出された俺の前には、上司や先輩の神官たちが並び、顔を真っ赤にしてこちらを罵っているのだから。

「優秀さを示していた君は馬鹿ではないと思ったが、どうやらそれはこちらの思い違いだったようだ。幼児でもわかるような馬鹿なことをしでかすとは！」

「王族の方を不快な気分にさせるなど、神官としてあってはならないことだ！」

「それも、王家が主催した酒宴の席で、王族の方の素行に対し、国王に密かに助言を行うなど、愚かなことをして！」

「お前のせいで、オルグス殿下の口から、王へ叡智の神殿の神官の評価を下げる話をされ、王国の官僚として任官できなくなったらどうしてくれるんだ！　責任が取れるのか！」

子供だった時から、この国は腐っているとは思っていたが、自分の想像を超えるほど腐っていたようだ。

本来、神官は神に奉仕する者であるが、このアレクサ王国では知識階級である神官を、王国の運営をする官僚として採用している。

そのため、実家を継げない貴族の三男坊以下や商家の三男坊以下が神殿に集まり、宮廷貴族と言われる官僚を目指しているのだ。

俺も孤児として転生したこの異世界で、安全に生き残るには、抜きん出た才能を示し、宮廷貴族としてアレクサ王国に仕えるしかないと考え、ようやく官僚になれると思った矢先にこの騒ぎだった。

騒ぎの原因になった事件は、半年ほど前、王都の路上で助けた身寄りのない女性に関わる話だ。

若く美しい女性が、ガラの悪い連中に目を付けられ、連れ去られそうになっていたところを助けた。

こちらに下心がなかったとは言えないが、自身の力で見た彼女の持つ才能に惚れ込み、助けるべきと判断して助けたのだ。

とまぁ、ここまでで終わっていれば何ら問題はなかった。

問題を悪化させたのは、ガラの悪い連中を操っていたのが、第一王子オルグスが最近になり重用《ちようよう》している取り巻きたちだったことだ。

そのオルグスの取り巻きたちは、仕える国を何度も替え、あくどいことをして私腹を肥やす国境領主として知られているズラ、ザイザン、ベニアの領主の息子たち。

そんな連中の息子たちが、王位継承第一位にいるオルグスの取り巻きにいること自体、おかしな話なのだが。

少し気になったので調べてみると、悪徳領主の子息たちは、見た目の良い若い女性を王都で漁《あさ》らせて、誘拐同然に娼館に連れ去り、巨額の利益を上げて、その金をオルグスへ渡していたことが判明した。

金を調達してくる取り巻きたちの商売を、オルグス自身も知っていて、衛兵の検査に引っ掛からないようにしたり、彼らの実家が行う不正をもみ消す便宜などを図っていた。

さすが、王国民から陰で『馬鹿王子』と言われ、蔑まれているだけのことはある。

王が主催した酒宴で挨拶した際、力を行使してみた結果はこれだ。

名前：オルグス・ダイダロス
年齢：28 性別：男 種族：人族
武勇：12 統率：14 知力：21 内政：5 魅力：3
地位：アレクサ王国王位継承権第一位の王子

力の行使で表示された数値は、才能の最大値であることは確認済み。

つまり、頑張って育成しても能力の限度は限られている、評判通りの馬鹿王子である。

とはいえ、将来的には自分が仕えることになる主君。

馬鹿ならいいが、暴君では非常に困ると思った。

なので、国王主催の酒宴に呼ばれた際、慎重に人払いした場所で王の耳へ、第一王子であるオルグスが、取り巻きたちのあくどい商売への支援や、彼らの実家の悪事のもみ消しに便宜を図っていることを伝え、王から諫《いさ》めるよう進言した。

そうしたら、即座に発信源である俺を嗅ぎつけこの騒ぎだ。

ハッキリ言って、オルグスはこちらの予想を大きく上回る馬鹿を超えたトンデモ王子だった。

「申し訳ありません……でした。王族の方への配慮をせず、王へ性急な助言を差し上げたのは、私の失態でした」

相手が権力を持つ者だと、こちらが白であっても黒にされてしまうのは、現代日本と同じだ。

日本なら社会的地位を失って終わりで済むが、こっちの世界で権力者に睨まれれば、簡単に命を失う。

権力を持つ側と問題を起こした以上、下げたくもない頭を下げ、権力者の気分が変わらないよう息を潜めて生活するしかない。

そう思うと、この二度目の人生は終わったも同然だ。

「オルグス殿下からは、今回の件に関し、神殿はどういった処分を下すのかと問い合わせがきておる！　相手が王族である以上、厳しい処分が待っていると思っておけ！」

神殿のトップである神殿長は、顔を真っ赤にして口から泡を飛ばし叫んだ。

馬鹿王子のご機嫌取りのため、俺の立身出世の道は閉ざされたらしいな……。

貴族や王族から嫌われた神官の末路は、僻地での布教勤務か、神殿の雑用係の二択しかない。

宮廷貴族である官僚に採用なんてことは、夢のまた夢になってしまった。

出世をして貴族となり、アレクサ王国内に揺るがない人脈を築き、一夫多妻が許されるこの世界でたくさんの妻を持ち、左団扇《ひだりうちわ》の生活を送る夢は、自らの一失《いっしつ》で儚《はかな》く散った。

「承知しました。神殿での処分が決まるまで、自宅にて謹慎いたします」

「ああ、そうしろ！　孤児であるお前に期待して、神官まで引き上げてやった恩を忘れて、このような面倒ごとを起こしおって！」

「申し訳ございません」

俺は神殿長や上役の神官たちに頭を下げると、早々に王都の郊外にある神殿を離れ、神官になった時、王都の片隅に借りた自宅へ帰ることにした。

自宅に帰ると、茶目で茶色のショートカット、非常にスタイルのいい若い女性がいそいそと家事をこなしていた。

彼女の名は、リシェール。能力は以下の通りである。

名前：リシェール
年齢：17　性別：女　種族：人族
武勇：22　統率：18　知力：69　内政：23　魅力：74
スリーサイズ：B94（Hカップ）W56H88
地位：アレクサ王国の平民

オルグスの取り巻きたちが経営している娼館に、連れ去られそうだったところを助けた子だ。見た目の美しさだけでなく、彼女の才能に惚れ込み、家事をやってもらいつつ、別の仕事もしてもらっている。

「アルベルト様、お帰りなさいませ。今日は遅くなるはずでは？」

「リシェール、事態は私の目論見を超えてしまい、アレクサ王国での立身出世は無理になったようだ。明日から処分が決まるまで謹慎する」

「そう……ですか」

俺の言葉を聞いてもリシェールは動じた様子は見せず、手慣れた手つきで茶を入れ始めた。

「それで、どうされるおつもりです？」

「どうしたらいいと思う？」

「質問に質問を返すなと、いつもアルベルト様が言われてた気がしますが？　アレクサ王国での出世が望めなくなった現状だと、第二計画の実施ですよね？」

リシェールは、表情を変えず熱い茶の入ったカップをこちらに差し出す。

俺は差し出された茶を一口飲むと、一五年暮らしたアレクサ王国への未練を断ち切る。

色々なところで土台が腐った国は、後継者のトンデモ王子によって、内部崩壊を起こし、国家ごと消え去る可能性が高いからだ。

そんな国で立身出世をしたところで、国がなくなってしまえば、貴族もただの人になる。

できれば官僚として出世し、国王の信頼を得て、トンデモな後継者を制御しつつ、腐った国を改革し、他国に滅ぼされないようにしたかった。

もちろん、自分の生活の安泰のためで、決して国家のためではないが。

だが、その道が閉ざされたことで、密かに温めていた第二計画を実施せねばならない状況だ。馬鹿でもいいが、こちらの話を聞く耳を持った人を主君にしなければ、俺の知識や能力は活かされないしな。

「ああ、そうだ。王へ密かに進言した内容がどこからか漏れて、オルグスに目を付けられてしまっては、この国での出世はない。だから、第二計画を実施する」

「承知しました。アルベルト様の策定していた行動計画に則《のっと》り、第二計画を実施するよう商会員たちにも通達します」

家事以外、リシェールに任せているもう一つの仕事は、官僚になった時に使う予定だった情報収集組織の管理者だ。

俺が実質的なオーナーを務める穀物取引の商会で、知力と魅力に才能を示した彼女に、商会員が集めてきたアレクサ王国の色々な情報の管理をしてもらっている。

「ああそうしてくれ。それと、リシェールには悪いが、綺麗な女性に目がないという噂のエルウィン傭兵団のマリーダに、私のことを売り込んできて欲しい。アレクサ王国の叡智の至宝と言われた私を軍師として迎え入れれば、追放された実家への復帰もできるし、何よりもいくさを存分にできる体制を作り上げることができるとね」

彼女から報告してもらった情報の中に、エランシア帝国の元女男爵マリーダ・フォン・エルウィンが、自国で何かしらの問題を起こし追放され、アレクサ王国で傭兵団を率いて流浪しているとの話があった。

『鮮血鬼《せんけつき》』マリーダ。

若い女性であるにもかかわらず、亜人国家であるエランシア帝国最強の武人であり、いくさに出れば死体の山を作ると言われ、その名を近隣諸国に知られている女将軍だ。

しかも、彼女が率いる兵は自身と同じ一族である『鬼人族《きじんぞく》』。

鬼人族の兵士1人で雑兵100人を倒したとか、遠くにいた主将を強弓で撃ち抜いたとか、一騎打ちを一合で終わらせたとか、対個人戦闘となればワースルーン世界最強レベルの種族である。

その最強種族の女将軍と兵の戦闘集団が『エルウィン傭兵団』であり、アレクサ王国も領内で略奪行為を行う彼らを討伐できず困り果てていると聞いた。

「確認しますが、アルベルト様は、本当にマリーダ・フォン・エルウィン様に仕えるつもりですか？」

「ああ、彼女を自分の主君としてエランシア帝国に復帰させ、自分も出世するつもりだ。私は自分の意見を取り上げてくれる可能性のある主君に仕えたいのだ」

リシェールほどの美貌の女性が使者として訪れたら、少なくともマリーダがこちらの話を無視することはないはず。

それに、敵国での流浪の生活も二年近くになり、色々と問題を抱えているとも聞こえてきている。

なので、こちらの読みが外れてなければ、彼女は俺の知恵を欲してくれるはずだ。

「承知しました。命の恩人であるアルベルト様の大望《たいぼう》のため、この身を捧げさせてもらいます」

潤んだ瞳を見せたリシェールの肩に手を置く。

「私の命はリシェールに預けさせてもらう」

「すぐにマリーダ様のところへ行き、必ずアルベルト様の知恵を求められるよう、売り込んでまいります！」

「ああ、頼む」

リシェールは急いで支度を整えると、マリーダたちエルウィン傭兵団が占拠したとされている街へ向かった。

リシェールがマリーダのもとへ向かってから10日後、神殿からの処分が決定したと呼び出しの使者が自宅に訪れた。

俺は身支度を整えて、使者とともに神殿に出頭することにした。

第一章　鮮血鬼マリーダ

「叡智の神殿は、神官アルベルトがオルグス王子に対し、甚だしい非礼を行ったことを認定する。その処分として、神官見習いへの降格、ズラ教区での巡回神官として、布教に従事することを命ず！」

使者に連れられ、神殿長の待つ聖堂に着くなり、降格と追放に近い辺境での巡回布教業務を申し渡された。

「叡智の神殿はよい判断をしたな。知恵者だと持ち上げられ、勘違いして出しゃばった神官がどうなるか、これで皆も知ることになるだろう」

怒りで顔を歪めた神殿長の隣には、ニヤニヤした顔をしてこちらを見る、オルグスと取り巻きたちがいた。

「今回、神官アルベルトが行った非礼については、なにとぞお怒りを収めて頂きたく」

「叡智の神殿の神官は、官僚への採用が一番多い神殿。その神殿の教育に問題があれば、王族として、王に報告をせねばならん身であるが――」

俺を見下ろしているオルグスの顔が、生ゴミでも見るかのように歪んでいく。

「王族の方に対し非礼を行わないよう、教育は徹底いたします。それと、これは今回のお詫びの品でございます」

神殿長が目配せすると、上役の神官たちが、木箱を持って現れた。

チラリと見えた木箱の中身は、金色に輝く金塊だった。

叡智の神殿としては、俺を早々に切って王族の機嫌を取り、自らのポストが減らないように動いた結果が、自分への処分と目の前の賄賂だ。

「まぁ、よかろう。今回の件は神殿長に免じて、わたしのところで止めておく。その生ゴミを早くわたしの視界からどけろ!」

オルグスは金塊を仲間に受け取らせると、犬を追い払う仕草で、俺を視界から遠ざけようとした。

トンデモ王子と底抜けに腐った神殿か……。立て直そうと考えていた俺が馬鹿だったようだ。

見切りをつけるには、ちょうどいい機会だったかもしれない。

すでに国を捨てる覚悟はできているため、神殿長からの処分内容や目の前で行われた賄賂の受け渡し現場を見ても動揺は一切なかった。

「神官アルベルト、今すぐに出立せよ! 今見たことを喋れば命はないと思え!」

「承知しました。アレクサ王国で生きてる間は、私も死にたくないので口は噤《つぐ》みます。そして、残りの人生は僻地での布教活動に身を捧げます」

今回の件で、神殿も大いに腐っているのがわかったので、今後布教活動に時間を割く気は一切ない。

処分が言い渡され、神殿を退去するよう言われたが、そろそろ、待ち続けたお迎えがきてくれる時間——。

神殿長からの申し渡しや、オルグスの言葉をうわの空で聞きながら、周囲の様子を窺っていると、風に乗って人の叫ぶ声が聞こえた。

「て、敵襲！」

「応戦しろ！　賊だ！　賊が侵入したぞ！」

「お、おい！　あの旗！　エルウィン傭兵団の連中だ！　逃げろ！　殺されるぞ！」

警備をしている神殿騎士たちの叫ぶ声を聞いた神官やオルグスたちは、顔を蒼ざめさせると、右往左往し始める。

送り込んだリシェールによるマリーダの説得は成功したようだ。

予定通り、王都の郊外にある叡智の神殿までエルウィン傭兵団を率いて、俺を迎えにきてくれたらしい。

聖堂の大扉が勢いよく破られると、中にいた神官とオルグスたちは一斉に逃げ出し始めた。

「お前がリシェールの主人であるアルベルトとかいう小僧か。ふむ、顔立ちはよいな、身体つきもまずまずいい。ただの神官として辺境に置いておくにはもったいない」

声の主は透き通るような白い肌と、光を反射する銀髪の隙間から生えた角を持つ鬼人族の綺麗な女性だった。

その女性は引き締まった身体つきに似合わない大きなおっぱいを左右に揺らしつつ、赤い瞳で、こちらを睨みながら近づいてくる。

俺はマリーダへ授かった力を行使した。

名前：マリーダ・フォン・エルウィン
年齢：18 性別：女 種族：鬼人族
武勇：１００ 統率：62 知力：３ 内政：２ 魅力：92
スリーサイズ：Ｂ99（Ｇカップ）Ｗ65Ｈ95
地位：エルウィン傭兵団頭領

こっちの想像を超える逸材だった。

知力や内政が低いのは、俺が補佐できるので問題ない。

圧倒的武勇とカリスマ性を持つ者、こちらがちゃんと手綱を握れれば、戦果を挙げて出世をさせられる可能性が高い人材だ。

「お待ちしておりました。マリーダ・フォン・エルウィン様」

近づいてきたマリーダによって、壁ドン＆顎クイされているが、周囲では神殿を警護している神殿騎士たちが鬼人族によって、次々に討ち取られたり、捕えられたりしてやりたい放題になっている。

「妾のもとに使者として訪れたリシェールから、興味深い話を聞かせてもらった。熟慮《じゅくりょ》を重ねた結果、アレクサ王国の叡智の至宝と呼ばれるそちを我が軍師として迎え入れようと決め、兵を率いて迎えにきたのじゃ」

「それはありがたき幸せ。ですが、今の私の身分はアレクサ王国の神官ですので、マリーダ様に仕官することは――」

「アルベルトは、妾の軍師として付いてくる気はないと申すか？」

「ないと言えばどうなります？」

「攫って行くだけじゃ。エルウィン家の家訓は『欲しい物は奪ってでも手に入れろ』じゃ」

「承知しました。では、攫って頂けると助かります。自分から仕えれば犯罪者にされてしまいますので、マリーダ様に攫ってもらい、『しょうがなく』お仕えする形が、一番問題なく済む方策です」

「なら、攫って行くのじゃ！　者ども！　目当てのものは手に入れた！　王国軍がくる前に引き上げるのじゃ！」

露出度の高い漆黒の革鎧を着たマリーダが、俺を肩に担ぎ上げると、周囲の兵に退却を命じた。

マリーダの指示を聞いた兵たちは、戦いを即座に止め、脱出路を確保していく。

さすが常勝無敗の『エルウィン傭兵団』だ。

アレクサ王国軍とは練度が違いすぎる。

鮮やかに脱出路を確保したマリーダたち『エルウィン傭兵団』は、神殿の追手を撒いて、隠れ家にしている街まで一気に逃げ込むことに成功した。

街に到着すると、俺はそのままマリーダの私室に通される。

通された私室には、丈の短いスカートと肌面積の多いメイド服を着たリシェールの姿があった。

「リシェール、その姿はどうしたのだ?」

恥ずかしさからか、リシェールは胸もととふとももを手で隠し、真っ赤な顔をして答えた。

「似合っておりますか?」

「ああ、とても似合っており、素晴らしい服装だと思う」

「アルベルト様の命を救うため、あたしはできる限りのことを頑張らせてもらいました」

「なるほど、それでその姿をしているのか」

綺麗な女性に目がないマリーダを、リシェールは自らの美貌も武器にして口説き落としたということだろう。

それにしても、リシェールにこのようなメイド服を着せるマリーダとは、どうやら趣味も合

いそうだ。

恥ずかしそうにしているリシェールのメイド服姿を脳裏に留めようと眺めていると、背後からマリーダが声をかけてきた。

「リシェールのメイド服姿は、似合っておるであろう?」

水浴びを終え、白いガウンを着たマリーダは、リシェールの隣に立つと、彼女の大きな胸を片手で揉みしだき、ご満悦な顔をする。

リシェールは身悶えながらもマリーダの愛撫を黙って受け入れた。

「そのようですね。リシェールによく似合っていると思います」

噂通り、マリーダは綺麗な女性に目がないようで、リシェールのことはかなり気に入っている様子だった。

「可愛いリシェールを、使者として派遣してくれたアルベルトには感謝せねばいかんのぅ」

ソファに腰を掛けたマリーダは、リシェールを膝の上に座らせると、首筋や胸に舌を這わせていく。

「リシェールは、その美貌だけではなく、私の大事な腹心の部下だということはご承知ください」

女好きであるマリーダを釣り上げるための餌として使い捨てる気はないと、リシェールに伝わるように宣言する。

俺の第二計画の中には、リシェールもマリーダも必要なのだ。

「その話はリシェールからも聞かされておるのでわかっておるのじゃ。まぁ、立ち話も何なのでアルベルト、そなたもここに座れ」

マリーダは、自分が座るソファの隣を叩いて座るよう促してくる。

「はっ！　では失礼して座らせてもらいます」

俺は言われるがまま、マリーダの隣に座った。

「妾は本来であればリシェールのように見た目のよいおなごが好きなのじゃ。だが、そなたのことは悪くは思っておらぬぞ。妾が兄様以外で初めて興味を持った男じゃ。誇っていいぞ」

「そうですか。そう言って頂けると助かります」

マリーダは俺のことを好んでくれているらしい、基本は女好きらしいが。

とりあえず、軍師として意見が採用されないという事態は避けられそうだった。

「リシェールが、アレクサ王国の叡智の至宝と言われるそなたのことをたいそういい男だと申しておったが、正直妾は半信半疑だった。神殿で対面するまでは、妾が陥っている窮状を脱する知恵だけ借りるつもりだったのじゃ。妾は男には高い理想を持っておるからの」

マリーダは、こちらを値踏みするように全身をくまなく視線で嘗め回していく。

「じゃが、こうして実物を見たら容貌は妾の好みに突き刺さるし、身体つきも喋りも年齢のわりにしっかりとしておるようじゃ。よし、決めた。妾はこれよりアルベルトの味見をする。反論は許さぬ！」

「は、はぁ？　私を味見とは？」

「味見とは体の相性を確かめてみることに決まっておるじゃろう。安心せよ。妾は、おなごはいっぱい味見してきたが、男の味見はアルベルトが初めてじゃ。痛くするつもりはないから安心して妾に任せよ。リシェール、そちも味見に加わるがよい！　アルベルトのことを好きなのじゃろう？」

リシェールが潤んだ瞳でこちらを見つめてくる。

半年前に助けた時からずっと命の恩人だと言われていたため、身の回りの世話をしてくれていたリシェールに対し、今まで手を出していなかったが、まさかこの場面でマリーダからそのような話を切り出されるとは思ってなかった。

「はい！　承知しました。アルベルト様、マリーダ様に言われたのでしょうがないですよね？」

「マリーダ様はリシェールが加わっても問題ないと？」

「ないのじゃ、むしろ加えたい」

「リシェールも問題ないかい？」

「はい！　あたしはこの身をアルベルト様に捧げております」

「……承知した。私にも異論はありません」

美女2人と問題なく楽しめるなら、願ったり叶ったりである。

「マリーダ・フォン・エルウィン、いざアルベルトの味見にまいる！」

マリーダは自身が着ていた白いガウンを脱ぎ捨て、全裸になると、眼が妖しく光り、艶やかな唇を舌なめずりしながら、俺の身体をソファに押し倒した。

「アルベルトはいい匂いがするのぅ。妾は好きな匂いじゃぞ」

俺の身体の上にのしかかっているマリーダが、首筋や胸元に顔を近づけ匂いを嗅いでいく。

匂いを嗅がれるたびに、彼女の髪が身体に触れくすぐったいのだが、やめてくれというわけにもいかなかった。

「マリーダ様もそう思いますか？　アルベルト様っていい匂いしますよね？」

俺の頭を自分の膝の上に乗せたリシェールも、メイド服から胸をはだけさせながら、マリーダと同じように匂いを嗅いでくる。

リシェールの身体が近づくたび、彼女の胸が顔を圧迫してきた。

「それにアルベルトの匂いを嗅ぐと、ムラムラしてくるのじゃ」

「わかります。あたしもムラムラして何度も1人で――」

リシェールが夜ごと自慰をしていたことは、一つ屋根の下で暮らしていたので知っている。

俺をおかずにしていたことも知っていた。

それにしても、2人とも同じようなことを言うとなると、俺の身体から何か変な物質でも分泌されてるんだろうか？

「はぁー、いい匂いなのじゃ！　癖になりそうじゃ！」

俺の胸に顔を埋めてクンカクンカと匂いを嗅ぐマリーダの身体は、とても大陸最強の武人であると思えないほどの柔らかさがある。

それにうっすらと汗ばみ始め、彼女たちからもとろけるような甘い匂いが発ち始めた。

美女２人が自分に群がるこの状況、男としては最高に気分がいい。

とはいえ、相手にさせるだけで自分は何もしないのでは申し訳ない。

今は15歳の男だけれど、前世でそれなりに経験も知識もあった。

それに叡智の神殿には、子づくり相談にくる人もいるから、そこで勉強した俺には性の知識も集積されている。

今が、その知識を存分に発揮させる時。

「マリーダ様もリシェールも満足してもらえるようにするのが、今の俺の最優先課題だろう。

「マリーダ様に、ただ味見されるのも申し訳ないので、こちらもできるだけおもてなしをいたしましょう。もちろん、リシェールにも命を助けてもらったお礼をしないといけない」

空いている手で２人の胸の先を痛くならないよう軽く絞り上げた。

「ふぁぁあああんっ！　痺れるのじゃ！　アルベルト、そこはダメなのじゃ！」

「そ、そうです。アルベルト様、急にされたら――んっ！」

2人は、ビクビクと身体を震わせ息を呑む。

しばらくすると、荒い息で呼吸を再開した。

「2人ともイク時の顔も可愛いね」

肌から伝わる2人の熱量が増した気がした。

2人とも恥ずかしかったのか、無言で俺の胸を叩いてくる。

「いたた！　叩くのはなしでお願いします」

2人は恥ずかしさを隠したいようで、マリーダは俺の服を脱がすと下腹にキスの嵐を降らせ、リシェールは首筋にキスを続けていく。

そうなると、俺も若い男であるため、色々と滾ってそそり立ってくるものがあるわけで。

そのそそり立つものを目ざとく見つけたマリーダが、ニヤニヤとこちらを見てくる。

「アルベルトは若いのに凶悪なものを持っておるのぅ。ビクビクしておるが、気持ちよいのか？」

「ええ、まぁ、私も男ですし、美女2人に奉仕されれば気持ちいいわけですよ」

「これを味見せねばならんのぅ。リシェールもあとでお裾分けしてやるから少し待つのじゃ」

「は、はい。お待ちしてます」

マリーダによって、そそり立つものは収まる場所に収まっていく。

お互いに初めてではあるが、俺は前世の経験と知識があったので、マリーダに比べて余裕はあった。

痛みから顔を歪めているマリーダの苦痛を和らげるため、さきほど絶妙な反応を見せた胸の先を再び絞り上げる。

「ば、馬鹿！　今、そんなことをされたら――！　ひゃあん、ダメ、頭が壊れるのじゃ！」

今のマリーダは、痛みと快楽が入り混じり、脳が痛みを快楽だと誤認識を繰り返しているようだ。

「やめるのじゃ、これ以上されたら――妾は――壊れるのじゃ――」

マリーダは自身の身体のコントロールができなくなったようで、荒い息を繰り返しながらビクビクと身体を震わせ続ける。

「これだけ激しい反応を見せてもらえると、もっとしてみたくなりますね」

「ば、馬鹿！　妾を壊すつもりか！　こんなのを続けられたら――んんっ！」

マリーダが、また身体をこわばらせていく。

「リシェール、マリーダ様はきっと耳とか角を舐めて差し上げると、非常に喜ばれると思う。やってみてくれ」

近くで見ているリシェールに、マリーダの弱点だろうと思われる箇所を攻めるよう指示を出した。

「は、はい。マリーダ様、アルベルト様の指示なのですみません！」

リシェールは謝りながらも、息を整えようとして必死であったマリーダの耳を舐めていく。

「あうぅう！　やめるのじゃ！　そこはゾワゾワしてしまうのじゃ！　ダメ、あぅ、やめるのじゃ。お願い……」

やはり、耳は弱いらしい。胸の先と同じくらい良い反応を示してくれる。

「マリーダ様、そんなに反応してもらえるととっても可愛いです。もっとしてみますね」

「リシェール、待つのじゃ！　妾が壊れてしまうのじゃ！　そこは、ダメ、お願いなのじゃ！」

リシェールの舌が、マリーダの額に生えた小さな角に触れると、今まで一番大きく身体を震わせ絶叫した。

「らめぇぇぇぇぇぇぇぇっ！　そこは敏感なのじゃあああっ！」

これは想定外だった。

思っていた予想の10倍の反応を示してる。

鬼人族は角が最大の弱点らしい。これは大図書館にあった資料にもない新発見だ。

「マリーダ様、気絶しちゃいましたか？」

「みたいらしい。しばらくしたら復活してくると思うけど、相当気持ちがいいらしいな」

「でも、まだ夜は長いですよね？」

リシェールは期待を込めた目でこちらを見てくる。

彼女もまた俺に初めてを捧げたいと思っている様子だった。

「そうだな。夜は長いと思う。ただ、ここでするのも疲れると思うが」

「では、マリーダ様の寝室へ行きましょう。あちらのベッドはフカフカですので」

「わかった。では、リシェールの提案を受け入れ寝室へ行くとしよう」

俺の胸の上に倒れ込んだマリーダを抱え上げると、リシェールを連れ、寝室に移動することにした。

―数時間後―

マリーダが寝室として使っているベッドの上で、俺は2人と並んで寝ていた。

外はうっすらと明るくなり始めており、夜を通して行われた美女2人とのいくさは終わりを告げている。

「アルベルトは、若いくせにおなごの身体を熟知しておった。いやらしいやつじゃ」

シーツ1枚だけ纏って、隣で横たわっていたマリーダから、やっかみに似た言葉が耳に届く。

「私は叡智の神エゲレアの神官です。知識を持つ者として、女性の身体に関することを熟知しているのは、当然のことです」

「アルベルト、妾はそなたのことが気に入った。顔も好みで、体の相性も抜群、そして知恵者のようだ。我が婿として妾を支えよ。婿となれば、嫁である妾の身体は自由にしてよいのだぞ。

どうじゃ、エロいそなたには、とても魅力的な提案であろう？」

俺の耳元で囁いたマリーダの膨らんだ胸がポヨンと腕に当たる。

マリーダによる俺の味見の結果は大満足だったらしく、お裾分けをもらったリシェールも同じく大満足だったそうだ。

もちろん、俺も大満足である。

なので、マリーダからの提案は魅力的であり、エルウィン家に仕えるにはとてもいい条件だった。

家臣としてマリーダに仕えるのと、入り婿としてマリーダに仕えるのとでは待遇にかなりの差が出ると思われる。

当初の計画よりも初期の地位が高く始められそうだった。

「私が婿で本当によろしいのですか？」

「ふむ、妾の婿はアルベルトがよいのじゃ。ただ一つだけ飲んで欲しい条件を出したい」

「飲んで欲しい条件ですか？　それはいったい？」

「妾が愛人を作るのを容認して欲しいのじゃ！」

「は!?　えっと、それはどういう意味ですか？」

愛人を作るのを容認して欲しいと言われた気がするが。

つまり浮気するという意味だろうか？

マリーダの発言の意味が理解できないため、質問を返した。

「妾は女好きだと申したであろう。男はアルベルトにしか馴染めぬ身体にされてしまったが、綺麗なおなごは身辺にいっぱい侍らせたいのじゃ。だからおなごの愛人を作ることを許して欲しいのじゃ！」

「は、はぁ？」

「もちろん、愛人が認めれば夫婦で共有することも可能じゃぞ。綺麗なおなごを旦那様と一緒に愛でたいからのぅ」

マリーダの愛人（女性）が認めれば一緒に共有していい婿だって……。

そんな太っ腹な嫁がいるとは……。

「今の話を聞いてると、あたしが認めればアルベルト様とマリーダ様に共有される愛人になるという話になりますかね？」

反対側にいたリシェールが、自分の大きな胸を押し当ててくる。

「そういう話になっているな。信じられないが」

「妾は嘘を言わぬ。アルベルトが婿になってくれれば、妾の愛人を一緒に愛でる権利を与えるのじゃ。どうじゃ、婿にならぬか？」

破格の条件だな。それに、マリーダの婿となれば傭兵団での権限もある程度認めてもらえるはず。

断る理由は一つもない。

「喜んで婿となりましょう！　このアルベルト、マリーダ様のお役に立ってみせますとも！」

「アルベルト、よく決心してくれた。妾は嬉しく思うぞ。ならば、もうひといくさしようではないか。リシェールも用意いたせ！」

婿になることを了承したら、シーツをはだけたマリーダが、俺の上に馬乗りになった。

「承知しました。アルベルト様、まだあたしの方が、回数が少ないと思いますので、頑張ってくださいね！」

リシェールも再び妖しい眼をして舌なめずりをすると、俺に襲い掛かってくる。

「マリーダ様⁉　リシェール、またですか⁉　頑張りますが、私も限度がありますよ」

無言でこちらを見るマリーダとリシェールの身体にぶら下がる魅力的なおっぱいが、暴力的なほどに揺れて誘惑をしてくる。

婿としての初仕事は、嫁と嫁の愛人を満足させることになりそうだった。

2人の相手をして満足させていたら、日が高くなった。

3人で水浴びを終え、部屋に戻ってくると、朝食を兼ねた昼食を食べながら、これからのことに関して話し合うことにした。

「アレクサ王国軍が、エルウィン傭兵団を探している様子はないらしいですね」

「叡智の神殿が襲撃されて、それなりの被害が出たのに、王国軍は予想通りエルウィン傭兵団を放置したようだね。さすがのオルグスもエルウィン傭兵団と戦う気はなさそうだ」

「妾としてはアレクサ王国軍と戦いたかったのじゃが……残念じゃのう」

「それは色々と困るので控えてもらうとして、マリーダ様が攫ってくれたおかげで、私は渋々従っている体裁を保ててます。おかげで、まだ商会員たちも動けてるみたいですしね」

「ですね。アルベルト様の指名手配はされていないと、王都の商会員から連絡がきてます」

リシェールには引き続き、情報組織の管理を任せており、アレクサ国内の情報を収集してもらっている。

「しばらくは、この街でほとぼりを冷ますつもりか？　そのつもりならゆっくりと楽しむのもありじゃな。聖堂にあった金塊の入った箱は、ちゃんとかっぱらってきておるぞ」

襲撃してきたマリーダが、混乱の中、放置された賄賂の金塊をしっかりとぶん捕ってくれた。きっと、金塊を手に入れ損ねたオルグスは悔しがってるだろうな。

まぁ、退職金としては少し多すぎるが、もらっても罰は当たらないはずだ。

「あの金塊は、私の婿入りの持参金として、マリーダ様がお受け取りください」

「それは助かるのじゃ。なら、妾からもお返しせねばならんのぅ」

席を立ったマリーダが、圧倒的な大きさを誇る胸を、こちらの顔に押し付けてくる。

「妾はアルベルトにしか、このような破廉恥なことはしてやらぬのだからな。ほれ、こうして欲しいのじゃろ？　ほれ、ほれ」

柔らかな感触が、俺の顔を包み込み、甘い匂いが鼻の奥に届いた。

しばらくして呼吸が苦しくなり、引きはがそうと頑張るが、力はマリーダの方が強く、柔らかな感触に圧迫され続ける。

死ぬっ！　極楽な感触の中で溺れ死ぬ！　まだ、死にたくないっ！

必死でもがき、なんとかマリーダの胸から顔を出すと、やっと呼吸ができた。

「はぁ、はぁ、窒息するところでした！」

「すまぬ！　抱き締めたアルベルトの匂いを嗅いでたら、我を忘れてしまったのじゃ！」

間近に迫ったマリーダの赤眼がウルウルと潤んでいる。

ちょ、その目線は可愛すぎてドキドキする。いまだに彼女が俺の嫁になったということが信じられないが……。

あらためて自分の嫁になったマリーダをジッと観察する。

「アルベルトは妾だけじゃ不満なのか？　リシェール、アルベルトをおっぱいで癒すのを手伝うのじゃ」

「ちょ、え？　マリーダ様⁉」

マリーダが、リシェールのメイド服のヒモをほどくと、大きな胸がこぼれ落ちた。

「ほれ、リシェールもおっぱいでアルベルトの顔を挟むのじゃ。ほれ、ほれ」

「アルベルト様、失礼します」

リシェールの胸も重力に逆らう張りを持っているが、触れると柔らかさを感じさせる。

リシェールの肌は吸い付くような肌理《きめ》の細やかさで、いつまでも触れていたい気持ちにさせてくれる肌であった。

はぁー、落ち着くわー。って、違う。違う。

このまま、またなし崩し的にエッチに持ち込まれそうだったので、話を戻すことにした。

「そ、そうではなくてですね。確かに私はマリーダ様の婿となりましたし、2人からの心づくしの癒しもありがたいのですが……。もともとはマリーダ様が抱えられている諸問題を解決するため、私の知恵を求められたはず」

「そうであった！　アルベルトがあまりにエッチなことを妾にするのですっかりと忘れておったのじゃ！」

マリーダが敵国であるアレクサ王国にいる理由は、何らかの失態を犯し、貴族の身分を剥奪《はくだつ》され追放されたからであったはず。

「それで、私の知恵を必要とする一番大きな問題は、エランシア帝国への復帰で間違いないでしょうか？」

俺がマリーダの瞳をジッと見つめて問い返すと、彼女が少し困ったような顔をして言葉尻を濁す。

「う、うん。まぁ、その、あの。そうじゃな。帝国への復帰の問題を解決して欲しいとは思っておる」

何か隠している様子なのを察し、追及するような視線をマリーダに送り込む。

「ううぅ、そのような目で見るでない。妾は少しやんちゃをしすぎて実家から追い出されたと言いにくいではないかっ！」

俺が想定していた一つの可能性として、最強の武人であるマリーダを追放したように見せて、アレクサ王国の内部で暴れさせ、国力を削いでいるのかもと思ったが、どうやら違うらしい。

「怒りませんから、エランシア帝国の女将軍であるマリーダ様が、なぜこの国で傭兵団を率いているのかだけ聞かせてください」

ウッと言葉に詰まったマリーダが、しばらく話すのをためらう様子を見せた。

「本当に怒らぬか？」

「ええ、怒りませんよ」

「本当に、本当に怒らぬか？」

「ええ、絶対に怒りません」

「なら、話してしんぜよう。妾がアレクサ王国で傭兵団を率いることになったのは、魔王陛下から勧められたハゲデブの婚約者を半殺しにして実家に送り返したことで、親族だった叔父上が激怒して、当主の座を追われ、実家から追放されてしもうたのじゃ」

だ、駄目だぁ！　この人、駄目な人すぎるぅ。魔王陛下って帝国の皇帝のことだし、その人が勧めた婚約者を半殺しにしたら、そりゃあ叔父さんもキレ散らかすはずだ！

「はぁあああああぁぁあっ」

「な、なんじゃ。その深い、深いため息は。妾のこと馬鹿とか思っておるじゃろう！　だがな、妾は、生理的にハゲデブは受け付けぬのじゃ。触れられたら反射的に拳が出て、気が付いたら相手が血だらけで転がっておったのじゃ。妾のせいではない。不可抗力なのじゃ」

隣に立つマリーダが、俺の肩をポコポコと軽く叩いてくる。

その姿はとても年上の女性とは思えないほど、幼稚であるが……。あるんだが、恥ずかしがって照れているマリーダがとっても可愛いと思ってしまった。

ただ、マリーダが魔王陛下から勧められた婚約を破棄した行為は、普通なら斬首にされて、お家取り潰しにされてもおかしくないほどの重大事だと思う。

しかし、マリーダは追放されたものの、エルウィン家自体がお取り潰しになったという噂は聞かない。

「マ、マリーダ様。そんなことして、よく首が飛びませんでしたね」

「こう見えても、妾と魔王陛下は乳兄妹《ちきょうだい》なのじゃ。幼少期から実の妹のように可愛がってもらっていたのじゃ。婚約も妾が適齢期をすぎて結婚しないのを心配した兄様が取り計らってくれたものであったのだが……。兄様は妾の好みを知らなんだのじゃ……。兄様と叔父上が何か話し合って、原因を作った妾をエランシア帝国から追放することで話は収まったことになっておる」

乳兄妹……。魔王陛下と……。それならば、マリーダが斬首されなかったことにも納得いく。処刑を免れたマリーダは、魔王陛下にとって特別な存在であるということなのだろう。

「そういうことでしたか……」

「傭兵団の兵たちは、実家を追い出された妾を心配したエルウィン家の家臣たちである。付いてきた家臣たちの食い扶持稼ぎに、アレクサ王国で傭兵団を結成して、今に至っておるのじゃ」

マリーダがテーブルに『の』の字を書いて落ち込んでいた。

マリーダが流浪しているいきさつを聞いた俺の脳細胞が急速に動き始めていく。

彼女の率いるエルウィン傭兵団の戦闘力はずば抜けており、兵の数こそ少ないが、辺境の田舎城を落とすくらい他愛ない実力を持っていることは確かだ。

それに、魔王陛下との特別な繋がりがあるとすれば、実家に戻れる可能性は高いはず。

アレクサ王国で生きる道はもう捨てているので、嫁であるマリーダに手柄を立てさせて魔王陛下の許しを受け、なんとしても実家に復帰してもらうしかない。

「マリーダ様っ！　私に全てお任せください！」

俺はテーブルに『の』の字を書いていたマリーダの肩を抱く。

「ひゃあぅ！　なんじゃ、アルベルト急に大声を出しおって！」

マリーダがびっくりとした顔でこちらを見ていたが、グッと抱き寄せると、実家に帰るための策を耳元で囁く。

大きな胸が絶えず俺の身体に当たって誘惑してくるが、大事な話なのでグッと我慢した。

全てを話し終えると、マリーダが眼を輝かせてこちらを見る。

「アルベルト、その策を採用するのじゃ。すぐにとりかかろうぞ！」

「承りました。では、書状は私が準備しますので、誰か信頼できる帝国貴族の方に取り次いで頂くことにしましょう。誰かあてはありますか？」

「辺境伯をしておるステファンは、姉ライアの配偶者で、妾の義兄じゃ。そのステファンから兄様に取り次いでもらうことにいたそう。アルベルトは最高の知恵者じゃ。んっー、んっ、んっ。お主の知恵は妾のものなのじゃ」

俺の顔に、マリーダがキスの雨をふらす。美人嫁の熱烈なキスはとても心地よかった。

こうして、知識の集積地である叡智の神殿で、地理兵書、宮廷儀礼を学び、あらゆる知識に精通し、アレクサ王国の叡智の至宝と言われ、官僚職を目指していたはずの俺の二度目の人生は、様々ないきさつを経て、『鮮血鬼』マリーダ・フォン・エルウィンの配偶者兼軍師として、この世界を生きる道を選ぶこととなった。

第二章　目指せ！ エランシア帝国復帰！
　――一週間後――

　俺たちは、追手から身を潜めた街に逗留《とうりゅう》を続けている。

隣ではベッドでニコニコ顔のマリーダ。

この数日、復帰への下準備をしつつ、マリーダの夜のお相手もしていたので、彼女の肌艶がテカテカしている。

ちょっと頑張りすぎて、腰をやらかしかねる事態もあったが、転生して一五年目の若い身体は、まだまだ頑張れそうだった。

嫁との夜のお勤めにも励む、俺の傭兵団での地位は、頭領マリーダのお気に入りということで、どうにか軍師として認められている。

今は頭領であるマリーダの力で従ってくれているが、軍師としての力を示さねば、部下たちが早々に不満を持つと思われた。

俺が『アルベルト』として二度目の人生を生きている世界は、現代日本とは違い、『力』こそが全てを決する世界。

国家による統治も決めたルールも法律も、皆にそれを守らせるには、『力』が必要な世界なのだ。

『力』があれば何でもできる世界。

財力、権力、軍事力、ありとあらゆる『力』を持つ者が、全てのルールを決める世界。

それが、このワースルーン世界の暗黙の決まりなのである。

「マリーダ様、アルベルト様、ご起床のお時間かと思われます」

先に起床して身支度を終えていたリシェールが、ベッドでもぞもぞしているマリーダと俺に声をかけた。

「リシェール。妾はアルベルトと、もうひといくさしたいのじゃ。負けっぱなしは嫌じゃ。妾はアルベルトに勝ちたい」

「お言葉ですが、今のマリーダ様とあたしでは、アルベルト様に勝てる気がしませぬが……」

2人の美女が、俺ともう一回エッチをする算段をしているのが聞こえる。

腹心の部下であるリシェールには、引き続き情報収集組織の管理者をしてもらい、新たにマリーダ付きの女官という役もしてもらっている。

彼女は、嫁になったマリーダに愛人としても仕え、嫁と共有する愛人という立場で俺の夜の世話も一緒にしてもらい、2人とも満足させることに成功したというのが現在の状況である。

「2人とも頑張りすぎだから……。このくらいにしておきましょう。マリーダ様、もう起きますよ。リシェール、支度を頼む」

「嫌じゃ、妾はもうひといくさをするのじゃー！」

「ダメです。リシェール、シーツを剥《は》ぎ取って身支度をしてあげてくれ」

「承知しました」

リシェールが、マリーダの身体にかけられていたシーツを剥ぎ取ると、全裸の美女のたわわな果実が二つ、目に飛び込んでくる。

うーん、これはいい乳だ。俺の嫁は今日も可愛いな。

「妾の裸は、アルベルトしか見せぬのじゃぞ。ほれ、ムラムラするであろう？　もう一回どうじゃ？」

嫁になったマリーダは、基本女好きであり、俺が彼女の愛人である女性を抱いても、嫉妬することなく、むしろ積極的に加わってくるという性格の持ち主であるのだ。

彼女は、自分が好きと感じた者同士なら、エッチをしても嫉妬心は起きないようである。

そんなマリーダの性格のおかげで、愛人となったリシェールの身体も一緒に楽しませてもらっている。

うちの嫁は最高かっ！　って思わずガッツポーズしたのは内緒にしておく。

「マリーダ様、今すると、本日の夜の分がなくなりますがよろしいですか？」

「それは、困るのじゃ！　仕方ない、リシェール、身支度を頼むのじゃ！　アルベルトの身支度は、嫁の妾がするので待っておれ」

シーツを剥ぎ取られた全裸美女は、もう一回するのを諦めたようで、リシェールに身支度をしてもらった。

マリーダの身支度が終わると、彼女はリシェールとともに俺の身支度を始めていく。

「妾がここまでするのはアルベルトだけじゃぞ。リシェール、これはこうでいいのか？」

「逆ですね。こちらが正しいと思います」

マリーダの初めてを奪って以来、彼女は何かと俺の身の回りの世話をしたいと申し出ていた。

そちら方面の才能は、お世辞にもあるとは言えないが、一生懸命にされると、それはそれで可愛いのだ。

「それにしてもアルベルトはエッチな男なのじゃ。2人で相手をしても、容易に攻略させてくれぬ。妾はアルベルトに『まいった』と言わせたいのじゃ」

「無理ですよ。アルベルト様は叡智の神殿で古今東西の性に関する知識を修めた方ですし、それに身体も年齢のわりに意外と丈夫みたいですし。マリーダ様が、アルベルト様に挑んで惨敗を続けていたのは、あたしの記憶違いでしたでしょうか？」

「そうかのー。リシェールの方が、アルベルトに相当イカされておった気がするがのー」

「可愛い嫁と綺麗な女官に身支度の世話をしてもらい、私はとても感謝しております。んんっ！　ですが、日が昇ってる時間にする話題ではありませんね」

身支度をしている2人が、昨夜からの夜のお話をしてニコニコしているが、咳払いをして話題を変えることにした。

「身支度も終わりましたし、そろそろ朝食を取らないと」

「ふむ、アルベルトがそういうのであれば、仕方あるまい。身支度も終わったので朝食とするかのぅ」

「すでに、下の食堂に食事の準備は終えております。あたしは先に下りてますね」

俺の咳払いを聞いたリシェールは、ドアを開けると先に階下の食堂へ向かった。


身支度を終え、朝食を食べに階下の酒場へと足を運ぶ。

俺が連れてこられた街は、街道から逸れた場所にある寂れた街だ。

すでにエルウィン傭兵団が、圧倒的武力で町長を降伏させ、飲食物と隠れ家の提供を条件に住民皆殺しを免除したと聞かされている。

町長から街で一番大きな酒場兼宿屋を隠れ家として与えられ、傭兵団はそこで寝起きしていた。

亜人種の少ないアレクサ王国であるため、鬼人族は目立つのだが、占拠している街の入口には、常に交代で見張りを立てている。

そのため、アレクサ王国軍の偵察部隊がきたら一目散に逃げる準備はできていた。

まぁ、神殿の襲撃の時に見せたエルウィン傭兵団の戦闘力であれば、偵察部隊程度なら戦っても余裕で勝てる。

しかし、討ち漏らして援軍を引き込まれては、多勢に無勢となるため、戦わず逃げ出すことを徹底して頼んであった。

「おや、マリーダ様とアルベルト殿が下りてこられたようだ。昨日もお楽しみだったようですなぁ。リシェールちゃんも混ざってドッタンバッタンして羨ましい限り」

壮年の鬼人族の男が、階段を下りてきた俺たちを見つけてニヤニヤと笑っている。

「あー、聞こえてましたかー。すみませんねー。マリーダ様が私を離してくれなくて。そうそう、リシェールもわりと夜は肉食系って知ってます?」

「アルベルト様！ それは内緒って言いましたよね！」

俺がとぼけた返答を男に返すと、酒場にたむろっていた鬼人族の男たちからドッと笑い声が上がる。

「アルベルト殿らしい返答だ。普通の優男がそんな返答をしてたら即ぶっ殺すんだが、なんせアルベルト殿は、戦女神《いくさめがみ》と呼ばれるうちの姫さんを、首を失わず手なずけた初めての男だからな。同じ男としては尊敬するよっ！」

壮年の鬼人族の男が、グッと親指を立てて笑っている。

マリーダは、エルウィン家の令嬢で魔王陛下の乳兄妹であるが、大切に育てられた令嬢ではないそうだ。

常にこのむさいおっさん家臣団と、親父さんに連れられて、戦場で育った子であった。

ベッドで休んでいる時に聞いた話では、遊び道具は身の丈ほどの大剣であり、遊び相手は泣く子も黙ると言われた鬼人族のいくさ人。

戦場を駆け、野外で寝起きしながら血を浴びて育った野生児がマリーダであるのだ。

そんなマリーダを、魔王陛下もいたく可愛がっているらしい。

もちろん、女としてではなく、やんちゃな身内の妹としてだが。

「皆、妾のことを馬鹿にしておるのか。いや、確かにアルベルトはエッチな男だが、妾たちとは違って、頭が切れる男でもあるんじゃぞ」

「へいへい。ご馳走様です。あの泣く子も黙る『鮮血鬼』と呼ばれた姫さんが、男にベタ惚れとはねぇ。世の中、どう転ぶか、わかんねぇな」

壮年の鬼人族の男がガハハと大声で笑うと、酒場にいた男たちも釣られるように笑い声をあげた。

そこに軽べつした様子はない。

エルウィン家の家臣たちは、幼少から一緒に過ごしてきた親戚の女の子の惚気話を聞いて微笑ましさを感じているようだ。

マリーダは、家臣からも好かれているみたいだな。

エルウィン傭兵団の結束の固さは異常だと世間に流布されているが、マリーダ本人の持つ人間的な魅力に惹かれて築かれた結束なんだろう。

「そうだっ！　こたびの策が成功したら、姫はエルウィン家に復帰できると聞いておるが、それは本当か？」

「ええ、マリーダ様の実家への復帰を条件にして、今回の策を立てていますよ」

「できなかった時は、どうするつもりだ？」

笑っていた壮年の鬼人族の目が鋭くなり、威圧するような視線に変化した。

「私の首が落ちるだけの話」

「覚悟はできてるというわけか」

現状としてマリーダだけが、俺のことを信頼してくれているため、結果が出せなければ軍師の地位に座っていることは、認められないと自分でも思っている。

「アルベルトは妾の大事な軍師であり、婿なのじゃ！　苛めるのは承知せぬ！」

男の言葉を聞いたマリーダが、俺の前に出て家臣たちの前に立ちはだかっていた。

その様子を見ていた男たちが、ククク と含み笑いを始める。

「あと、もう一つだけ質問がある。姫の婿になったことに後悔はないか？」

「全くない。いくさ人と言われる鬼人族の入り婿としては、私はいささか貧弱だと思うが、受け入れてもらえるとありがたい」

「なんじゃ？　皆はアルベルトの婿入りに反対なのか！」

焦った顔をしたマリーダの様子を見て、鬼人族たちは笑いを堪えると、おもむろに酒を入れた酒杯を取り出す。

「そうか、アルベルト殿の覚悟を見させてもらった！　ならば、夫婦の契りを祝う酒宴の用意をいたさねば。皆、酒を持て、新たに我らが姫と婚約し血族になったアルベルト殿を祝おうぞ！　ウェーイっ！」

「「「おお！　新たな血族の誕生を、酒にて祝おうぞ！　ウェーイっ！」」」

酒場に集っていたマリーダ配下の脳筋戦士たちが、酒杯とともに鬨《とき》の声を上げた。

ノリが体育会系すぎる。

現代日本においての学生生活は、文化系だった俺には暑苦しいが、これはこれで意外と受け入れてもらえている気がして嬉しい気持ちではある。

「皆、意地悪なのじゃ！　妾のことを馬鹿にしおってー。むきーっ！」

「マリーダ様、酒杯をアルベルト様に渡さなくて良いのですか？　あたしがお渡ししてしまいますよ」

リシェールが、そっとマリーダに酒杯を差し出しているのが見えた。

「ダメなのじゃ。アルベルトに酒杯を渡すのは妾がやるっ！」

カウンターに座った俺に、マリーダがそっと身体を寄せて、お酌をしてくれる。

今日も露出度が高めの煽情《せんじよう》的な衣装を着ており、毎度のことながら目のやり場に困ってしまう。

そんな色気が溢れる野生児のマリーダだが、脳筋戦士たちの中で育った彼女には、頭脳派の俺が新鮮で頼もしく思えるらしい。

その期待に応えるためにも、俺は嫁となったマリーダを、なんとしてもエランシア帝国の中で出世させる。

もちろん、俺自身も彼女の出世に伴い、いい暮らしをさせてもらうつもりだ。

そのためには、実行中の策が上手く運ぶことが大前提となる。

「マリーダ様の期待に応えられるよう、全力で知略を振り絞ることにしましょう」

「期待しておるぞ。旦那様、それともご主人様がいいか？　妾の呼び方はアルベルトの好きな方でいいぞ」

はにかんだように笑ったマリーダの魅力的な笑顔に、気恥ずかしさと、嬉しさと、気持ち良さがごちゃまぜになり、頭がオーバーヒートしそうになった。

やはり、俺の嫁は世界で最高に可愛いのかもしれない。

「マ、マリーダ様で大丈夫。私のことは今まで通りアルベルトと呼んでもらって構わないですよ」

「そ、そうか。アルベルトがそういうのであれば……」

俺の腕にしがみついて顔を火照らせるマリーダは最高に可愛かった。

「早速の睦まじさ。見ているこちらが恥ずかしさで悶絶しそうですぞっ！」

大皿に注いだ酒を浴びるように飲んでいた鬼人族の男たちが、俺とマリーダの仲を見て、目を潤ませる。

ちょっと面倒臭い体育会系のノリのいくさ人たちではあるが、味方と思えば彼らほど頼もしい存在はない。

マリーダの実家への復帰のためには、多くの諸問題が立ちはだかるが、それも嫁との充実した生活を送るためと思えば頑張れる。

「マリーダ様の立身出世の舵取りは、私にお任せください」

「妾の立身出世はアルベルトの采配に任せる。妾はただ剣を振るうことしかできぬからのぅ」

明らかな脳筋宣言をしたマリーダだったが、下手に知恵が回って口を出されるよりは、任せてもらえた方が自由にやれてよいと思う。

「アルベルト様、こちらもお召し上がりください」

俺はリシェールの差し出した皮を剥いた果物を口に入れると、マリーダが注いでくれた酒杯を一気に飲み干していく。

前世の知識とこちらの世界で集めた知識で、軍師としてマリーダの実家であるエルウィン家を支え、エランシア帝国で成り上がる。

できれば綺麗な女性と、多くの子孫に囲まれて大往生をしたいので、そのための努力は惜しまない。

命を大事に、この異世界乱世を生き残ってみせる。

俺は再び酒が注がれた酒杯を口にすると、酒を身体に流し込んだ。


はぁ、腰がガクガクだぜ。マリーダもリシェールも頑張りすぎ。

マリーダの家臣たちが行ってくれた婚約祝いの酒宴もたけなわになったところで、2人を連れて別室に移り、夜のお勤めをした。

鬼人族であるマリーダの体力は凄く、一緒にベッドに入ったリシェールも積極的であったため、結局昨夜もまた寝ずに過ごしてしまった。

俺も若いから何とかなったけども、毎晩の徹夜はちとつらい。

これは、そろそろ栄養剤とか必要かもしれん。

こわばった身体を大きく伸ばしながら、ベランダに出て、朝靄《あさもや》の広がる外の空気を吸う。

『鮮血鬼』マリーダをエランシア帝国に復帰させるため色々と動いているが、昨日到着予定の使者がまだ戻ってきていないのだ。

使者を出した先は、マリーダの義兄で、アレクサ王国と国境を接する領地の辺境伯をしているステファン殿だ。

マリーダの復帰を取り次いでもらうため、こちらが用意する手土産を書いた書状を持たせてあるが、魔王陛下との交渉が難航しているかもしれない。

エランシア帝国で成り上がるには、魔王陛下からの許しを得て復帰し、元の爵位である女男爵に戻してもらわないと話が進まない。

魔王陛下の乳兄妹とはいえ、上級貴族の婚約者を半殺しにしたマリーダが、エランシア帝国に復帰するには、アレクサ王国の国境領主の首が、数個は必要だと目算している。

エランシア帝国は、ワースルーン世界で唯一、亜人種が支配層を形成する国家で、周辺部を人族国家に囲まれ、常にいくさを抱えている。

俺たちがいるアレクサ王国も、交戦国の一つだ。

なので、常に国境地帯では両国の小競り合いが発生している。

そして、小競り合いが起きるたび、国境地帯の領主たちは、その時々に応じて優勢な方へ仕える国を変えるため、両国から厄介者扱いされている者も多い。

そんな厄介者の国境領主たちの中には、戦闘のどさくさに紛れ、他領の略奪や人狩りを行い、私腹を肥やすあくどい領主もいる。

叡智の神殿で修業をしている時や構築した情報網からも、そういった悪徳領主の話が、チラホラと耳に届いていた。

今回は、悪事を働いている国境の悪徳領主の中で、3名ほどリストアップして、復帰の手土産として城とともに献上する予定になっている。

国境地帯のクズ領主なら、俺たちが潰してもどちらの国からも恨みは買うことはない。むしろ、両国の領民から感謝されるだろうな。

魔王陛下があの条件で復帰を認めてくれたら、あとはマリーダたちの腕次第……。

まぁ、泣く子も黙るエルウィン傭兵団であるし、神殿を守る神殿騎士たちを駆逐するほどの腕前だから、農民兵程度では太刀打ちできなそうだが。

マリーダから、すでにエルウィン傭兵団の詳細も聞き出せている。

古参の家臣が多く、いくさの熟練者ばかりであり、追放され爵位を失ったマリーダに付き従う異常に忠誠心が高い連中だ。

団員たちは、皆が一騎当千の戦士であるとマリーダが言っていた。

彼女自身も生粋の戦士である。

ただし、ベッドの中ではとても可愛いのだ。

戦闘に熟練した脳筋戦士団100名。それがマリーダの持つ全戦力だった。

朝靄の拡がるベランダで身体を伸ばしている俺の視線に、待ち望んでいた使者が帰還しているのを見つけ出した。

「さて、これで忙しくなるぞ」

俺はベッドで寝入ったばかりのマリーダとリシェールを起こすと、身支度を整えて階下の食堂に下りていった。

食堂に行くと、すでに鬼人族たちは集まってきており、使者が持ち帰った書状を俺が受け取ると、内容に目を通していく。

本来は頭領であるマリーダが読むべき書状だが、開封せずにそのまま俺に渡されたため読んでいるのだ。

『オッケー、お前らの言いたいことは理解した。魔王陛下には義妹マリーダが、例の事件の詫び代として、小うるさい国境領主3人くらいシメてくるわって言ってるから、手伝っていいよね？　って聞いたら、オッケー出たぜ。もちろん、貴族への復帰も認めてやるってさ』

義兄殿からの書状を要約したら、こんな内容だろう。

こちらの世界の文字は、転生してから孤児院や神殿で必死に勉強して読めるし、書けるようになっている。

これでも官僚を目指して努力してたから、文字は綺麗に書けるんだ。

でもまぁ、官僚として成功する道は、トンデモな王族と腐った国のせいで断たれたが。

そのおかげもあって、というのはおかしいが、可愛い嫁のため軍師として生きることになっている。

これはこれで悪くない人生だと思えた。

なにせ、夜のお勤めも頑張れるし、嫁公認で綺麗な美女をいっぱい囲うこともできそうなのだから。

おかげで腰が休まる暇がない……。って下世話な話はさておき。

魔王陛下の許諾を取りつけることに成功したから、国境領主を討伐することにしよう。

書状を読み終えると、マリーダがこちらを見た。

「どうじゃ?」

「魔王陛下との交渉は成功しました。これより、エランシアとアレクサの国境地帯にあるズラ、ザイザン、ベニアの三領主を討ち取り、その首と領地を手土産としてマリーダ様のエランシア帝国への復帰を達成することになります」

マリーダの復帰のため、手土産にする国境領主は、アレクサ王国での出世の道を閉ざしてくれたオルグスの取り巻きたちの実家だ。

腐っていたとはいえ、転生して一五年をすごした故郷の国であるし、権力者にすり寄るゴミどもの掃除をさせてもらい、少しでもまともな国として再生できるきっかけを作ってから、エランシア帝国に行かせてもらう。

「承知したのじゃ。皆の者、いくさの支度をせよ!」

鬼人族の部下たちは昨夜の酒宴で酒を浴びるように飲んでいたが、いざ戦闘準備とマリーダが号令をかけると、ものの数分で衣服を整えて整列を終えた。

整列した傭兵団の男たちはすでに戦闘モードに入っており、いくさになると言っても声一つ上がらず、顔色を変える者もいなかった。

「ズラ、ザイザン、ベニアの領主は国境の領主であることをいいことに、戦争のどさくさに紛れ、周辺から略奪したり、人狩りを行ったそうじゃな。もちろん、領内も重税を科すというおまけ付きの悪徳領主と聞いておる。それに両国の軍が近づくとすぐに降伏して所属を変える輩じゃからな」

マリーダも追放される前は、エルウィン家の当主として国境の小競り合いに動員されていたため、国境領主たちの事情にある程度の知識を持っているようだ。

「そうです。だから魔王陛下は帝国軍を率いてこれらの領主を討つことはできない。なぜなら、討てば国境領主たちが雪崩を打って敵側に回るからです。ですが、今のマリーダ様は在野の傭兵団の首領にすぎません。在野の傭兵団に襲われ領主軍が壊滅すれば、空白になった城を帝国軍が手に入れても、誰も文句は言わないはずです。領主の首三つと、城三つを手土産にした復帰なら、魔王陛下も他の貴族を納得させられると判断されたということです」

「うむ、国境の領主なら、我が傭兵団の敵ではないな。その程度で妾の復帰が許されるなら、楽なもの！　早速取りかかるのじゃ！」

「素晴らしい計画だ。さすが、アルベルト殿。野郎ども姫様がエランシア帝国に復帰する目処が立ったそうだ。とっとと、そのクズ領主たちを潰すぞ！」

「「「おうぅ！」」」

それまで黙って俺の話を神妙な顔で聞いていた家臣たちであったが、マリーダが国境領主たちの討伐を開始することを伝えると、一気に熱気を帯びた鬨の声を上げた。

この様子だと、絶対に戦えるのが嬉しいだけだろ。お前ら……。これだから、脳筋は……。

マリーダの指示が出ると、家臣たちは街を引き払う準備をすぐに始め、一時間後には国境地帯にある目的の領地へ向けて行軍を始めた。

逗留していた街から徒歩で二日ほど歩き、最初の攻略地点であるベニアに着いた。

アレクサ王国内での活動拠点を引き払い、全て物資を持参してのいくさである。

残念なことに乗馬の才能は俺には与えられず、リシェールとともに荷馬車の荷台で揺られていた。

「着いたようですね。さて、ここからはマリーダ様とエルウィン傭兵団のお力拝見とさせてもらいましょうか。事前の偵察によれば、ベニア領主は領地におり、警備態勢は緩んでいるそうです。一気に領主の首を挙げれば組織的抵抗はなくなるでしょう」

「おう、任せるのじゃ。田舎の小城程度、この『鮮血鬼』マリーダが打ち壊してくれるのじゃ！」

ちょっとマリーダさん、大切な魔王陛下への献上品だぞ。打ち壊したらまずいって！

荷馬車の隣で、真っ黒な馬に乗るマリーダが、得意気に得物である大剣を振り回した。

「マリーダ様、三城は魔王陛下への献上品だと申したはずですが。打ち壊された城を受け取って魔王陛下に喜んでもらえると思いますか？」

「むぅ、壊れた物をもらっても喜ばぬ。では、住民も皆殺しにせぬ方がよいのか？」

はい、脳筋らしいバイオレンス臭が大量に発散されました。

マリーダの価値観は戦場で培われているため、俺とは発想がかなり違うようだ。

「皆殺しなどしたら、怯えた周辺領主がエルウィン傭兵団を潰そうと殺到しますよ。領主とその取り巻きだけ討てば、敵は自然に崩壊します。というか私がさせますから。次、皆殺し発言したら夜のお勤めは致しませんよ！」

「それは嫌じゃ。アルベルトとの夜のお勤めを楽しみにしておる妾にしたら、それは生殺しなのじゃ。わかった、絶対に皆殺しはしない。あと、気を付けることはあるかの？」

夜のお勤めの停止が効いたのか、マリーダは、その他の注意事項を自ら聞いてきた。

どうせなので、周囲の脳筋戦士たちにも守らせるよう、最上位者であるマリーダに言って聞かせる。

「わかりました。注意点は三つ。一つ、抵抗しない領民は斬らない。二つ、財宝は勝手に略奪しないで全部集め分配する。三つ、女性に乱暴をしない。これらを守れない者はマリーダ様の剣で切り捨ててください。どんな忠臣であってもです」

「厳しすぎるのじゃ。略奪と暴行は、いくさのたしな――」

「これらが守れなければ、エランシア帝国への復帰は厳しいかと」

「それは困る！　じゃが、アルベルトの申したことを部下に守らせるのは無理じゃ」

マリーダは困った顔を見せ、こちらの提案した三つの注意点を守らせるのは不可能だと言う。

ここで、マリーダの意見を受け入れてしまえば、俺の軍師としての地位は空虚なものになる。

なんとしても、こちらが提案した注意点を守らせることで、マリーダの復帰を確実なものにして、軍師としての実績を積まねばならなかった。

「では、三つの注意点をなぜ守らせるべきか、ご説明させてもらいます。街の住民たちは領主討伐後にエランシア帝国の領民となる者たちです。抵抗を示さないのに斬り殺したり、財貨を略奪したり、女性に暴行をすれば、いらぬ恨みを買って、その後の統治がしにくくなります。そんな領地を献上された魔王陛下はどう思われますか？」

「厄介ごとを押し付けられたと思うやもしれんなぁ」

「マリーダ様のおっしゃる通り。そんな統治をしにくい領地を押し付けられた魔王陛下は、マリーダ様の復帰を反故《ほご》にするかもしれませんよ」

「ば、馬鹿な！　兄様がそのようなことをするわけが！」

「いかに乳兄妹とはいえ、物事には限度というものがあります。現に今、マリーダ様は国外追放されております！」

「はっ！　そ、そうじゃった！　妾たちが三つの注意点を守らねば兄様が約束を反故にする確率はどれくらいじゃ！　申せ！」

「十の内、九くらいかと」

マリーダに説得するため、数字はかなり盛ってみた。

俺が示した数字を聞いたマリーダが、ガクガクと震えだし、喘ぐように配下たちに宣言した。

「皆の者！　今、アルベルトが申した三つの注意点を守らなかった者は、妾が叩き斬るからのっ！　命を懸けて守れ！　わかったか！」

「「「こ、心得ました！」」」

体育会系の組織の楽なところは、上意下達《じょういかたつ》の精神が叩き込まれていることだ。

上がやれと言えば、下の答えは『はい』、『承知』、『YES』、『心得ました』しかない。

全部、同じだとは言わない。

変態級の忠誠心を持つ脳筋戦士たちは、群れの最上位者のマリーダの意思を汲み取り、俺が課した三つの注意点を犬のように従順に守るはずだ。

それでも悪さをする者がいれば、残念だが死んでもらうしかない。

規則のタガが緩めば、軍や組織の強さなど形骸化していく。

転生して兵書を読み漁った知識と、前世で経営コンサルタントとして企業の内情を見て培った経験が俺にそう囁いた。

できれば大事な味方は殺したくないが、俺が生きているこの世界は、そんな甘っちょろい幻想が通じる世界ではないことを知っている。

殺す必要があるなら殺さなければ、次の瞬間には自分の命が終わっている可能性もあるのだ。

「よろしい。では、私は皆様の奮闘を見ておりますよ。エルウィン傭兵団の武勲を轟かしてください」

「我らがエルウィン傭兵団の力、存分に見せてくれようぞ！」

「「おおぅ！」」

脳筋戦士たちの顔が、いくさ人のものに変化した。

戦うことを至上の喜びとしたいくさ人たち。

この時の俺は、まだ彼らの本気の凄さを知らなかった。

△△△

※マリーダ視点

城に近づくと、こちらの旗を見つけた敵は、すぐに城門を閉めて籠城する様子を見せた。

馬に乗ったまま閉じられた城門の前に出ると、城壁の上にいる兵に向け声をかける。

「妾はエルウィン傭兵団の頭領、マリーダなのじゃ！　この城はこれより妾がもらい受ける！」

「おぬしら野盗集団に城を渡せるわけがなかろう！　死にたくなければこの場を去れ！」

「うるさいのじゃ、妾に意見をしていいのは、アルベルトと兄様だけなのじゃ！」

うるさい守備兵の隊長を黙らせるため、馬から降り、地面の石を拾うと、顔面に向け投げつけた。

「た、隊長！　嘘だろ！　頭が消えてる⁉」

妾の投げた石を顔面に受けた隊長は、頭部を失い、身体が城壁から地面に落ちた。

「あんな場所から投げた石で殺され――」

城壁上の別の兵士も家臣の投げた石で絶命し、城壁から地面に墜落する。

「ひぃっ！　化け物だ！　エルウィンの鬼たちは噂通り化け物集団だぞ！　死にたくねぇ！」

恐慌をきたした守備兵たちが、家臣の投げる石から身を隠そうと城壁から逃げ出した。

「つまらぬのぅ。準備運動にもならん。とりあえず、城門を叩き斬るとするのじゃ」

敵守備兵が消えた城門に近づくと、背中に背負った大剣を引き抜き、呼吸を整える。

「ふぅ！」

振り抜いた大剣は、鉄枠で補強された城門を真横に両断した。

「姫、腕が鈍りましたなぁ。この程度の門を斬るのに、そのように力まれるとは」

「うぅ、しばらく暴れておらぬからな！　久しぶりで力加減を間違えたのじゃ」

城門が自重で崩れ落ちると、横の城壁に大きな傷が広がっていく。

やらかしてしまったのじゃ。アルベルトには、傷をなるべくつけるなと言われておったのに。

まずいのぅ、他のことで挽回せねばならん。

「皆の者！　これより城内に突入する。さきほどのアルベルトの話した三つの注意点は必ず守るのじゃ！　まずは武器を捨てるよう促せ！　二度警告して捨てぬ者は斬ってよし！」

「「「承知」」」

「突撃するのじゃ！」

「「「おぅ！」」」

破壊された城門を潜り抜け、家臣たちが街の中に散っていく。

街の住民たちは城門が崩れ落ちた音を聞いて、悲鳴を上げて家の中に消え去っていく姿が見えた。

「誰ぞ、大将首を狙う猛者はおらぬのか！　妾は一騎打ちを所望するのじゃ！」

戦場で鍛えた大声を出し、敵の守備兵の注目を自分に集める。

「舐めやがって！　女の癖に！」

「やる気があってよろしい！　じゃが、そなたの力量では妾の相手にはならぬ」

守備兵の繰り出した槍を手で叩き折ると、穂先を相手の胸に突き返した。

「やはり、辺境に猛者はおらぬか……」

「頭領さえ討ち取れば、敵は逃げるはずだ！　集団で襲え！」

イキった兵を突き殺していたら、領主の屋敷の前を警備していた守備隊長が兵を率いて、妾の前に姿を現した。

ざっと見て30名か。皆、農民兵上がりじゃから弱そうじゃのぅ。

「まとめてかかってくるのじゃ」

敵兵を挑発するように手招きしていく。

いきり立った守備兵たちが、それぞれの得物を構えて駆け込んできたので、大剣を横薙ぎに一閃する。

次の瞬間、周囲を取り囲もうとしていた守備兵たちの胴体と下半身が別々に地面に落ちた。

「ひぅ！　ば、化け物だ！　こ、ころされ――」

腰を抜かし、後ずさりながら逃げ出そうとした隊長の首もしっかりと落としておく。

「つまらぬ！　本当につまらぬのじゃ！　肩慣らしにもならん！」

「姫、城内の制圧は完了したようです。あとは屋敷に立て籠もる領主一族のみ」

城内で抵抗を示している守備兵の排除が完了したことをそばに控えていた壮年の家臣が伝えてくる。

「そうか、乱暴狼藉は起きておらぬな？」

「はい、姫の命令の通り、領民にも、財貨にも手を出しておりません。無抵抗の守備兵は拘束して広場に集めております」

「うむ、それでよいのじゃ。捕虜の処理はアルベルトに任せよ。妾は最後の仕上げをしてくるのじゃ」

「ははっ！」

そばを離れた家臣を見送ると、屋敷の門を蹴破り、残りの兵と突入する。

「妾はマリーダ！　この城をもらい受ける！　命が欲しいなら降伏せよ！」

屋敷内にいた守備兵は、扉が蹴破られたところで武器を手放し、両手をあげて座り込む。

「領主はどこじゃ！　案内せよ！　隠せば命はないと思え！」

降伏した兵たちへ血で濡れた大剣を突き付けると、領主がいると思われる建物へ案内をさせた。

降伏した兵が指を差した部屋の扉を斬り飛ばすと、部屋の奥ででっぷりと太った男と数名の女性、そして若い男が2人いた。

「こ、降伏する！　命ばかりは助けてくれ！　頼む！　金なら出すぞ！」

でっぷりと肥えた男は這いつくばって命乞いをしてくる。

男が自分の足に縋りついた瞬間、怖気《おぞけ》が走り、反射的に拳が出た。

「ぐぇ！」

「妾はハゲとデブは条件反射で拳が出るのじゃ！　許せ！　あと、首はもらい受ける！　他の者は縛り上げろ！」

気を失った領主の首を落とすと、一緒にきた家臣たちに、領主一族と思しき者たちを捕縛させた。

「よし、これにて占拠完了じゃ！　者ども、鬨の声を上げよ！」

「「「おおぅ！」」」

自分たちの仕事を終え、屋敷に集結していた家臣たちが、勝利を告げる野太い声を上げた。

△　△　△

※アルベルト視点

縄で縛られた捕虜が転がされた広場にいたら、街の北側にある館から野太い鬨の声が上がり、マリーダが率いる脳筋戦士たちが悪徳領主の首を挙げたことが察せられた。

「終わったな」

「みたいですね。さすがマリーダ様と言ったところです」

「さて、これからは私の出番だな」

「アルベルト様の活躍を期待しております」

領主たちとの戦闘が終わり、しばらくすると、広場には財宝が高く積まれ、捕虜になった領主の関係者が数珠つなぎに縛られ並べられた。

そして、広場の周りには、エルウィン傭兵団によって家から出るように言われた領民たちが怯えた顔をして集まっている。

「準備万端です。では、マリーダ様。さきほど教えた通りに宣言して頂けますか？」

「じゃが、これはいくらなんでも……やりすぎでは？」

「ほう、勇名を知られている『鮮血鬼』マリーダ様が二の足を踏まれることを、私が宣言してもよいですが、その場合はエランシア帝国への復帰は遠のきますよ」

「わ、わかった。言う。すぐに言う」

トボトボとした足取りで、演台の上に立ったマリーダが重々しく宣言する。

「今回の領主討伐は、領民に不義不正を働き、私財を蓄えたことに憤りを感じ、義によりエルウィン傭兵団が領主を討った。領主一族及びその取り巻きは奴隷として売り払い、ここにある財貨は、公平に領民への褒賞として分配するつもりである。なお、この地は今よりエランシア帝国直轄領となり、魔王陛下の治める地となる。この領民への褒賞は、魔王陛下がお決めになったと、皆に申し伝えておく」

戦場で遠くまで聞こえるほどの大声の持ち主であるマリーダが発した宣言に、領民たちがどよめく。

自分たちを苦しめていた悪徳領主が討たれただけでなく、その蓄えていた財貨を自分たちに分け与えると言っているのだ。

　ここで、俺は領民たちの心をエランシア帝国に寄せるよう、扇動することにした。

「エランシア帝国、万歳！　魔王陛下、万歳！」

　一言、そう発した。

　俺の言葉に反応するように、領民たちからは、『エランシア帝国、万歳！　魔王陛下、万歳！』の斉唱が始まる。

　領民たちは自らを圧制者から解放しただけでなく、施しまでもらえると理解し、親エランシア帝国派に一瞬で鞍替えした。

　こうしておけば、後の統治は楽である。

　緩やかに税を取り立てておけば、前の酷さと対比され、勝手に善政補正がされるのだ。

　マリーダが行おうとしていた皆殺しからの暴行略奪までやってしまえば、こうはならない。

　荒廃し住民の恨みを買った三城を献上したところで治安が悪化し、かえって無駄なコストが掛かり、魔王陛下に負担を与えることになる。

　しかも今回の方法なら、俺たちの手持ち資金を出さずに済む。

　というか、実は広場に積んだ財宝の一部を、先に荷馬車に積んでおいたのだ。

　忠誠心が高いとはいえ、脳筋戦士たちも俸給をもらわねばやっていけないので、必要と思われる分を先に取り、残った分を広場に積んで領民たちに配った。

　領民からすれば、諦めていた物が多少返ってくるだけでも十分にありがたいはずだ。

表向き損して、裏で得を取るが俺の基本方針。

まぁ、損すらしてないけどね。

それにしても、マリーダ率いるエルウィン傭兵団の実力を過少評価していた。

エルウィン傭兵団の噂は、盛られたものかと思ったが、本当に化け物クラスの脳筋チート戦士たちだった。

特にマリーダは噂の方が、実物より話が端折《はしょ》られている。

大剣で城門を斬り倒すとか化け物じみてるだろ。後ろから見てて、腰を抜かしそうになった。

とまあ、そんなわけで、その後、ズラ、ザイザンの領主もマリーダたち脳筋パワーの生贄とされ、ベニアと同じように解放され、国境の悪徳領主3人は物言わぬ首となった。

三城が陥落して一週間後、待ちに待ったエランシア帝国軍が進駐してきた。

進駐軍を率いる将は、マリーダの義兄であるステファン・フォン・ベイルリアだそうだ。

ベニアの街で駐留していた俺たちの前にきたステファンは、髪色と同じ狐色の耳と九つの尻尾を持つ九尾族《きゅうびぞく》で、糸目と広い額が特徴的だった。

脳筋まっしぐらなマリーダとは違い、知的で人当たりの良さそうな顔立ちをしている。

神殿にあった書物で人相学も少しかじっているから、人物評はあながち外れてはないと思う。

気になったので、彼の能力も見極めてみることにした。

名前：ステファン・フォン・ベイルリア
年齢：28　性別：男　種族：九尾族
武勇：65　統率：88　知力：85　内政：77　魅力：69
地位：エランシア帝国辺境伯

万能タイプの何でも屋さんか……。マリーダの義兄だし、仲良くはしておいた方がよさそうだ。力を行使しての能力の確認を終えた。

「マリーダ、相変わらず戦場でやんちゃをしておるな。だが、妻のライアもお前の復帰を喜んでおるぞ。それにしても今回の件は、脳筋なお前の仕業ではないだろう。書状の字もやたらと綺麗だったしな。どこぞで知恵者でも拾ったか？」

兵たちに付き従われてやってきたステファンの視線が、マリーダの隣にいた俺に降り注ぐ。

「義兄殿、こやつが妾の婿じゃ。アルベルトという。いい男であろう？」

「婿？　まさかこやつがか？　あれだけ結婚などせぬと言って、魔王陛下からの婚約者を半殺しにしたマリーダの婿だと。この若造が？」

「そうじゃ、妾の婿で軍師だ。義兄殿にはやらんぞ」

「この若いやせっぽちの男が軍師だと？　マリーダ、気は確かか？」

ステファンは人当たりのよい顔をして細い糸目であるが、底知れぬ怖さを感じさせる視線をこちらに向けている。

「確かに義兄殿が言うように、少しだけやせっぽちだが、夜はすごいのじゃぞ。それに、今回の復帰の手土産を考えて妾に用意させたのは、このアルベルトだ。解放した三城は、領主の溜め込んだ財宝を原資にして、魔王陛下が領民に与えた褒賞にしたことで、直轄領になることを大いに喜んでおるし、治安も安定しておる。義兄殿の進駐軍が悪させねば、すぐにでも落ち着く地になるのじゃぞ！　すごいじゃろ！」

マリーダが、俺の働きを褒めたたえる。

その話を信じられないとでも言いたげな顔で、ステファンが聞いていた。

まぁ、信じられないとは思う。敵国から奪い取った城が一週間で安定してることなんて、普通は起きないしな。

「マリーダの婿殿は知恵者のようだ。書状を読んではいたが……。わしもそこまでは思い至らなかった。なるほど、それならば、ここまでの道中の領民たちの視線が納得いく。これは素晴らしき策だ。魔王陛下には、アルベルトのことをよく伝えておく。お前らは魔王陛下からの返事があるまで、この街で休むがいい」

ステファンは街道の民衆の様子を見ただけで、俺の策の素晴らしさを見抜いたようだ。

脳筋なマリーダとは違い、ステファンは知恵が回り、常識に囚われない発想を受け入れる度量がありそうだった。

だが、家臣として仕えるとなると、脳筋の可愛い嫁であるマリーダより、神経を使いそうだ。

頭の良いやつは、使える部下を限界までこき使い、自分が楽しようとする。

この世界に転生する前には、散々そういったやつらにこき使われた記憶があった。

なので、絶対にこの世界では、そういったやつらの下では働かないことに決めているのだ。

その後、魔王陛下からの返事を待つことになった俺たちは、ベニアの街の屋敷をステファンから与えられ、一部取り分けていた資産は、そのまま褒賞として授けられた。

そして、マリーダの復帰が認められるまでの間、ベニアで滞在中だった俺は、情報組織だった商会を介して懇意にしていた第二王子派の貴族へ、ゴラン王子宛の一通の手紙を送り、アレクサ王国の王都に残していた商会を解体し、商会員を呼び寄せておいた。

アレクサ王国でやるべきことを終え、数日後に到着した魔王陛下の使者からもらった書状には、国境三城と領主の首三つを手土産に、エランシア帝国女男爵への爵位復帰及び、その領地の相続を認めるとしたためられていた。

△
△
△

※オルグス視点

「あのいけすかねぇ生ゴミ野郎！　こんな舐めた内容の手紙を、よりにもよってゴランに渡してぇのかよ！

やがって！」

　クソガァアアアア！　ド平民で孤児のくせに！　自分の方が、知恵が回るってアピールをし

　神童だか、天才だか知らんが、わたしに敬意を抱かないやつに存在する価値はねぇ！

　姿を消した例の神官からの投書だとして、ゴランが王に献上した手紙を丸めると、床に叩き付ける。


　さきほど王から王宮に呼ばれ、この手紙を見せられ、内容のことを問われた時のことを思い出し、怒りが再燃する。

　神官だった男の送ってきた手紙には、叡智の神殿から賄賂をもらっていたことや、遊ぶための金を後ろ暗い仲間から得ていることが詳細に書き連ねてあった。

　ご丁寧にわたしを廃嫡し、第二王子ゴランを王位継承第一位にすることが、国の延命になるとまで書きやがった。

　おかげで、近日中に正式な答弁をせねばならない。

「はぁあああっ！　クソがっ！」

　丸めた手紙が床に転がると、呼び出していたズラ、ザイザン、ベニアの領主の息子たちが扉を開けて入ってくる。

「オルグス殿下！　急な呼び出しは、父たちが討たれたことに関係がありますか？」

「それとも、我らの商売が王の耳に入ったという噂の方ですか？」

「噂の件は、オルグス殿下のお力で何とかして頂けますよね？」

入ってきた3人は、呼び出された本当の理由を知らず、口々に質問を投げかけてくる。

遊ぶ金を持ってきてくれる連中だったが、事態がこうなった以上、生かしておくわけにはいかない。

「黙れ！ わたしの前で勝手に喋るな！ お前らのせいで、わたしは窮地に立たされておるのだ！ 馬鹿者どもが！」

「「「は？」」」

3人が、わたしの叱責を受け、ポカンとした隙に、テーブルの上にあった鈴を鳴らす。

隣室に控えていた完全武装の騎士たちが、武器を手に現れると、3人の首を一気に刎ねた。

「全部、こいつらとこいつらの実家に罪を被せて、今回の件は逃げ切る。よいな！ あと、神官アルベルトには賞金を掛けよ！ エランシア帝国に逃れたと見せて、国内に潜んでおるかもしれん！」

首なしの死体となった3人を片付ける騎士たちを横目に見つつ、後見人でもある宰相ザザンに今後の方針を伝えた。

「はっ！ 承知しました」

くそ、くそ、これくらいのことで王の信頼が揺らぐとは思わぬが……。

この失態を帳消しにできる功績をあげねばなるまい。

しばらくは遊ぶこともできぬか……。はぁああっ！　クソ神官がっ！

わたしは近くにあったテーブルを蹴飛ばし、苛立ちを抑えるとソファにどかりと腰を下ろした。

第三章　エルウィン家のお家事情

帝国歴二五九年　藍玉月（三月）

やっと、嫁であるマリーダがエランシア帝国の貴族に復帰した。

今はエランシア帝国の帝都デクトリリスにきており、ステファンがマリーダを伴って、魔王陛下のもとに復帰のお礼を言いに行っている。

そのため、時間を持て余した俺は、リシェールを伴い、街の商店にきていた。

「アルベルト様、これなんかどうですか？」

リシェールが手にしているのは、もはや紐としか言いようがない形の下着だった。

普段から煽情的な衣装を身にまとっているマリーダだが、なぜか夜のお勤めの時は、ああいった衣装を着るのを恥ずかしがる様子を見せる。

恥ずかしがられると、着せてみたくなるのが男心というものだ。

だから、お土産に買っていくとしよう。

「ふむ、マリーダ様によく似合うと思うぞ。もちろん、リシェールにもな」

「では、これは買いですね。あと、あっちのもマリーダ様に着せてみたいのですが」

さすがリシェールだ。俺の好むツボを押さえてくる。

白いバニースーツなんて、この世界にあったとは知らなかったが、見つけてしまった以上、マリーダに着てもらうしかあるまい。

「このバニースーツをマリーダ様に着せて、もっと透けるように水を垂らしてみたらどうでしょう？」

白いバニースーツを持ったリシェールの提案を想像してみる。

濡れ透け白いバニースーツだと！　その発想はなかった！　マリーダが着たら最強にエロいだろ！

「よい提案だ。いつか着てもらうため、そっちも買おう。これで、夜はさらに充実すると思うぞ」

「じゃあ、お買い上げしますね。あと、こういった衣装は、マリーダ様も好まれますので、取り寄せられるようにしてもいいですか？」

「ああ、この店の品揃えはよさそうだ。定期的に新作を送ってもらえるようにしておいてくれ」

たぶん、これらのエロ下着は、俺が爆買いする可能性が高い。

「ありがとうございます。では会計と交渉を済ませてきますね」

「頼む」

嬉しそうにエッチな下着を抱えたリシェールが会計と交渉に向かい、全てを済ませて戻ってくる。

「アルベルト様宛に、新作を定期的に送って頂けるそうです」

リシェールは笑っているが、エッチな下着は俺宛でいいんだろうか？

まぁ、いいか。値段的にもそこまで高価ではないしな。送ってきた物の中から、嫁たちに着てもらう物を選ぶとしよう。

戦利品を手に入れウキウキの俺が店を出ると、リシェールが周囲を見回し、耳打ちをしてきた。

『アルベルト様、今の店の人、誰かの密偵かなと思います。上手く商人らしく偽装してましたが、こちらの情報をあれこれ詮索してきましたので。ただ、雇い主が誰かまではわかりませんが』

リシェールの洞察力はさすがだな。帝都であるため、いろんな雇い主を持つ密偵がどこにいてもおかしくないってことか。

『そうか……。どこも必死になって情報を集めてるってことだな。そうなると、こっちも情報を集める組織を早々に再稼働させたい』

『ですね。情報が少ないままでは、アルベルト様が策を練る時に、色々と判断に苦労されると思いますし』

『ああ、詳しい各地の情報は、私の練る策略の命綱だ。よし、向こうに行ったら、すぐに手頃な商会がないか探してみよう。新設するよりか、地元で商売をしている商会を買い取った方が、諜報組織だとはバレにくいからね。それにアレクサで雇っていた商会員は、傭兵団にいた鬼人族たちと一緒に、マリーダの領地に向かってるだろうし、彼らの職も用意してやらないといけない』

『お願いいたします』

俺への耳打ちをやめたリシェールとともに、何事もなかったように歩き出し、帝都滞在中の宿に戻ってきた。

宿でしばらくの間、今後のことを考えていたら、疲れた顔をしたマリーダが帰ってきた。

その顔色を見て、何か問題が発生したと察する。

やっとのことでマリーダが帝国貴族に復帰し、婿である俺もそれなりの地位に就ける機会が巡ってきたはず。

あとは嫁のマリーダを支えて立身出世をして、嫁の愛人となった美女や子孫に囲まれ大往生になるバラ色の人生のはずだった。

だが、人生は俺にそんな甘い夢すらも見させてくれなかった。

疲れた顔をしたマリーダから話を聞きだしたところ、とても面倒くさい問題が発生していることが判明した。

現在のエルウィン家は、マリーダの叔父であるブレスト・フォン・エルウィンが家督を継いでいるのだ。

当主をしていたマリーダが、魔王陛下から紹介された婚約者を半殺しにしたことで、エランシア帝国から追放され、叔父であるブレストがエルウィン家の領地を引き継いだ。

問題は今回マリーダが手柄を立てて、当主復帰を許されたことで、叔父ブレストの地位が宙に浮くことになったのだ。

しかも、このブレスト。怖いものなしのマリーダが、一族で唯一頭が上がらない人物。

さらにはマリーダと同じ超絶脳筋戦士であり、領地経営？　そんなことより、戦場へ行くぞ！　って思考の持ち主なのだ。

鬼人族は、エルウィン傭兵団を見ていればわかるが、戦うことを至上の喜びとした体育会系オンリーな一族。

そんな彼らに、書類仕事のある領地運営能力を求めることがおかしいのだ。

マリーダみたいな脳筋肉食系ご令嬢様に書類仕事させるくらいなら、猫に書類仕事をさせた方が何倍も効果を発揮してくれる。

話が逸れたが、マリーダが魔王陛下に復帰の挨拶をした時、地位が宙に浮いてしまった叔父のブレストの説得を誰がするのかという話になったそうだ。

3人ともブレストの性格を知っているため、マリーダと魔王陛下とステファンたちが押し付けあったらしい。

後でステファンから聞いた話だと、『込み入った難しい話は、頭のいいアルベルトが好きそうな仕事じゃな。妾が叔父上と揉めると面倒だし、あやつに間に入ってもらうか』と、野生児の直勘とも言うべき無責任さを発揮して、俺のことを思い出し、ステファンがマリーダの意見に賛同し、魔王陛下が決定したと聞かされている。

「はぁあああああああぁ」

正座をして泣きじゃくるマリーダから、聞き出した叔父と姪の領地の相続問題の複雑さに深いため息が出た。

「アルベルト、そんな大きなため息を吐くでない。そちは領地経営に興味はあるよな？　あるはずじゃな？　妾を嫁にして領地を手に入れて、綺麗な子を侍らせて楽しくすごすと言うておったのを、夜のベッドで聞いておるからの。じゃから、叔父上を説得してくれぬか？」

泣き止んだマリーダが、今度は目を血走らせながら、俺に対して叔父の説得を頼んできた。

マリーダが言う通り、領地経営には興味がある。

ただ、自らの命を失いかねない地雷は踏み抜きたくはない。

聞いた情報を検討すると、地位が宙ぶらりんになっているブレストの扱いを間違えれば、説得に行った俺の首が胴体から離れるのは確実だ。

「領地経営に興味はありますが、マリーダ様の領地は、ブレスト殿が平穏無事に治められているようですし、そのまま領地持ちの筆頭家老として地位を保全してあげて、波風を立てることもないのではありませんか？」

脳筋な叔父、姪の相続トラブルに放り込まれる身の危険を感じ、必死に言い訳もどきをしてみた。

「それが、そういう簡単な話ではないのじゃ。妾の当主復帰には叔父上の許諾が必要とされているのじゃ」

マリーダの当主相続問題は、俺が考えていたほど簡単な話ではなかったらしい。

エルウィン家は男爵家とはいえ、アレクサ王国との国境に近い場所に城を持つ領主貴族。

居城は『アシュレイ城』と呼ばれ、エランシア帝国の帝都と、アレクサ王国の王都を南北に結ぶ主要交易路である『馬車の大道』と、西側にあるヴェーザー河流域に広がるヴェーザー自由都市同盟への街道も整備され、交通の要衝として栄えている領地らしい。

その『アシュレイ城』に、現当主としてブレストが自らの家臣を率いて居住しているのだ。

魔王陛下から復帰が許され、再叙任されたとはいえ、実家に大迷惑をかけたことで、マリーダの当主としての才覚に危惧を覚えたのが、現当主ブレストだそうだ。

マリーダの父とともにエランシア帝国に付き従い、いくさに参加すること200回を超え、マリーダに負けず劣らずの武勇を誇るブレスト。

周囲の貴族からは『エルウィンの狂犬』と呼ばれ、敵国からはいくさで大槍が敵兵の血で紅に染まることから、『紅槍鬼《こうそうき》』と恐れられている脳筋戦士だった。

そんなブレストですら、マリーダの奔放《ほんぽう》さは危険に映ったようだ。

マリーダが再び当主になって、前回以上の失態を犯せば、自らが住むべき領地を失ってしまうと感じているのだろう。

エランシア帝国は、大陸で少数部族である亜人たちが、多数を占める人族の迫害から逃れるために寄り集まって築かれた国家であり、亜人が唯一貴族に連なることができる国家であるのだ。

このエランシア帝国から住むべき場所を追われた亜人は、国家を捨て山の民になるか、人族国家で下層民になるしか選択肢がない。

ブレストは、マリーダに当主をさせることで、自らの一族がそのような事態に陥らないか不安でならないのだろう。

歳を重ねている分、マリーダよりは多少の知恵を持っている気がする。

実際のところ、肉食系女男爵様に領主をさせたら、三日で領地が破綻すると俺も思う。

マリーダは大事な嫁で、戦闘と夜のお勤めに関しては頼りになるが、それ以外の分野は全く頼りにならない野生児だ。

そんな野生児の手綱を取り、上手く調教して飼い慣らし、領地を発展させていくのが、婿としての俺の仕事であるとは理解しているが……。

「アルベルト、妾と叔父上との関係修復をしてもらえぬだろうか？　妾は、叔父上だけはどうも苦手じゃ。この通り、後生じゃ。なんなら、そのリシェールが買ってきた破廉恥な下着を夜に着ても良いので頼む。なんとか、説得してくれぬか……」

俺の腕を引っ張り、豊満な胸に押し当て、何度も頼み続ける嫁の圧力に負けた。

ここで説得を断り、マリーダの機嫌を損ね、リシェールとお揃いのエッチな下着を着けてくれなくなったら、俺のやる気が半減する。

命がかかる大仕事ではあるけど、勝算がゼロというわけでもない。

要は俺がマリーダの手綱をしっかりと制御して、エルウィン家を守ることをブレストにわかってもらえばいいだけの話だ。

「ふぅ、仕方ありませんね。私が説得の使者として、先にアシュレイ城に向かいます。なので、私のことを詳細に書いたマリーダ様直筆の書状と、魔王陛下から頂いた爵位の任命状をお預けください」

「そ、そうか！　受けてくれるか！　早速書くのじゃ！　少し待て」

マリーダがおっぱいを押し当てていた俺の手を放すと、机に向かい走り出し始める。

「あと、使者としてアシュレイ城に行くので、夜のお勤めはご辞退させてもらいます。代わりはリシェールが務めてくれるはずですしね」

「承知しました。マリーダ様が浮気をしないように、あたしが見張っておきます。こたびのブレスト殿の説得が成功すれば、これを着てお祝いいたしましょう」

リシェールが新たに取り出したのは、商店で購入したスケスケのバニースーツだった。

「くぅ、その衣装は破廉恥なのじゃ！　恥ずかしすぎるのじゃ！　妾は美女に破廉恥な衣装を着せるのは好きじゃが、着せられるのは無理なのじゃ！」

「なら、アルベルト様が説得を終えるまでに慣れておかねばなりませんね。早速、今夜から練習いたしましょう！」

隣にいたリシェールが、買い物してきた例の物をちらつかせて、俺のやる気を引き出してくれる。

案外、リシェールは俺以上の知恵者なのかもしれない。

「マリーダ様が、あれを着てくれると思うと、早急にブレスト殿を説得せねば！」

「ならば、叔父上をパパっと説得して早く帰ってくるのじゃ。妾がリシェールから破廉恥な衣装を着せられ、辱めを受けて、もだえ死んでしまうかもしれぬからな！」

「大丈夫ですよ。きっと慣れますので。それにアルベルト様からマリーダ様に対する秘策も教えてもらってますからね。夜が楽しみです。フフフ」

リシェールが妖しい笑顔でマリーダに笑いかけた。

「なんじゃと！　リシェールいつの間にそのような策を授けられたのじゃ……。よかろう、アルベルトから教えてもらった弱点とやら、妾に試してみるがよい」

「フフフ、夜をお待ちくださいませ」

性欲大魔神であるマリーダ対策を、リシェールにはすでにいくつか教えてある。

彼女は年若い女性であるが、物事への理解力が高く、性欲も強い方であるため、俺が不在で留守をする時は、マリーダ調教担当者として、彼女にしっかりと手綱を握っておいてもらうつもりだ。

マリーダもリシェールの自信に満ちた顔を見て、色々と期待したようで、これでしばらくは俺が不在でも大丈夫だと思われた。

「では、私は一足先にアシュレイ城へ向かうことにいたします」

「うむ、頼むぞ。アルベルト」

俺は宿から出ると、マリーダを当主に復帰させるべく、彼女の叔父ブレストを説得するため、アシュレイ城に向かって馬車を走らせた。


エランシア帝国の帝都から『馬車の大道』を南に下ること一週間、目的地である『アシュレイ城』が見えてきた。

街道脇のなだらかな丘の上にこぢんまりとした城がある。

『アシュレイ城』は丘の上に築かれた平城で、領主や兵が住む居館は一辺500メートルほどの長さがあり、3メートルほどの高さの石の防壁で囲まれ、山地から流れ出てヴェーザー河へ合流する川から引いた水堀によって周囲から侵入を阻むように作られていた。

地形を見ると、街道の宿場として発展した街に隣接する形で、領主の居城が建設されたようだ。

城下の宿場は東西南北に行き交う旅商人たちで溢れ、人通りも多く、また居城周辺の平野には多く畑や農村が作られているため、土地もかなり肥沃な場所だと察せられた。

これだけの好条件が揃った領地を、たかが男爵位のエルウィン家が領有していることに不思議さを覚える。

もしかしたら、脳筋一族である鬼人族に、この領地が与えられたのは、彼らの統治能力を危惧した当時の魔王陛下の温情であったのかもしれない。

これだけ豊かな土地であれば、放っておいても税収は上がり、内政に気を取られることなくいくさに励むことに専念できると思われるからだ。

馬車に揺られながら、アシュレイ城の城下町を観察していると、やがて城の跳ね橋の前に到着した。

すでに使者を出してブレストに面会を申し込んであり、調べられることもなく、城門の中へと馬車が先導されていく。

水堀を渡るため、鉄で補強された跳ね橋を備え、堅牢そうに作られた城門櫓《やぐら》がいくつもあり、しっかりと積み上げられた石造りの防壁には、金属製の大きな城門扉がはめ込まれている。

防壁は3メートルほどの厚みを持ち、内部の居住スペースには、多くの深い井戸が掘られ、城門が破られた後も内側の居住スペースを仕切る壁を防壁代わりにして、籠って戦える配置となっていた。

平野の城とはいえ、最後まで徹底的に戦うために考えられた城というのが、俺の見たアシュレイ城の感想だった。

この城に戦闘職人である鬼人族が籠れば、数万の軍勢に囲まれても数か月は踏ん張れるかもしれない。

そう考えると、この地を鬼人族に与えた当時の魔王陛下の凄さを感じられた。

マリーダが当主に復帰した際、居城となる『アシュレイ城』を観察しながら、先導をしてくれているブレストの家臣に付き従い、大広間に向かう。

大広間は領主として会見を行う場で、これより奥が執務室や領主のプライベート居室となっているのだ。

大広間に通されると、階段状になった少し高い場所に据えられた肘掛け付きの大椅子に、大柄な体躯をした鬼人族の男が座っていた。

相手の情報を少しでも手に入れようと考え、授けられた力を行使する。

名前：ブレスト・フォン・エルウィン
年齢：41　性別：男　種族：鬼人族
武勇：98　統率：55　知力：4　内政：3　魅力：54
地位：エランシア帝国男爵

マリーダに匹敵する武勇の持ち主というのは嘘じゃなかったな。

「そちが、あの馬鹿姪の婿と称す阿呆者か」

肌がヒリヒリするほどの殺気を含んだ視線が、俺を貫いていく。

まるで檻のない場所で、熊に出会ったような気分がしてならない。

目を逸らしたら、その瞬間に飛びかかられて、首筋を食い破られ、息の根を止められていそうだ。

「は、はい。使者に持たせたマリーダ様の書状に書かれた通りにございます」

「当家から追放した我が姪をたぶらかして、こすっからい策を使い、エランシア帝国に復帰させ、ワシから領主の地位を奪いにきたというに、やたらと冷静だな。お主は自らの首が飛ばぬと思っておるのか？」

ブレストが脇に控えていた家臣から、愛用と思われる大槍を受け取ると、次の瞬間には俺の目の前にいた。

見えねぇ……。やっぱり、バケモンだった。

首筋に突き付けられた槍の先が、冷たい感触をこちらに伝えてくる。

「いえ、違います。私はエルウィン家をさらに発展させるためにやってまいりました。ブレスト殿が危惧するマリーダ様の奔放さを私が制御してみせます。そして、このエルウィン家をエランシア帝国の大貴族にまで押し上げるため、身命を懸けて働く所存でございます」

「ぬかせ！　小僧！　おぬし程度のこざかしい知恵で、この乱世を生き抜けると思うのかっ！　この痴《し》れ者めっ！」

ブレストが、俺の首筋に突き付けた槍先に、わずかに力を込める。

槍先の触れた首の皮が軽く裂け、裂けた場所からわずかに血が滴り落ちていく。

死の恐怖を感じているが、ここで恐れを見せて引けば、俺の人生は即終了を告げるだろう。

今が踏ん張り時である。

「私にエルウィン家の舵取りをお任せ願えば、マリーダ様、ブレスト様をエランシア帝国一、二の将軍にして差し上げます。面倒な領地経営における内政、外交、諜報等は私が全て請け負い、２人には存分に戦える場を与えましょうぞ」

俺は戦闘種族である鬼人族のブレストと、細かい地位交渉などする気はなく、彼がもっとも欲するであろうものを提示した。

鬼人族が一番欲するものは戦場だ。

戦いこそが生きがいである彼らに与える好物は、戦場だけでいい。

しばらく無言の時間が続いたが、やがてブレストは突き付けていた槍を引き、家臣の方へ投げ渡すと大笑いを始める。

「だぁはははっ！　さすが、あのじゃじゃ馬を飼い慣らした男。面白いことを言う男だっ！

どうだ、あの馬鹿姪は女としては絶品であろう。少しばかり性欲が強いがな。気立てはいい女だ。お主がきちんとあやつの手綱を掴むのであれば、ワシは当主の座を譲っても良い。正直なところ領主など柄じゃないからな。マリーダが継ぐまでは、兄者に任せておったしのぅ。面倒な内政などに煩わされずに、いくさに集中させて欲しいのがワシの本音じゃ。お主が舵取りとマリーダを調教してくれるのだろう?」

大笑いしているブレストは、マリーダから譲り受けた当主の座が嫌だったらしく、彼女の当主復帰及び、俺がエルウィン家の内政を預かることをかなり喜んでいるようであった。

あれ、反マリーダの急先鋒でしたよね? 貴方は。

「ブレスト様は、マリーダ様を嫌っておられるのではなかったのですか?」

「エルウィン家の家臣で、あのじゃじゃ馬を嫌っておるやつは、おらぬわ。あやつは戦場の申し子であり、戦女神みたいな存在だしな。ただ、皆が甘やかしすぎるのでワシは少し厳しめにしておっただけだ。それも、これで終わりだな。じゃじゃ馬の調教はお主に任せる。マリーダが寄越した書状には、あの野生児が、お主の言うことだけは、きちんと守ると書いておるし、ステファンからもお主の話は聞いておる。もちろん、魔王陛下からもな。わがままな姪だがきちんと調教して、一門《ひとかど》の将にしてやってくれ。もちろん、ワシも手助けはするつもりだ。さて、マリーダには早馬を飛ばしてあるから、今から奥で飲むぞ」

ブレストは俺の肩に手を回すと、大広間の奥にある領主のプライベート居室へいざなっていった。

あまりの急展開に目が点となる。

えーっと、つまりこれは、ブレストはマリーダの当主復帰を認めるということなんだよな。

プライベートの居室に入ると、俺と同じくらいの年恰好をした鬼人族の男と、その母親と思われる豊満な身体付きをした女性が出迎えてくれた。

「この方がマリーダの婿様になる子なのね。ちょっと線は細いけど。あの女好きのマリーダを落とした男の子とは……。人は見かけに寄らないのね」

「だはははっ。フレイ、味見しようとか思うなよ。あのマリーダが怒り狂うらしいからな」

「あら怖い。女好きのマリーダが、男に執着するなんてね」

ブレストがフレイと呼んだ美人顔の熟女鬼人族がチラリとこちらを見た。

基本的に鬼人族の女性は、女性らしいラインに豊満な身体付きをした者が多く、肉感的な魅力に溢れている。

「マリーダ姉さんがねぇ。こんな痩せっぽちで満足するとは。世の中は不思議に満ちてるな」

若い鬼人族の男が、感心したような顔でこちらを見ている。

その目はまるで珍獣を見るような奇異な視線を帯びていた。

「えーっと、こちらのお二方は？」

こちらへ不躾な視線を送る2人の紹介をブレストに求める。

「すまん。すまん。ワシの嫁のフレイと息子のラトールだ。マリーダから見れば叔母と従弟になる。これからは親戚筋になるんで、よろしく頼むぞ。なにせ、エルウィン家直系では三代ぶりの異種族の婿だからな。しっかりと子作りも励めよ。マリーダは身体も丈夫だから10人くらい仕込んでいいぞ」

「あら、羨ましいわね。うちも、もう3人くらい仕込んでよ」

ブレストの妻であるフレイが、旦那の腕を掴んで惚気《のろけ》てくる。息子もわりと大きいのに夫婦仲はなかなかにお熱い限りであった。

「子供はぼちぼち頑張って仕込ませてもらいますよ。それよりご挨拶が遅れました。マリーダ様の婿として、今後お世話になるアルベルトと申します。フレイ様、ラトール殿も以後お見知りおきを」

いちおう、2人には貴族の間で一般的な儀礼の挨拶を送った。

「うちは貴族とはいえ、末席だからね。それに鬼人族は粗雑だからと他の貴族からも嫌われてるし、貴族家で付き合いがあるのは、マリーダの姉であるライアが嫁いだステファンのところと魔王陛下のところだけだから、気楽にしてもらっていいわよ」

「母さんの言う通りだぜ。うちは礼儀を重視しない家なんでな。オレのこともラトールと呼び捨てでいいぜ。どうせ、同じくらいの年だろ。そうだ、母さん。酒を出さないと。親父、今日は飲むんだろ」

鬼人族の祝いに酒は欠かせないようだ。マリーダも強いし、傭兵団の連中も酒を好む連中ばかりであった。鬼人族は飲みニケーションを重要視する種族らしい。

「ちょ、ちょっと。私はそこまで強くないですからね。強いのは駄目ですよ」

「ワハハっ！　大丈夫。飲みやすい酒も準備をしておる。酒でアルベルトを使い物にならなくしたら、マリーダに半殺しにされるからな。安心しろ。あと、ワシの嫁の料理は美味いぞ」

「あらー。旦那に料理を褒めてもらっちゃった。今日の夜はいいことしてあげないとね。ウフフ」

　息子と客の前でお熱いことで……。

　イチャつく両親を見たラトールがあきれ顔をしているが、いつものことなのだろうと思われた。

「さぁ、オレも飲むぞ！」

「アルベルト、グッといけ！　グッと！」

　勧められた酒を飲み干し、フレイの絶品手料理をつまみに、ブレストの歓待を受けた。

　まぁ、鬼人族は色々と癖が強い人が多いが、単純で裏表がなく、彼らの行動指針さえ、理解できれば付き合いやすいことが、アシュレイ城で一週間すごしたことで判明した。

　そうしているうちに、マリーダが帝都から到着すると、二週間かけて色々な手続きをして、正式にエルウィン家当主の座に返り咲くことが決定。

当主だったブレストには、魔王陛下から新たに帝国騎士爵が贈られた。

そして、エルウィン家筆頭家老として取りまとめる役を頼み、俺は軍師兼政務担当官に任じられ、マリーダから様々な権限を付与してもらい、新体制を発足させることになった。

第四章　鬼人族たちの結婚披露宴

マリーダが正式に当主へ返り咲くと、すぐに俺たちの結婚披露宴が行われることになった。

「酒じゃ！　酒をもて！　妾の酒杯が空なのじゃ！」

いくさに使う漆黒の革鎧を着込んだマリーダが、大広間に据えられた当主の座るひじ掛けの付いた椅子に座って騒いでいる。

メイド服を着たリシェールが、マリーダの空の酒杯に新たな酒を注いだ。

俺はマリーダの隣に作られた少し小さな椅子に腰をかけ、鬼人族たちから注がれる酒を口にしている。

「これ以上はちょっと……」

「アルベルトは、ワシの酒が飲めぬと申すか！　これくらいの酒など水だろ！」

ブレストがアルハラまがいに、俺の酒杯に酒を注ぐ。

まぁ、度数の低い酒だからまだ全然飲めるけども、全部受けていたらキリがない。

それに、着込んでいる革鎧がわりと窮屈で、胃に流し込んだ酒で腹回りが苦しくなってきた。

「では、最後の一杯ということで」

酒杯に注がれた酒は、麦芽とホップを発酵させたビールに近いもので、苦みと爽快感があるアルコール飲料だった。

「ふぅ、これにて打ち止めとさせてもらいます。げふー」

これ以上飲むと、口からビールが飛び出しそうだった。

「なんじゃ、今宵はマリーダとアルベルトの結婚披露宴なんだぞ。客どもも、まだまだ飲み足りん顔をしておる」

ブレストが指差した先には、鬼人族たちが酒を片手にワイワイと雑談に興じている。

鬼人族たちから少し離れるように、若干数の人族たちの姿も見えた。

当主の結婚披露宴ということで、入り婿兼軍師となった俺の顔を売るため、領内から700名ほどがアシュレイ城に招待されている。

「では、酒をお断りする代わりに、私が皆様にお酒を注ぐ役を担いましょう。色々とお話ししたい方もいますので」

「仕方あるまい。では、ワシに一杯くれ！　まだまだ飲み足りぬ！」

「承知しました」

ブレストが差し出した酒杯に酒を注ぐ。

「叔父上、妾の旦那様を扱き使うでない。叔母上がおるじゃろ」

「むぅ、仕方あるまい。フレイ、酌を頼む！」

「はいはい、待ってね。すぐ行きます」

俺が注いだ酒杯を一気に飲み干したブレストは、自分の嫁であるフレイを呼び、お酌をしてもらい始めた。

「マリーダ様、私は他の参加者の方に酒を注いできますので、席を離れます」

「ああ、気を付けるのじゃぞ。酒を飲むと絡んでくる者も増える」

「承知しました」

マリーダの隣の席を立つと、酒壷を手にして披露宴参加者たちの方へ向かう。

アレクサで傭兵団に参加していた家臣とは、顔見知りになっているが、アシュレイ城にいた者でまだ顔を合わせたことがない者も多数いた。

鬼人族は少数民族であるため、今回の披露宴には、一族の者のほとんどが参加している。

「アレが戦女神のマリーダ様を手懐けた男か」

「わりと細身で若いけど、いい男」

「聞いた話だと、夜の方はすごいらしいぞ。女2人を相手にしてケロリとしてるらしい」

「それは……すごいわね。今度、味見――」

「馬鹿、マリーダ様に殺されるって。あの女好きだったマリーダ様が、ぞっこんの男らしいし」

漏れ聞こえてくる話を聞いて、自分が彼らからどう認識されているかが、おぼろげながら理解できた。

女好きだったマリーダを蕩けさせ手懐けた夜のお勤め人である。

初見の鬼人族たちの話からだと、軍師として認められている感触は皆無だった。

間違ってはいない認識だが、復帰への知恵を出した軍師としても多少は認めて欲しい。

なんとか、認識を少しでも変えてもらわないと、今後の作業がやりにくくなってしまう。

なにか、いい策はないだろうか……。

「さぁ、そろそろ酒も回ってきたから、やるとしようか！　みんな準備しろ！」

ラトールが手を叩いて、酒を飲んでいた鬼人族たちに何かの準備を促していく。

何が始まるんだ？　今日はただの結婚披露宴だろ？

お立ち台みたいな台が大広間の中央に設置されると、ラトールがその上に立った。

「さぁって！　鬼人族伝統競技、力比べの開催だぁあああっ！」

「「「ウェーイ！」」」

はぁ⁉　力比べ？　そんな話は一切聞いてないが⁉

「今回の主役はもちろん！　マリーダ姉さんの旦那になったアルベルトぉおお！」

「「「うぉおおおおっ！」」」

ラトールが俺を指差すと、鬼人族たちの視線が一斉にこちらを向いた。

待って、待って！　俺は脳筋じゃないから、力比べなんてしても負けるに決まってる！

むり、むり、むり！

「ちょ、ちょっと、ラトールの言ってることがわからないんだが」

「これは鬼人族の入り婿になる男が通る道。悪いが、アルベルトにもやってもらうぜ！」

「ええっ⁉ マ、マリーダ様、本当ですか？」

ラトールの言葉の真偽を確かめるため、リシェールを膝に乗せ、酌をさせていたマリーダに確認する。

「すまぬのぅ。ラトールの言う通りじゃ。婿入りする者は、自身が選んだ戦闘形式で鬼人族の者と戦うことになっておるのじゃ。じゃが、安心せい。命までは取られぬ。強さこそが至上の価値であるため、鬼人族の血族入りをするには、避けては通れぬ」

はぁあああああっ！ 聞いてませんけど！ 鬼人族たちと脳筋さを競えなんて無理だ！

ちらりと鬼人族たちを見ると、数名が身体を動かしアップを始めていた。

「え、えっと……強さを示せなかったらどうなるんです？」

「まぁ、誰も言うことは聞いてくれぬじゃろうな。力の序列が、鬼人族の唯一の規範じゃ」

待って、俺がこの力比べで力を見せつけられなかったら、マリーダの権威にぶら下がるだけのヒモ野郎って扱いになるの⁉ それは非常にマズいって！

「大丈夫、形式的な物じゃ。アルベルトのすごさは妾が一番知っておるからな。もし、誰にも勝てなくても他の者たちの意見は封じられるのじゃ」

それじゃあ、ダメなんです！

「アルベルト、何で競うか早く決めてくれ！　競う競技はどんな形式でも認められているぞ」

お立ち台の上のラトールが、俺に早く競技を決めるようせっついてくる。

むり、脳筋たちと競えるほど、俺は身体を鍛えてない……。

絶対にどんな競技でも勝てる気が――ん？　どんな形式でもいいって言ったよな。

それはつまり剣や肉体を使わない競技でも認められるってことだよな。

自分の脳内に浮かんだ競技でなら、脳筋たちを打ち負かせる道筋が見えた。

「どんな形式でも認められるというのは間違いありませんか？」

「ああ、そうだ。競う競技に制限はないぜ。なぁ、親父」

「ああ、そうだ！　なんでもいいぞ！」

アップしている鬼人族たちも、無言で頷いている。

「ならば、私が提案する競技はこれを使います！」

革鎧の隙間から、懐に常に忍ばせている筆を取り出し、皆に見せつける。

「ふ、筆⁉　いや、それは武器じゃ……」

「鬼人族の方が愛用の武器に命を預けるように、私はこの筆に命を預けておるのです！」

お立ち台のラトールとブレストに筆を持って近寄る。

これでの勝負を認めてもらわねば、俺に勝ち目は一切ない。

「さきほど、どんな形式の競技でもいいと言われました。鬼人族は自らした約束を破り、嘘を吐く一族なのですか！」

　脳筋でまっすぐな気性の鬼人族たちは、嘘を吐くことを異常に嫌う種族である。

　マリーダも追放の理由を問い詰めた時、わりとあっさりと自供したのは、この鬼人族特有の気性のせいだと思われた。

「そうじゃな。確かにラトールと叔父上はどんな形式でもよいと申した。妾たち鬼人族は嘘を吐かぬ。アルベルトの申し出は受けて立たねばなるまい！」

　当主となったマリーダの一言で、場の空気が容認へと変わった。

「では、私はこの筆を使って、あの部屋で文字の書き取り時間の長さを競わせてもらいます！」

　視界の端にあった窓もなく白い壁に囲まれた小部屋に筆を突き付け、勝負の内容を伝えた。

　コピー機のないこの世界、神官時代から大図書館の片隅で、資料の本を書き写してきた俺にとっては、いくらでも耐えられる競技だ。

「あ、あそこで書き取りだと……嘘だろ！」

「アルベルト、正気なのか！　あそこは狭いし、窓もない部屋だぞ！」

「はい、あそこでやります！　さぁ、準備を！」

　青い顔をしたラトールとブレストに筆を突き付け、準備を迫った。

「仕方ねぇ！　野郎ども準備だ！　急げ！　アルベルトに挑むやつは出てこい！」

「もちろん、ラトールとブレスト殿も参加してもらいますよ！　マリーダ様もね！」

「「「はぁ!?」」」

俺の指名を聞いた3人が固まった。

そして、窓のない白い壁の小部屋に小さな文机《ふみづくえ》が並べられると、参加を希望した勇者たちが順番に座っていく。

「皆様方、相当、顔色が悪いようですが大丈夫ですか？」

「だ、だ、大丈夫なのじゃ！　のぅ、叔父上。狭い部屋の中で文字を書くくらいで妾ら鬼人族が恐れを抱くことなど――」

「あ、ああ、あああ、ワシがこの程度で怯えるわけがあるまい。なぁ、ラトール」

「うぅうううううううううぅううううう、腕の震えが止まらねぇっ！」

「では、皆様方、お題の文章はこちらです。綺麗に書き取ってくださいね」

ラウンドガールのように、書き取りの文字を書いた紙を掲げたリシェールが競技の開始を告げた。

お題の文章は『思慮深く、物事を考えて行動します』としておいた。

脳筋に足りないのは考える時間だから、この文章を書き取らせて、少しでも考えることをして欲しいとの俺の願いを込めたものだった。

「きぇえええええっ！　こ、これくらい妾はやれるのじゃ！」

「うぐうううううっ！　一文字書くだけで、白い壁がワシに迫ってくるぞ！　負けぬ！　負けてたまるか！」

「く、くぅっ！　つれぇええっ！　この部屋で持つ、筆はなんでこんなに重いんだよっ！　鉛でも入ってるのかよ！」

マリーダを筆頭に、鬼人族の者たちは蒼白な顔色をして、文章を書き取っていた。

いくさに関することに対しては、絶大な集中力を見せ、報告書や地図を作成する鬼人族も、いくさに一切関わりのない状況で、窓もない狭い部屋の中での書き取りはとても苦痛らしい。

「1名、気絶による脱落です。アルベルト様はすでに書き取られましたので、他の方も1枚目をお早めに提出してください」

審判役でもあるリシェールが、苦戦する鬼人族たちを急かす。

「ま、待つのじゃ、リシェール！　妾がアルベルトに敵《かな》うわけがないじゃろう！」

「マリーダ！　鬼人族の気概をアルベルトに見せねばならん！　この程度で弱音を――」

「お、親父っ！　オレの手に発疹《ほっしん》が！　オレはこのままこんな場所で死ぬのか！」

書き取りを完遂できず、次々に参加した鬼人族たちが口から泡を吹き、気絶していく。

っていうか、お前らどれだけデスクワークが嫌いなんだよっ！

戦場での頼もしさを一切感じられず気絶した鬼人族たちを見て、大きなため息が出そうになる。

「では、２枚目まいりまーす！　どうぞー！」

　１枚目の提出が終わり、２枚目の書き取りに入る。

　鬼人族たちの顔色が、よりいっそう悪くなった。

「アルベルト、許して欲しいのじゃ！　妾は巻き込まれただけなのじゃぞ！　このような罰を与えられるいわれはないのじゃぁあああああっ！」

「視界が、視界が歪む。クソ、こんなことで、クソ、クソ！　ワシは負け――」

「お、親父！　手の震えが止まらねぇし、なんだか、周りの景色が狭まって――」

　２枚目を書き取る前に、マリーダもブレストもラトールも意識を失って、文机の前に突っ伏した。

「さすが、鬼人族。気絶しても武器である筆を手から離さなかったことは褒めさせてもらいましょう」

「勝者、アルベルト・フォン・エルウィン！」

　決着がついた。圧倒的な大勝利である。

　これで、俺が脳筋たちに侮られることはない。

　むしろ、最上位者のマリーダを打ち負かしたことで、反抗する気も起きないはずだ。

　体育会系の人たちは上位者に絶対服従するからね。

「さて、まだまだ書き足りないので、今回の披露宴の参加者全員に、私の書いたあの標語を配ることにしましょう」

それから、参加者700名分の標語を一時間ほどで書き上げ、配り終わった頃には、鬼人族の人から畏敬の念を得ていた。

圧倒的『武力』ではなく、圧倒的な『筆力』で力比べを勝利した俺は、マリーダの配偶者としてだけでなく、軍師としての地位を固めることができた。

第五章　実録！　エルウィン家の実態調査

帝国歴二五九年　金剛石月（四月）

マリーダのおっぱいの圧力が俺の顔を圧迫している。

彼女が当主に返り咲き、一族全員を招待した結婚披露宴も終わった。

当主の座を降りたブレストたち一家は、城内に作られた別の居室に移っており、大広間の奥のプライベート居室には、代わりに俺たちが入っている。

「うみゅうう。アルベルト、妾はもう無理なのじゃ。リ、リシェールを……うみゅう。そのようなエッチな下着を妾に着せるのはダメなのじゃ。ふみぅうう」

可愛い嫁は寝ぼけているが、おかげでふかふかのベッドとマリーダのおっぱい、そしてリシェールの柔肌に囲まれて至極の朝を迎えている。

ふむ、これが天国という場所だろうか。匂いよし、感触よし、気分よしの三拍子揃った目覚めに感謝だな。

昨日もマリーダたち相手に、夜のお勤めに励んだが、数日お預けしたマリーダが野獣のように襲い掛かってきたので、リシェールとともに躾《しつけ》をしてあげた。

もちろん、例のエッチな下着はきちんと装備してもらった。

　俺が不在の間は、リシェールがマリーダの調教をしてくれていたが、意外と才能があったようで、夜の主従が逆転していたのには驚いた。

　リシェールに責められて悶えるマリーダも、それはそれでとても可愛いし、彼女も満更ではない様子なので、そのままにしてある。

「アルベルト様、マリーダ様、そろそろご起床のお時間かと」

「マリーダ様、起きる時間ですよ」

「うみゅうう。妾は眠いのじゃ。政務はアルベルトに任せると言うとるであろう。いくさがない時は寝溜めするのが、いくさ人の決まりじゃ」

　マリーダの張りのあるおっぱいを押しのけて起き上がると、シーツを剥いでマリーダとリシエールの全裸を目に納める。

　朝の光に照らされた、マリーダの裸体は妖しいテカリを見せ、リシェールの大きな胸も軟らかさを誇示するように揺れている。

「アルベルトはエッチだのぅ。すぐに妾とリシェールの裸を見たがるのじゃ。昨日の夜も散々見たであろう」

「そうですね。あたしの裸も散々見られています」

「朝に見る裸体は、朝の良さがあるのを確認しているだけです。さぁ、２人とも起きて身支度するとしよう。今日からは色々と忙しいからね」

「むぅ。面倒なのじゃ。ベッドで自堕落に寝てたいのぅ」

「ダメです。当主となった以上、最低限のお仕事はしてもらいますよ。それ以外は私がやります」

ぶつぶつと文句を言いながら起き上がったマリーダが、リシェールから受け取った衣服を俺に着せ始めてくれた。

なんだかんだ文句を言いながらも身支度はしてくれるので、ブレストの言う通り気立てはとても良い子である。

マリーダとリシェールが、俺の身支度を始めると、居城の中庭の方から怒鳴り合う声が風に乗って聞こえた。

家臣同士の喧嘩かと思ったが、聞こえてくる声に聞き覚えがある。

ええっと、これは父親と息子の対立だな。

日に一度は親子での取っ組み合いが発生する。親子でだ。

昔からこの手の話は鬼人族ではよくあることらしく、我が新居となったアシュレイ城でも繰り広げられている。

「親父！　なんでオレがいくさに出たらダメなんだ‼　ゴラァあああ！　オレはもう成人してるっつってんだろうがっ！」

「ああんっ！　いきがるなよ！　お前みたいな青二才が、我がエルウィン家の大事な兵の指揮が執れるかっ！　もっと兵学の勉強をしろやボケぇぇえっ！」

身支度を終え、マリーダとリシェールを伴い、声のする中庭に出向くと、ワイルドな凶暴親父と、脳筋息子が取っ組み合いの喧嘩をしていた。

この城にきて、すでに一か月以上経ったが、毎朝の恒例行事である。

人がせっかく至福の朝を迎え、気力を充実させ、政務に取りかかろうとしたらコレだ。

「あら、アルベルトおはよう。昨日もマリーダとリシェールをずいぶんと可愛がったようね。2人の色艶を見ていると、味見してみたくもあるわね。どう、今夜あたり寝てみない？　年上のテクニックもわりといいものよ」

大広間に続く廊下には、ブレストの嫁であるフレイがいた。

彼女の能力はすでに見極めてある。

名前：フレイ・フォン・エルウィン
年齢：38　性別：女　種族：鬼人族
武勇：43　統率：20　知力：12　内政：7　魅力：66
スリーサイズ：B89（Eカップ）W54H86
地位：エルウィン家家老の妻

すでに15歳になるラトールがいて、彼女の年齢は40に近いが、肌の肌理は細かくマリーダに勝るとも劣らない魅惑的な身体付きをした美女で、その美しさに衰えはなかった。

声をかけてきたフレイに見惚れていると、耳元で声がした。

「アルベルト様？　あたしの奉仕が足りませんでしたか？」

「妾もまだまだイケるのじゃぞ。もう一度ベッドに行くか？」

「そんなことはないよ。マリーダ様もリシェールも最高さ」

ちょっとだけやきもちを妬いてくれたマリーダとリシェールが可愛すぎて、腰に手を回して抱き寄せる。

「まぁ、3人は朝からお熱いことね。これじゃあ、夜のお誘いはまた今度にしといた方がよさそう。残念だけどアルベルトには、あちらのお熱い2人も止めて頂けるかしら」

「また揉めておるのか。叔父上とラトールが」

呆れ気味に2人を見ていたマリーダが、大きなため息を吐く。

「すまんのぅ。アルベルト、2人を止めてやってくれぬか。このままだと血の雨が降るのじゃ」

放っておくと城の備品を破損させるので、気乗りはしないが仲裁することにした。

「仕方ありませんな。今日も仲裁させてもらいましょう」

俺はバケツを手にすると、中庭の噴水の水を汲み、取っ組み合いの喧嘩をしている2人に向かって水を撒いた。

「ぶあっしゃあっ！　誰だ！　オレに水をぶっかけたのは」

「ワシにもぶっかけおって！　誰だ！　名乗り出よ！」

「私ですが？　何か？」

朝から喧嘩の仲裁に駆り出された俺は、背後に怒りのオーラを纏い、にこやかな笑顔を貼り付けて２人に挨拶をする。

「ご両名とも朝から元気が有り余っておられるようですね。城壁の石積みと農地開墾のどちらがお好みですか？　さぁ、遠慮なく選んでくだされ。遠慮は無用ですぞ。仕事は山のようにありますからな！」

にこやかな笑顔のまま、ずいっと一歩前に出る。

当主に就任したマリーダにより、政務担当官として、内政・外交・謀略におけるほぼ全ての権限を付与された。

もともと与えられていた『軍師』という役にも、戦場以外での監督権を与えられ、エルウィン家の重鎮として筆頭家老となったブレストにも、その息子のラトールにも、指導や注意を行えるようになっている。

ただ、この軍師という地位は、マリーダが個人的に俺に与えた地位で、公的な身分ではない。

しかし、結婚披露宴での力比べの件や、最上位者である当主のマリーダが、俺の指示に従うと明言しているため、家臣であるブレストも、ラトールも、こちらの指示に逆らうことはしない。

戦闘職人で脳筋な鬼人族を、平時に自由にさせてしまえば、色々と問題ばかり発生するため、戦場以外では俺が仕切らせてもらっている。

いくさに関しても戦略は俺が筋道を定めるが、戦術指揮に関しては、熟練職人集団で当主であるマリーダ及び筆頭家老ブレストに一任するとの取り決めをしてあるのだ。

だが、今は平時。

平時の喧嘩は、ご法度《はっと》と定めてある。

破った者は誰であれ、罰を与えなければならない。

「オレのせいじゃないぞ。親父がっ！」

「な、なんじゃっ！　ラトール！　貴様、ワシのせいにするのか！　裏切り者め！　アルベルト、話せばわかる！　この阿呆が悪いのだ」

ブレストも脳筋一族ではマシな方だが、やはり理性よりも本能で生きている男であった。

「取り決めの際に申し上げたはず。城内での喧嘩はご法度。破った者は罰が下ると定めております。城壁の石積み、開墾作業がお嫌であれば『特別反省室』で一日お過ごしになりますか？」

『特別反省室』という単語を聞いたブレストとラトールが動きを止めた。

結婚披露宴の席で開催された力比べでやった『密閉空間での単純な文章の書き取り作業』は、『特別反省室』と名前を変え、鬼人族の間で恐怖の代名詞となっているらしく、いくさでは死を恐れぬ鬼人族が、泣いて許しを請うとまで囁かれているそうだ。

そんな酷いことはしてない。

ただ、窓のない白い壁の小部屋に正座して、一日ずっと『思慮深く、物事を考えて行動します』と書き取らせるだけの簡単な作業に従事させるだけの軽い罰なのだが。

脳筋である彼らには、それがたいそう苦痛であるらしい。

「ま、待て！ アルベルト。ワシは『特別反省室』は嫌だ！ 後生だ！ 頼むからあそこだけは」

「お、オレも嫌だ。頼む。もう親父と喧嘩はしない。本当だ」

鬼人族という本能のみで生きる猛獣たちを抑えられる猛獣使いというのが、今の俺のお仕事内容だった。いや、正式にはエルウィン家の軍師で政務担当官なのだが。

『特別反省室』行きを嫌がり、カクカクと足を震わせ、地面にへたり込み、這いずって逃げようとする２人に宣告する。

「では、『特別反省室』行きはやめにして、ブレスト殿は石壁の修繕、ラトールは郊外の農地を耕してくるように。よろしいか？」

キッと２人を見据える。こう毎日２人して暴れられたら、こちらの気が休まらない。

有り余る血の気は、エルウィン家の発展のためだけに使ってもらいたい。

「返事はどうされた？」

「「はっ、はいっ！」」

２人は背筋を伸ばすと、罰として与えられた持ち場に去っていく。

その様子を見送ったフレイが、半笑いの表情をして話しかけてきた。

「アルベルトは猛獣使いの才能があるのかもね。マリーダといい、うちの人とバカ息子も上手く使ってるし」

「私にそのような才能は……」

「フレイ、妾はアルベルトには従順じゃぞ」

確かに夜は俺に従順で、調教されつつあるマリーダであった。

「あのじゃじゃ馬だったマリーダがそこまで従順になるなんてね。やっぱ才能ありよ。また、あの２人が喧嘩したらよろしくね」

「はぁ、承知しました。できれば、フレイ様からも喧嘩をやめるよう忠告してくださいよ」

「無理よ、無理。言うこと聞かないもの」

フレイはけらけらと笑って、自らが喧嘩の仲裁をすることを断ってきた。

はぁー、あの２人の喧嘩でけっこう物損が発生してるから、止めさせて欲しいんだが。

「そうですか。では、私の方で気を付けておきます」

「ええ、頼むわね」

重臣の親子喧嘩を仲裁したところで、俺たちは本来の目的である政務をするため、書類が山積みになっている執務室に向かった。

中庭から戻り、プライベートの居室から、そのまま繋がっている執務室へ移動すると、当主用の政務机の上に溜まっている領民からの陳情書の数を見て、ため息が出た。

これらの書類の処理は、本来なら前当主だったブレストの仕事だが、いくさ以外で筆を握ると発疹が出るという鬼人族。

発疹の出る書類仕事をするくらいなら、いくさのための肉体鍛錬に励みたいという種族である。

俺も政務担当官に就任して、彼らの事務処理能力が欠落していることを痛感しているため、さきほどみたいな力仕事を、鬼人族たちに割り振っているのだ。

戦闘のために生きる一族。

戦闘に関しては超絶技量の職人芸を見せる変人集団、それ以外の能力は子供以下、それがこの鬼人族に対して下した俺の結論であった。

エルウィン家の舵取りを任された者として、人には得意と不得意があると理解しているため、長所を際限なく伸ばすことに決めていた。ただし、それは家臣たちだけに限り、当主には認めていない。

「アルベルト、妾は部屋に帰ってベッドでうたた寝してよいかのぅー。それか、鍛錬をしたいのじゃが」

机に座るや、すぐに当主率先でサボりか肉体鍛錬をしたいと申し出た。

マリーダは鬼人族の中でもさらに特殊な人物で、戦場で育ち、同族からも戦女神とも言われるほど、野生児丸出しで本能に生きる女性だ。

しかも、この国の皇帝と乳兄妹であり、野生児らしく奔放な性格のマリーダを、実の妹のように溺愛しているそうだ。

ただ、俺はまだ一度も皇帝たる魔王陛下の実物には会ったことがない。

話を戻すが、当主になったマリーダには、当主として最低限の仕事をしてもらわねば困る。

「印章押しはマリーダ様の仕事だと、何度も申し上げたはず。リシェール、マリーダ様に印章を」

「はい。心得ました。マリーダ様、こちらを」

「細かいことは嫌いなのじゃ。アルベルトが全部やると申したではないかー。印章押しなど妾の仕事じゃないのじゃ」

マリーダが駄々をこね始めたが、決裁の印章だけは当主が押さねば、帝国の定めた法を破ったことになり、政務担当官の俺の首が飛ぶ。

内政・外交・謀略全ての権限を与えられているが、それらを最終決定するのには、当主の印章による決裁が、形式上とはいえ必要となるのだ。

領主貴族は、領地を正式に継いだ爵位保持者の当主のみが、皇帝から与えられた印章を持つ。数年に一度、帝国から派遣される監察官による査察《ささつ》で、当主の印章の押されていないまま、実施されたことがわかる書類が見つかれば、責任者の首が飛び、家がお取り潰しになる。

だったら、印章を俺が預かれば問題ないかとも思われるが、爵位保持者以外が印章を持っているのを帝国に気取られれば、即座に御家取り潰しに発展する重大事になるのだ。

なので、野生児であるマリーダとはいえ最低限、印章押しだけはしてもらわねばならないのはご理解して欲しい。

「最低限、それだけやってもらえば、あとは全て私がやりますので。それとも、この書類の山を精査しますか？」

机の上に溜まった書類の束を見たマリーダの顔色が蒼くなる。

「嫌じゃ。字は読みたくない。妾は黙々と印章を押すから、アルベルトが精査するのじゃ。全く、叔父上もこんなに書類を溜めこむとは、けしからんのじゃ。リシェール、印章が曲がらぬように紙を押さえてくれ」

「承知しました。ああ、マリーダ様、少し曲がってますよ」

書類の精査を嫌がったマリーダが、リシェールに押さえてもらった書類に渋々印章を押し始めた。

マリーダが仕事を始めたことで、俺も溜まりに溜まっている陳情書や決裁資料の精査を始める。

ちなみにアシュレイ城は、魔王陛下の居城であるエランシア帝国の帝都デクトリリスと、俺の出身国であるアレクサ王国の王都ルチューンを結ぶ街道である『馬車の大道』上の要衝に建てられた城というのは前に説明している。

平時は多くの交易商人が行き交い、城下の街はエランシア帝国の物産を各地に売り捌きにいく隊商の出発点にもなっているのだ。

アシュレイ城の北側から見える一帯は、なだらかな丘が続く耕作に適した裕福な土地で、エランシア帝国の食料の八割を生産すると言われる穀倉地帯となっており、その穀倉地帯を守る最前線がマリーダたち鬼人族の領地だった。

何度も大きな戦争を引き起こしているアレクサ王国も、大軍を率いて帝国内部に侵攻するためには、街道上の重要拠点であるアシュレイ城を落とさなければならない。

無視して侵攻すれば、いくさ馬鹿の鬼人族の奇襲や輸送路襲撃に悩まされることは間違いないため、アレクサ王国と戦争になれば、常に最重要攻略拠点とされている。

その時のため、この領地の状態を詳細に把握しようと、色々と情報を集めているのだが……。

内政計画に必要な領民数、農村の数、食料の収穫具合といった税収の基礎台帳を作る情報となる書類が見つからなかった。

領地から、どれくらいの飯が取れるかと、人口数の把握は、動員できる兵数が決まるので、できるだけ早く把握したいと思っているのだが……。

そう考え前任者であるブレストに、租税関連の資料を要求したら、税収の資料って何？ って真顔で言われ、思わずグーパンチしてた。

だが、鬼人族の面の皮は厚いので、俺の右手が負傷しただけであった。

領地持ちの貴族家ならば、自家の税収台帳や人頭帳、金銭出納台帳、資産目録などの資料が家臣たちによって整理され、当主が自家の状況をだいたい把握できるようになっているはずだが、そういった資料類がエルウィン家にはない。

こんな状況で、いったいどのように家を運営していたのかと、ブレストに尋ねたが、税収は村長や商人たちが勝手に倉庫や金庫に納め、いくさの金が足りなければ、領民から適当に徴収していたと自慢したので、今度は左手でグーパンチしてた。

結果は右手と同じく、俺の左手が負傷しただけだが……。本当に勘弁して欲しい。

ハッキリ言って、頭が痛すぎる。歴代当主たちが内政無能をずっと続けてきたのだ。

やりどころのない俺の怒りが、当主のマリーダの身体に吐き出されることになったのは秘密にしておく。

あの日、俺がとっても頑張ったのは、全部君の一族のせいだからね。

「きえぇぇえええ！」

マリーダが奇声をあげながら、リシェールに手伝ってもらい、印章を押す仕事をしている。

そんな彼女の姿を見て、ふぅとため息が出た。

さて、歴代の統治者の内政無能をさらしていたところまで話したが、そんな適当な運営でよく家が潰れなかった理由を三点ほど考えてみる。

まずアシュレイ城の周辺が肥沃な土地であり、農村での食料の収穫高が多そうなのが一点。

次に交通の要衝として栄えた商業地を領内に抱えていたことで、領民の資産が多かったのが一点。

そして、絶大な戦闘力を誇る鬼人族の怒りを買うくらいなら、生活に問題ない範囲で金や食べ物を与えて、いくさに集中しておいて欲しかったという領民たちの下心が一点。

以上の三点が、とんでもない運営をしていたエルウィン家が、潰れないで済んだ理由だと思われる。

だが、その無計画なエルウィン家の領地運営は、俺が改革し終わらせるつもりだ。

俺がこの地にきた理由は、このエルウィン家をエランシア帝国の上級貴族にまで押し上げ、自身の優雅な人生を送るための基盤を、全力で整備するためだからだ！

そのために必要な物は三つある。

第一に武力、第二に資本力、これは財力でもある。第三に人力、これは多彩な人材のことも指すし、人脈ということも含んだ言葉だ。

そういった点で、現状のエルウィン家の評価を考えてみた。

武力に関しては爵位不相応の絶大な武力はある。

居城に籠れば、数万の軍勢の包囲には耐えられるだろうし、野戦においては数千の兵を蹴散らすことも朝飯前だとブレストも断言している。

農民兵主体の軍であれば、本当にやりかねないのだ。

実際に、国境三城を落とした時のマリーダとエルウィン傭兵団の手際を見れば、エランシア帝国最強の戦闘集団であることは間違いないと確信できた。

家中も野生児マリーダを中心に、絶対的な上意下達の体育会系の忠誠心と結束を誇り、その絆は深く強固なものであった。

なので、武力という一点で見れば、エルウィン家はもっと上位貴族に叙任されていてもおかしくない家柄である。

ただ、資本力、人力の二点が大いに足を引っ張り、この家の発展を阻害している。

陳情書の精査をしていると、その二つの問題点が大半を占め、エルウィン家を発展させるには、集中的に取り組まねばならない問題だった。

「ふぅう、やっと終わったのじゃ。アルベルト、妾は、今日はもう政務をせぬ。鍛錬をしてお るから、後は任せた」

俺が本日分の最低限度とした決裁書類に印章を押し終えたマリーダが、仕事をやりきった感を前面に押し出して、額の汗をリシェールにふき取ってもらっていた。

仕事といっても俺が精査した書類で、今日中の決裁が必要だった10枚ほどの書類に印章を押す仕事なのだが、マリーダは三度失敗し、10枚の決裁書類を作るのに1時間以上は経過していたのだ。

まぁ、でも10枚できただけえらい。マリーダは褒めれば伸びる子だと思っておく。

「よくできました。さすがマリーダ様です。お仕事は達成したので、鍛錬に行かれてよろしいですよ」

「いやったぁ！　鍛錬に行くのじゃ！」

執務室から脱兎のごとく逃げ出そうとしたマリーダの背に向け、もう一言だけ告げた。

「ですが、明日は追加で1枚分の決裁を増やしますけどね。マリーダ様はやればできる子ですので」

こちらの言葉に反応し、振り返ったマリーダが抗議したそうな顔をした。

「鬼ー、悪魔、変態、アルベルトは妾が苦しむ姿を見て悦に入るエッチな男なのじゃー」

「うむ、マリーダ様の困る顔は最高のご馳走ですね。これで夜のお勤めも捗りそうです」

「アルベルトのアホーっ！」

ちょっとだけマリーダをからかったら、目に涙を浮かべて執務室から逃げ去っていった。

「マリーダ様のあの顔はそそりますよね」

マリーダを見送ったリシェールの眼が妖しくきらめいている。

彼女もまた肉食系奔放令嬢マリーダの中にあるMの属性を嗅ぎ取ったようだ。

「わかっているな。さすがリシェール」

「アルベルト様によって気付かせてもらいましたからね。フフフ」

自分より年長者であり、主人であるはずのマリーダに対し、リシェールはMの属性を見出したことで、心理的に変化をしている様子である。

リシェールは、俺以外に野生児マリーダの制御をできる有力候補に育ってきた。

学はないが、洞察力の鋭さと利口さがあるため、マリーダの件を含め、色々とサポートしてもらっている。

「では、夜のお勤めでも期待できそうだな。フフフ」

「お任せください。マリーダ様をイカせてみせますよ。フフフ」

マリーダのいなくなった執務室で、2人して妖しい笑みを浮かべた。

「さて、ならば夜のお勤めを頑張るためにも、こちらの仕事も目処をつけるまで頑張るか。リシェールは、鍛錬に行ったマリーダ様の面倒を見ておいてくれるか」

「心得ました。それと、帝都でも申し上げましたが、情報収集組織を立ち上げる準備を始めました。アルベルト様の意向に沿って、今は買収できそうな中堅どころの商会を探しています」

「わかった。情報が全てにおいて優先される。商会を隠れ蓑にした情報収集組織の働きも必ず必要となるので、早急に整備も頼むぞ。買収資金はアレクサ王国の組織で稼いだものを使ってよい」

「承知しました。なるべく早めに立ち上げます」

リシェールが承諾の一礼をすると、マリーダを追って中庭に続く通路に消えていった。

「さて、私はエルウィン家の財務状況を把握しとかないと」

俺はリシェールを見送ると、財務の状況を少しでも把握するため、エルウィン家の金庫の中を確認しに執務室から出た。


金庫は城の一角に作られており、警備のため屈強な鬼人族の兵が立っている。

「これから、金庫の中を確認させてもらうが、よろしいか?」

「ははっ！　どうぞ！」

警備をしている鬼人族の兵士は、鍵を外して、金属製の重い扉を開いた。

金庫の中は窓が一つもなく、昼間でも真っ暗である。

もう1人の兵士が、松明を点け、金庫の中を照らしてくれた。

「な、なんじゃこりゃあああああっ！」

松明で照らし出された金庫内を見て、思わず叫ぶのを止められなかった。

「か、金がない……金庫に金貨も銀貨も銅貨すらもないぞ！」

エルウィン家の金庫内にあったのは、金銀財宝ではなく、借用書や領収書と思われる紙の束だけしかなかったのだ。

内政を放置して、いくさに出兵しまくってたエルウィン家であるため、借金まみれで破綻寸前の可能性もあるかもしれない。

「金庫に金がないが、これはいつものことか？」

警備の兵士に金庫の状況の確認を取る。

確認した理由は、もしかしたら、ただ支払いが重なって、今だけ限定でこんな状況なのかもしれないからだ。

「常にこの状況です。足りなそうなので、前の当主であるブレスト様には、臨時徴収の具申《ぐしん》をしてあります！」

はい、これが通常でした……。しかも、臨時徴収を予定してたのか。

この二年間、いくさに出兵してないはずなのに、なぜ金庫の金がなくなる！

城下街の繁栄を見れば、税収はかなり入ってくるはずなのに！

空の金庫を見て、膝から崩れ落ちそうになる自分の身体を何とか支えた。

「ふぅ、すまないがここにある借用書と領収書を全部執務室へ持ってきてくれ。１枚も残さずに頼む」

「はっ！ 承知しました。すぐにお持ちします！」

俺は金庫内の書類を執務室へ運ばせると、算盤《そろばん》を弾いてエルウィン家の財務状況を丸裸にしていく。

計算していくうちに、財務状況の悪さで頭痛がしてきた。

叡智の神殿で神官をしていた時、アレクサ王国の仮想敵国とされていたエランシア帝国のことは、法律から貴族家の力関係、亜人の風習など、王からの諮問《しもん》に答えられるよう、色々な知識を大図書館から仕入れておいたのが非常に役に立っている。

その知識から貨幣制度について語らせてもらう。

エランシア帝国は貴金属の鉱山が多く、領民の多くは銀貨か銅貨か鉄貨を使用し、売買を行っているのだ。

貨幣の鋳造は、帝国が定めた鋳造所でしかされず、帝国が定めた金属含有量を満たした物が貨幣として流通している。

たまに、自分の領地で贋金《にせがね》を鋳造する馬鹿者がいるらしいが、そういった贋金作りは、帝国法により、厳罰が下るのだ。

ちなみに、農村ではいまだに物々交換もされるが、街では貨幣がかなり流通している。

銀貨、銅貨、鉄貨が一般的な取引用の貨幣、金貨は主に褒賞や、商人たちの高額決済用として使用される。

流通している貨幣の日本円での価値は以下になる。

・帝国鉄貨……10円。
・帝国銅貨……100円。
・帝国銀貨……1000円。
・帝国金貨……10000円。

帝国内の領地であれば、鉄貨10枚で銅貨1枚、銅貨10枚で銀貨1枚、銀貨10枚で金貨1枚として交換してもらえる。

ただし、他国に行ったら、価値や交換比率はまた全然違うものになるが。

貨幣価値を理解してもらったところで、エルウィン家の財務状況を発表させてもらう。

現時点でのエルウィン家の財務状況は、預貯金ゼロ、傭兵団が褒賞として持ち帰った手持ち資金5000万円、借金4億9000万円だ。

財務状況は債務超過《さいむちょうか》って言いたいが、エルウィン家の資産ともいえるアシュレイ領の価値査定ができていないため、判断がつかない。

ただ、普通の一般的な男爵家で4億円を超える借金を抱えてたら、すでに取り潰されてるはずだ。

パッと見た感じの印象ではあるが、アシュレイ領からの税収は多いと思うので、致命的な財務状況だとは思わないし、借金をしている大きな理由の一つも見つけた。

多額の借金の原因の一つは、膨大な人件費を支払っていることだ。

エルウィン家の家臣たちの役職及び、俸給ランクはこうなっている。

・従者……平民から徴用した者が就く最初の役目。何でも屋の雑務係。月給1万円。
・従者頭……従者たちのとりまとめ役。月給3万円。
・従士……鬼人族一族の者が採用されると就く役目。戦士のお世話係。月給3万円。
・戦士……戦闘職人たち。従士を数年経験し、昇進すると就く役目。主戦力。月給4万円。
・戦士長……戦士たちのとりまとめ役。戦時の隊長クラス。月給10万円。
・家老……家臣たちのとりまとめ役。戦時、当主の代行も務める。月給15万円。

とまぁ、こんな感じだ。お安いサラリーだと思われるかもしれんが、一般人の月のサラリーの平均は、だいたい7500円なんで、従者でもわりと高給取りになる。

戦士長以上は、サラリーとは別に領地をもらえることもあるし、戦士や従士もいくさに出れば褒賞金という名のボーナスが付く。

エルウィン家の俸給をもらっている家臣の数が現時点で213名。

しかも常備兵となる戦士や従士の数が200名。

男爵家にしては、家臣の数が明らかに多すぎるのである。

一般的な男爵家なら、文官と武官含め、家臣は50名程度が相場だ。

だが、エルウィン家は4倍の家臣を雇っている。

子爵家よりも多く、伯爵家に迫る数の家臣がエルウィン家から給料をもらっていた。

その膨大な人件費が、財務状況をかなり圧迫して、借金体質に陥っていそうな気配がしている。

ただ、家臣の数を減らせば、エルウィン家の長所である絶大な戦闘力が消えていくため、簡単に手が付けられる問題でもないことが判明した。

ちなみに俺は、役職としては政務担当官の最上位であり、当主の婿で、エルウィン家の『軍師』という立場だ。

さぞかしガッポリと、サラリーをもらってやがるだろうって思うだろ？

ハードな仕事をこなして得られるサラリーは、月に3万円なのだ。

なぜなら、俺のエルウィン家での正規の役職は、従者頭にすぎないからだ。

物価の安さはあるが、それを加味しても、転生前のサラリーマン時代や、叡智の神殿の神官時代の方がもらっていた。

まぁ、俺の場合、サラリー以外の収入として、自らが運営してた商会の利益もあるのだが
……。

あれは、あれで色々と経費がかかるので、実際は嫁のマリーダに食べさせてもらっている。

ヒモ生活万歳！　って喜んでいいのかはわからんが、いちおう身分的には従者頭でしかない。

当主に準ずる扱いを受け、権限は強いが、サラリーは安いヒモ軍師様が俺だ。

お家乗っ取りを企めば、すぐにでも乗っ取れる立場だが……。

それをすると、魔王陛下とか、戦闘無双、内政無能な脳筋一族を敵に回すので、当主になるのはご遠慮させてもらっている。

エルウィン家の財務状況の確認をするため、持ってこさせた書類が片付いた執務室の机の上には、まだ多数の決裁待ちの書類の束がうずたかく積まれていた。

この量を俺1人ではけっこう大変かもしれない。

どこかに有能な事務官いないかなぁ。鬼人族以外の人材が欲しい……。

現状は俺1人しかいないので、諦めの境地に達し、積み上がった決裁待ちの書類の束を一つ手に取る。

「夕方までには少しでも減らしたい。もう一仕事するか」

手に取ったのは農村の村長からの陳情書で、アシュレイ城の水堀にも使用している河川から開墾用の水路建設をして欲しいとの要望だった。

鬼人族が、いくさのために作った詳細な領内の地図から農村名を探し出す。

言い忘れていたが、鬼人族はいくさに関することだけは超一流の職人集団なので、戦時に使用するための周辺地勢図、領内の拠点地図、裏道まで描かれた街道地図などはアレクサ王国で軍用に使われる地図とは、比較にならないほどの精密さで作られているのだ。

これほどの詳細な地図を作れる知識があるのに、それが内政に直結しないのが鬼人族クオリティなのである。

要は、地図はいくさ道具として必需品だからと、戦闘技能を高めるような感覚で特化した者がいて、その技術が後任者に伝承されているのだ。

あと管理には向かない種族だと思われる鬼人族であるが、武具の備品管理『だけ』は太鼓判を押せるほど綿密な管理をしており、誰がどの武器を貸与され使用しているか、破損品の補填はされているか、矢玉の補填はされているかなど詳細すぎる帳簿が存在している。

ニコニコ顔のブレストから、その帳簿を見せられた時は、『なんで、それが内政においてできないんだっ！』ってグーパンチで突っ込みたくなったが、手を負傷したくないので自重した。

つまり、鬼人族は『戦闘に関連する技能・知識においては一級の技能を持つ者がいる』のだが、その技能は『戦闘とそれに付随する状態のみ』でしか発揮できない種族らしい。

応用が効かなさすぎて、マジ、面倒くせぇ。

そんな、鬼人族が作った詳細地図で目的の農村を発見すると、陳情書に書かれている水路の重要性が理解できた。

水路ができれば、陳情書を出した農村だけでなく、周辺の未耕作地も農地にできて、収穫量を激増させることになりそうだ。

城より下流域だが、あの河川の水量であれば、大規模水路でない限り、こちらへの影響は少ないだろうな。

この世界、食料はいくらあっても困らない。余れば街で売って金に換えればいい。

城下の交易商人たちが喜んで買って、食料不足地域で売り捌いてくるだろう。

陳情書には水路建設の日数と人の数、かかる予算まで、俺の推定した金額に近い額が算出されている。

この村長はわりと使えそうな人材かもな。名前をメモっておこう。

内政に関しては現状壊滅的なので、領内の有能な人材を拾い上げないと、俺の仕事量が膨大になりすぎる。

なので、ちょっとでも使えそうな人物は名前をチェックしておくのだ。

続いてのお便りは——。じゃなかった。陳情書だな。うん、ぼっちでのお仕事は寂しいな。

マリーダの事務能力は幼児並みだし、リシェールも文字こそ読めるが、字が書けない。

2人とも夜のお勤めでは、とても頼りになるのだが、この難題が積み重なる昼間のお仕事を補佐してくれる人物ではなかった。

ふぅ、文字が読めて、字が書けて、綺麗で、おっぱいの大きな独身の若い子いねぇかな……。

そういった子がいれば、個人秘書としてマリーダに雇ってもらってあわよくば……。

美人秘書の要求熱が高まりそうであったが、いない者を探しても虚しいので、新たな陳情書を手に取ることにした。

陳情書の中身は、居城内の倉庫に溢れる備蓄食糧の余剰物資の処分に関する話で、腐りかけている食料を酒保《しゅほ》商人に売却して良いかを確認するものであった。

エルウィン家って、けっこういくさに出ているイメージだが、それでもなお備蓄食糧が腐るほど積み上がっていると他の領主が聞いたら、うらやましがるだろう。

それと、この陳情書を書いた人物は、在庫の管理の重要性を理解しているようで、先入れ先出しを徹底したいと申し入れてきている。

そのため、一旦全ての在庫を倉庫から出して古い物を売り捌き、倉庫整理を行いたいと陳情しているのだ。

すぐに陳情者の名前をメモに控えておいた。

これは早急に対策を施した方が良い問題であろう。籠った際に飯が腐っていたでは笑えない話になる。

ぜひとも筋肉一族に鍛錬と称して倉庫整理をやらせ、期限切れ間近の食料を売り飛ばして、手持ち資金に変えなければならない。

鬼人族は鍛錬と言えば、基本力仕事を嫌がる種族ではない。

何とかと何とかは使いようと言うが、鬼人族のための言葉かも知れなかった。

とりあえず、倉庫の中身を全部出して綺麗にするのは早くした方がいい。

これは緊急最優先案件として受理しとこう。

次は城下街の商人たちからの陳情書か。

領内における取引物の計量上のトラブルが多発しており、なんとかして欲しいだと。

交易の拠点として城下の街は多くの商人が訪れる。

だが、領内では度量衡《どりょうこう》の基準が統一されておらず、商人ごとに別々の基準を使い、それがトラブルを多発させているそうだ。

この場合、俺が基準として決めた長さ・重さ・体積でのみ、領内での販売を認めるという強権を発動させてもらおう。

どうせ、兵糧として食糧を納入してもらう納税では、統一した基準を作らねばならないので、商人たちの方もまとめて統一した方が、初期コストも抑えられるだろう。

領地が増えれば、増えた領地にも適用し、利便性を高めれば、商人たちを介して周囲の領地にも波紋のように、こちらの設定した基準が広がっていくはずだ。

度量衡を制する者、経済を制する。ってな感じで商圏の拡大には、こっちが設定し有利な度量衡を相手側にも使わせることで利を増やすという側面もあるのだ。

もちろん、相手も商売相手が増えるというメリットを提示してやらねば、使用してくれないだろうけどね。

そういった点で言えば、アシュレイ城下は東西南北の交易街道の交差する土地にある巨大な市場である。

交易商人たちも、この地での商売に旨味を感じているだろう。

だから、反発も出るだろうが領内に新たな度量衡を制定し、その計量器でしか領内の取引を認めないことにしたい。

度量衡統一のメリットが、商人たちに伝われば、爆発的に普及すると思われる。

陳情者の氏名をメモに控えると、決裁待ちの方へ陳情書を入れておいた。

マリーダが受け継いだエルウィン家の領地は、内政家にとって理想とも言える好条件を兼ね備えたハイスペックな土地だ。

しっかりと内政に手を入れ、領内を発展させられれば、あの脳筋戦士団は大陸一の武装集団になれる実力を持っている。

だが、現状は歴代当主の内政無能により、領内の農村による自治能力が異様に高い状態にまで発展してしまっていた。

これをこれ以上放置すれば、鬼人族のお飾り化がさらに進み、武力で抑えられない状態にまで自治能力が高まってしまえば、最悪領内で、血で血を洗う内戦が発生する可能性も捨て切れない。

一騎当千の鬼人族とはいえ、少数民族にすぎない。

領内の多数を占める人族が、支配者一族に対し決起すれば、問題はややこしい方向へ動き出してしまうのだ。

どういうことかって？　なに簡単なことだ。

当主や支配者一族の鬼人族むかつく、あいつらが困ることしたい、だがバレると軍隊が飛んでくる。

そうだ、お近くの人族国家に助けを借りよう。アレクサ王国の支援を受けてレジスタンス活動だ。ヒャッハー！

というわけで、状況次第でアレクサ王国を巻き込んだ泥沼の内戦という最悪のパターンに入ることも考えられるのだ。

そんな事態は避けたいので、高まった領内の自治能力を組織化させず、エルウィン家の家臣団として取り込むのが、さらなる領地の発展へ必須となっている。

その取り込んだ者たちは、文官として採用し、俺の手足として扱き使う予定だ。

外の戦闘はマリーダとブレスト率いる鬼人族に任せる予定なので、領内巡視、徴税業務、事務作業、台帳管理、トラブル処理などを、俺がこれから作る内政団が請け負う形になるだろう。

早く人材が欲しい……。内政団を作ると言ったのはいいが、現状まともに内政をやれる人が家臣団に1人もいない……。

執務室で、エルウィン家の家臣団の惨状を確認した俺からは乾いた笑いしか出なかった。

エルウィン家が俸給を払っている家臣は、その全てが戦闘を生業とする戦闘職人とも言える鬼人族の戦士なのだ。

確かに一騎当千の戦士たちは強い。それは認める。

だが、内政を扱う者を1人も雇わないとは、どういうことだと声を大にしてエルウィン家の歴代当主たちに言いたかった。

領内の収穫高の確認や城の備蓄食糧の数、領内の困りごとの状況等々、アシュレイ領内の内情を正確に知る者が皆無の状況。

俺はエルウィン家の歴代当主たちが先送りし続けた負の遺産に血涙を流しつつ、山積みの陳情書に目を通していく。

こ、これくらい。どうってことないんだからねっ！

俺1人しかいない執務室で、頬をしょっぱい水が伝っていく。

この辛さは夜になったら、マリーダとリシェールの身体に全部吐き出させてもらうことにしよう。

この後、執務室で山積みの陳情書や関連書類と日暮れまで格闘することとなった。

翌日になり、城の倉庫に到着すると、まずは食糧備蓄管理台帳の存在が本当にないのか確認するため、倉庫番をしている人族の男を呼び出した。

倉庫番の男は、40代の人当たりの良さそうな頭ツルテカのおじさんであった。

例の腐敗しかけている在庫食糧の売却の陳情を行った人物でもある。

「貴方がこの倉庫の管理を任されている人ですか？」

「ええ、ご当主様始め、鬼人族の方はいくさの時しか食糧の管理をされませんから、各農村の村長に頼まれて、私が管理しております。名はミレビスと申します」

ミレビスと名乗った男は、丁寧な挨拶を行った。

「お初にお目にかかります。マリーダ様より、内政を任せられた政務担当官のアルベルトと申します。若輩者でありますが、以後お見知りおきを」

「お噂は鬼人族の方より聞いております。あのご当主様の入り婿になられたそうですな。それと、若いのに聡明で勇気があると聞き及んでおります」

倉庫番のミレビスは、終始丁寧な言葉遣いや態度を示しているが、その目の奥はこちらを値踏みするような鋭い視線を向けている。

「噂とは、実態とかけ離れた話が流布するものです。それよりもミレビス殿が出されたマリーダ様への陳情書は拝見させてもらいました。文字も綺麗で文章もわかりやすく状況を伝えておられたため、すぐにでも手を打たねばと思い、尋ねてまいりました」

「ほう、あの陳情書を読まれたのですか」

ミレビスの眼がさらに鋭さを増していく。人当たりの良さとおおらかそうな外見とは裏腹に目は知性の光を鋭く放っている。

これは俺がミレビスに値踏みされていると見た方がいいな。

いちおう、これでも俺の身分は、当主直属の軍師兼政務担当官という立場とされ、血族主義を貫くエルウィン家で、唯一の人族の家臣だった。

武事一辺倒のエルウィン家の領民からしてみれば、ようやく内政の話を聞いてくれる人が現れたとの思いもあるのだろう。

話は逸れるが、血族主義のエルウィン家であるため、鬼人族以外が家臣になるためには、鬼人族の配偶者になった者のみと、規定されているらしい。

ちなみに歴代当主を含めた鬼人族たちの考える家臣枠は武官職だけで、文官職は規定こそあるものの一切考慮されないという徹底ぶりだ。

そして、どうすれば、鬼人族の配偶者になれるのかは簡単だ。

鬼人族は武を貴ぶ種族であるため、血族入りするためには、戦闘において抜群の武勇を示せばいい。

強さを見せれば、鬼人族の家長が、娘を与え血族に迎え入れてくれる。

つまり、鬼人族と血縁を結ぶには、戦場での武勇が必要であり、鬼人族の血縁のない人族は、武勇以外が有能であったとしても、そもそも家臣にすらなれない状態だ。

だから、戦場に出ないミレビスは、そういった基準で血族入りをできないでいる者だった。

「ミレビス殿は現状のエルウィン家についてどう思われます？　思ったままに述べてもらってけっこうですよ」

「これはかなり直球な物言いですな。私ごとき在野の者が、エルウィン家の方針に異を唱えることなどできません。アルベルト殿もお戯れはおやめください」

「では、質問を変えます。エルウィン家のさらなる発展を目指すため、現状で最優先の施策を述べよ！」

俺はそれまでの丁重な態度を変え、高圧的な声を出してミレビスに返答を求めた。

すると、ミレビスもこちらの本気を感じ取ったのか、それまでの人当たりの良さげな顔を引き締め、俺を値踏みしていた時と同じ、知性を宿した目の輝きを増していく。

「それは、私の採用試験と見てよろしいでしょうか？」

「ああ、そう思ってもらって構わない。私の手足として動く者が欲しいからね。質問の答えを聞いて気に入れば、政務担当官の私が任命裁量権を持つ文官枠の家臣として、マリーダ様に雇ってもらうつもりだ。最初は従者だが、成果を出せば従者頭に取り立てることも検討している」

俺だけでは内政を仕切る人材は足りないのは明白なので、早急な人材拡充のため領民の多数を占める人族を家臣へ積極的に登用するつもりである。

俺の出した返答で、ミレビスの顔にさらなる真剣さが加わった。

しばらく待つと、ジッと考え込んでいたミレビスが、自らの考える答えを導き出したようだ。

「エルウィン家が最優先で取り組むべき課題は、各種台帳の整備だと思われます。徴税に必要な租税基礎台帳、その基礎となる各農村の農地収穫高を査定した土地台帳、人頭税《じんとうぜい》の基礎となる農村の人口を調査した人口台帳、倉庫に兵糧として物納された食糧管理台帳、城下の街の商家に課税するために提出させる売り上げ申請台帳など、各種の台帳を整備し、領内の状況の把握を務めるのが先決だと判断いたします！」

ミレビスの出した答えはほぼ満点である。

内政の基本はいくら入ってきて、いくら出ていくかをちゃんと知ることが第一であるのだ。

けれど、今のエルウィン家は入ってくる額も不明、出ていく額も不明。

そもそも、金が足りているのか、足りていないかも把握できない状況である。

この状態でよく帝国から派遣された監察官に怒られないなと思ったが、監察官も人の子。

狂犬に噛みついて喰い殺されるよりは、何も見なかったことにして長年お茶を濁してきた気がする。

案外『エルウィン家には監査に行くな』とのお達しが、あるのかもしれない。

それくらい監察官から見たら、問題がありすぎるほど致命的な無管理状態で運営しているのだ。

致命的な無管理状態でも領地が治まってきたのは、領民の代表者から形式上の陳情書を出し、一定期間返答がなければ陳情した代表者が申請内容を勝手に実施してきたからだと思われる。

アシュレイ領は、通常じゃありえないほど、領民が自分たちで自分たちのことをしている領地なのだ。これがずっと続いてきたのがエルウィン家の領地の歴史だった。

安定した領地運営を行うためには、領民の代表者となっている村長たちの力も徐々に力を削がないとな。

これからのエルウィン家のことを考えつつ、満点の答えを出してくれたミレビスの能力を、力を行使して見極めてみる。

名前：ミレビス
年齢：39　性別：男　種族：人族
武勇：18　統率：9　知力：54　内政：81　魅力：44
地位：エルウィン家の倉庫番

内政の能力が高い。内政人材としては即戦力級といったところだろう。

「採用。ミレビス殿はこれよりエルウィン家の文官たる従者として雇用し、私の部下になってもらう。これよりエルウィン家の各種資料を作成する手伝いをせよ」

「はっ！　はぁ!?　即決ですか？」

採用を告げるとミレビスの顔が驚いた表情で固まった。

その場で即決されるとは、思っていなかったのだろう。

悪いが俺は忙しい身だし、有能な文官候補は見つけたら、即決採用していくことにしている。

年齢、性別の差別もなく、人格破綻者でなければ、どしどし採用する予定だ。

裏を返せば、それほどまでにエルウィン家には内政業務に長けた者がいないのである。

「ああ、今後は私が上司だからミレビスと呼ばせてもらう。よろしく頼むぞ」

「え！　ええ。まぁ、それは構いませんが……ご当主様の許可は……」

「内政に関しては、私に全権委任をされている。明日には文官として従者の任命書を渡せるはずだ。だが、業務は今日から手伝ってもらう。それと、正式な台帳類が整備されるまでは、村長たちからもらっていた俸給は引き続きもらっていい。そこにエルウィン家の従者としての俸給が加算されると思ってくれ」

「えっ！　別枠で俸給をもらえるのですか！」

「だが、その分仕事が激増すると思ってくれ。エルウィン家の現状を知っているミレビスなら、この各種資料作りが、かなりの困難が予想される仕事だと理解してくれていると思う。そのための俸給二重取り許可だ」

俸給を二カ所からもらっても良いと言われたミレビスの顔色が即座に変化した。

自分たちが行うべき作業量を脳内で把握したのだろう。

考えられる作業量は、俸給を二重取りしても、わりに合わない額だ。

もちろん、各種資料が完成したあかつきには、マリーダによってミレビスをさらに出世させるつもりでいる。

鬼人族から文句が出るようであれば、ミレビスが行うであろう困難な仕事の一部を経験させてやれば、いかに彼が勇者であるのかが理解できるはずだ。

鬼人族は武勇を貴ぶ。彼らは武芸の凄さや力の強さだけを貴ぶのではなく、困難に挑戦する心と何物にも怯えない勇気も貴ぶのである。

だからそういったことが、平時の城でも起きていると、彼ら鬼人族に理解させてやればいい。平時の文官は、筆をもって困難な仕事に立ち向かっていると理解すれば、ミレビスを始め、今後文官として採用される者たちを見くびる者は出なくなるはずだ。

「承知いたしました。これより、アルベルト殿の部下として職務に励むことを誓います」

ミレビスは俺の前にひざまずくと、右胸に左手を置き部下になることを誓った。

「よろしく頼む。早速だが、まずは腐りかかった倉庫内の食糧を何とかしようと思う。売却先に心当たりはあるか？」

「ははっ！　陳情書でも申し上げた通り、期限の近い物は酒保商人に値を付けさせて引き取ってもらうのがよろしいかと。すぐに城下にいる酒保商人に声を掛けます。値付けはいつ頃させましょうか」

ミレビスは売却先となる酒保商人たちとも伝手があるようで、彼らを呼んで倉庫内の売却商品に値を付けさせるつもりらしい。

　どうせなら、この際に倉庫の整理もしておきたい。余っている筋肉を動員してやろう。

　俺はこの機会を使って、長年の放置のツケが溜まって、魔窟《まくつ》と化している倉庫を徹底的に整理整頓することにした。

「よし、明日にでも鬼人族に鍛錬と称し、倉庫内の物を城の中庭に全部搬出させよう。何一つ例外なく全てだ。半日で空にさせるから、その間に並行して残す物と売却する物、廃棄する物に分ける。酒保商人には、その間に値付けをしてもらうことにしよう」

「明日ですか！　鬼人族の方々が倉出しのお手伝いをするとは……」

「大丈夫だ。『鍛錬』と頭に付ければ彼らは喜んで倉出しを行ってくれる。それに当主がやるのに、家臣がやらないわけにはいかないだろう。そちらは私に任せてくれ。ミレビスは早急に酒保商人に連絡を頼む」

「は、はい。承知しました」

　こうして、俺は有能な家臣のスカウトに成功し、その勢いのまま魔窟と化したアシュレイ城の倉庫を徹底的に整理整頓することに決め、動き出すことにした。

　翌日から始まった倉出し作業ではマリーダを始め、鬼人族が総動員された。

「今回の倉出し鍛錬で一番多く物資を搬出した隊は、次回のいくさで先陣を任せますので、頑張ってくださいませ」

「先陣は妾の隊がもらうのじゃ！　叔父上とラトールには、負けぬ！」

「馬鹿な！　ワシが一番に決まっておる！　じゃじゃ馬とバカ息子に負けるものか！」

「ヨボヨボの親父ごときに負けたら、鬼人族の名折れだ！　それに、マリーダ姉さんにも負けねぇ！　オレが誰にも文句言われずに、初陣を飾れる権利を得るため、みんな手伝ってくれ！」

動員した鬼人族たちをマリーダ隊、ブレスト隊、ラトール隊に分け、倉庫から荷物の搬出速度を競わせている。

脳筋たちのおかげで、魔窟《まくつ》と化していた倉庫の中身が、爆速で中庭に積み上げられていく。

「まさか、本当に『鍛錬』と称するだけで、鬼人族の方たちが倉出し作業をしてくれるとは」

どんどんと搬出され、倉庫から物が消えてく様子をミレビスが感心して眺めている。

「先陣の権利も付けたので、よりいっそう倉出し作業に励んでくれている」

「アルベルト殿の知略には感服します。これならば、一生整理されることがないと思っていた倉庫も綺麗になるはず」

「やったのじゃ！　妾の隊が一番乗りなのじゃ！」

マリーダの隊が指定されていた倉庫の中身を全て出し切ったようだ。

「待て！　ワシの方が早かったはず！」

「いや、オレの隊だっての！」

　誰が一番だったかで喧嘩を始めそうな3人だったが、後半戦も残っているため、まだ慌てる時ではない。

「ミレビス、仕分けを頼むぞ」

「ははっ！　すぐに取りかかります」

　ミレビスと調理担当者たちが、中庭に積まれた食糧の山に散っていく。

　彼らには倉庫に戻す食糧に青色、消費期限が近い食糧には黄色、食糧として食べられないと判断された廃棄品には赤色といった形で、色の付いた布を置いてもらっている。

　しばらくして、ミレビスたちは仕分けを終えた。

「さて、後半戦で結果が決まるので、マリーダ様、ブレスト殿、ラトールも気合を入れてください ね。青色の布が置かれた食糧を倉庫に一番多くしまった隊が、次回のいくさで先陣を約束されます。ただし、黄色の布が指定した倉庫内にあれば10個分減点。赤色の布の場合は100個分減点となりますので、慎重に作業をされますように！　では、開始！」

　俺が手を上げると、一斉に脳筋たちが駆け出していった。

「青色じゃ！　青色の布のものしか要らぬのじゃ！」

「間違えて、赤色の布を持ってきたやつを叩き殺すぞ！　青色だ！」

「青色を早く持っていけ！　そこ！　それは黄色だ！　馬鹿野郎！」

鬼人族たちが競い合って、中庭の食糧の山から青色の布が置かれた物を倉庫に戻していく。

見る間に、青色の布が置かれた食糧が消えて、黄色と赤色の食糧だけが残った。

「ふぅー！　やはり、妾が一番乗りじゃ！」

「待て待て！　ワシの方が――」

「いや、オレが一番！」

「とりあえず、作業お疲れさまでした。審査の結果は後日、私の方で決めますので、発表を楽しみにお待ちください。あと、マリーダ様は当主の仕事をちゃんと終わらせるように。リシェール頼む」

「マリーダ様はこちらへ。あとの方は、酒とお食事が準備できてますので、大食堂へ行ってください」

「「ヒャッハー！　酒と飯だー！」」

「なぜじゃー！　妾だけ仕事なのは納得いかぬ！　鬼じゃ！　鬼がおるのじゃ！」

先陣争いで喧嘩になる前に、マリーダには執務をやらせ、力仕事を終えた鬼人族たちには酒と食事を提供することで、中庭から追い出した。

「一日もかからず、あの魔窟が綺麗になってしまいましたね……」

「ミレビス、感心している暇はないぞ。倉庫にしまった品の帳簿作成と、ここにある廃棄品の処理や放出品の売買は終わってないからな」

「そ、そうでした。これからが本番でしたね」

放出品と廃棄品が見本市のように広げられた中庭へ、酒保商人たちが買い付けに姿を現した。

彼らは安い食糧を手に入れて、いくさをしている軍隊にくっついて移動し、食料を高く売りつけて利益を出して儲けている者たちだ。

真剣な眼差しで、放出品である食糧を見つめ、入札するための値段を決めている。

「ああ、これはアルベルト殿、それにミレビス殿も」

ミレビスが懇意にしている酒保商人の1人が、揉み手をしてこちらに近寄ってきた。

今回、ミレビスが放出品を出すと聞いてすぐに連絡してきた男だ。

彼以外にも近隣で商売をしている酒保商人が、4~5人買い付けにきている。

放出品はちょっと傷み始めている食べ物であるが、通常の半値から値付けがスタートするため、需要はけっこうありそうだ。

いくさで食うものがない地方は、いくらでもこの大陸にはあるからな。

この地では二束三文のクズ食料が、戦地に行けば金と同等の価値を発生させるのである。

「フラン殿、今回はアルベルト殿がご当主様を説得し、大量の放出品を出すこととなりました。いつもみたく、無許可ではないので良い値付けを期待しておりますぞ」

ミレビスから聞かされた話であるが、これまで何度も陳情書を出しては、決裁されず放置されたため、慣習に従って独自決裁で放出品を決め、フランたち酒保商人に売却していたそうだ。

その件に関しては陳情書を放置した方が悪いので、売上金の使途については、ミレビスを責めずにいた。

ただ、今後は俺の決裁なしに放出品を出せば、免職するとだけは伝えてある。

ミレビスも頭が切れる男なので、俺が内政の全権限を握ったことで、今まで通りの仕事は通じないと理解しているようだ。

「これは、これは驚いた。アルベルト殿は優秀な入り婿殿だとお聞きしておりましたが、エルウィン家が専門の政務担当官を家臣に迎えたということですかな」

「そうです。今後はアルベルト殿がエルウィン家の内政の全てを決裁しますので、粗相のないようにお願いします」

ミレビスがフランに対して、俺への態度に気を付けるようにと忠告した。

酒保商人フランは、死と隣り合わせの戦場を渡り歩く商人であるため、通常の商人とは一味も二味も違う図太さを感じさせる男であった。

気になったので、能力を見極めてみることにした。

名前：フラン
年齢：45　性別：男　種族：人族
武勇：42　統率：48　知力：55　内政：67　魅力：66

地位：アシュレイ城下の酒保商人

バランスよく平均的だが、内政と魅力に能力があるのか。

輜重《しちょう》隊の指揮や、外交官といった形での活躍ができそうな人材な気もする。

「これは失礼をした。アルベルト殿の年齢があまりに若いので、ミレビス殿のお飾りかと思ったのだよ。事実と違うとわかりましたので、アルベルト殿とは、今後とも良いお付き合いをしていきたいと思っておりますぞ」

フランは内心を見透かせない男である。心の中で何を考えているかを掴みがたい男だという印象が強い。

「お気になさらず。フラン殿が言われる通り、実績のない若輩の身であります。今後はフラン殿に教えを乞わねばなりません。今後ともエルウィン家とのお付き合いを頼みますね」

戦場において金さえ払えば何でも揃えるという酒保商人の存在はいくさに欠かせず、有能な酒保商人は平時から付き合いをもっておいた方が良いと言われている。

「今回の放出品は、うちの調理担当の折り紙付きの一級品の保存食糧ばかりだ。段取りを付けてくれたアルベルト殿のため、いい値を付けてくれると助かる」

「お値段次第ですなぁ。放出品の保存食糧は食べられる期間が残り少ないですからな。それにしてもエルウィン家は、今まで放出品を出すことに当主が許可をしなかったのに、今回アルベルト殿は、何と言ってマリーダ様の許可を取ったのです?」

隠すつもりはないが、ぶっちゃけると内政と財務に関しては、ほぼお任せ状態だ。

俺が『こーしたいんだけど。どう?』って聞けば、『おお、よきにはからえ』が当主マリーダの返事である。

気心しれた仲といえば、かっこいいが、単に肉食系野生児ご令嬢が、戦闘と夜のお勤め以外に考えるのを放棄しているというのが正しい実情だ。

「まぁ、お家の秘密ということです。ただ一つ言えるのは、それだけ私の信任が篤《あつ》いということですね」

自信をみなぎらせたこちらの返答を聞いたフランの顔付きが変わる。

エルウィン家において、俺の地位と権限がかなり高いと言葉から察したようだ。

「これはアルベルト殿とは、絶対に仲良くさせてもらわねばなりませんな」

「まぁ、色々とよろしく頼みますよ」

酒保商人を抱き込んでおくと、色々と戦場で融通が利くので、この辺りで手広くやってるフランとのつながりは大事にしておくつもりだ。

戦場のコンビニって言われる酒保商人の機嫌を取っておいて損はない。

フランと話している間も、中庭では積み上げられた放出品に、それぞれの酒保商人たちの名の入った入札の札が差し込まれていく。

入札された札の中で一番の高値を付けた者が、その商品を落札できるシステムだ。

今の時期は、どこの領主も自家の備蓄を放出するので、値付きは悪いが、腐らせて棄てるよりはマシなので、捨て値でも売り捌く。

今回整理したことで、倉庫の在庫管理の帳簿さえ作成できれば、在庫量を見つつ、値が高い時期に放出品を出せるようになるため、今回限りの出血大サービスだ。

入札を終えホクホク顔のフランが、自分のところの労働者たちに買い取った食糧を荷馬車に積み込ませている。

今回の放出品で一番多くお買い上げをしてもらった上得意様だ。と言ってもほとんどの品で、他の酒保商人より安い値しか付けてなかった。

落札は高い値の順番だと言ったが、あれは嘘だ。

入札の札は金額が見えないようになっているし、入札額の発表もない。

ただ、こちらが『入札最高額は○○さん』って言うだけで、金額は言わない。

ここまで言えばわかってもらえたかな？

そう、まぁ入札っていう名の八百長ですよ。最初から売る人は決めていたって話。

今回はフランに恩を売るため、他の商人より低くても落札させてやった。

もちろん、他の酒保商人にも多少なりとも花を持たせるため、利用価値のある廃棄品を手土産に渡してある。

酒保商人たちとは、持ちつ、持たれつの関係なんで、色々と気配りが大事。

「ありがとうございました。この恩は戦場でお返ししますよ」

「ああ、そうしてもらえると助かる。それと、戦場以外でも困ったら色々とお願いする時もあるだろうしね。その時は頼むよ」

「ははっ！　アルベルト殿とのお取引であれば、このフラン、どこでも駆け付けますぞ」

「ありがたいね。頼りにしている」

ハハハと笑いながら、大量の荷物を積んだ荷馬車とともにフランたちが去っていく。

彼らはここで手に入れた物資を、どこかで戦争している軍隊に売り付けにいくのだ。

放出品の売却益は帝国金貨３０００枚。

帝国金貨1枚が日本円で1万円ほどの価値なので、３０００万円ほどの売上になった。

エルウィン家の借金も返済したいが、まずはこちらの施策を進めるため、この３０００万円の金はなるべく手元においておく。

「放出品は見事に売れたね。私はもっと残るかと思ったけど」

「最近、この辺りも物騒ですしな。アレクサ王国との小競り合いはいつもどこかで発生していますし。エルウィン家には、余っていますけど食糧の需要はどこも高いんですよ」

義兄ステファンが方面司令官を務めるエランシア帝国南東地域は、アレクサ王国側の領主と、エランシア帝国側の領主との小競り合いが頻発しており、紛争地帯であるのだと、ミレビスの言葉であらためて認識し直した。

頻発する小競り合いのおかげで、酒保商人たちの懐も潤う地域となっているということだ。

「いくさがあれば、何でも屋の酒保商人が儲かるということだね。フランとは良い友好関係を築いていこうと思う。ミレビスからもよろしく言っておいてくれ」

「ははっ、あのフランという酒保商人は、きっとアルベルト殿の役に立ちます。実利で説き、いずれ家臣として取り立てた方がよろしいかと」

「そうだね。金を稼ぐ才能は、私よりありそうだ。内政が落ち着いて資金に余裕が出るなら彼を家臣として取り立てて金を稼いでもらおうかな」

「それがよろしいかと思います」

持ち歩いているスカウト候補手帳に、フランの名前をしっかりと書き留めておいた。

「さて、これで魔窟だった倉庫もスッキリした。あとは、帳簿をきちんと作成するだけだな。頼んだぞ、ミレビス」

俺は隣に立つミレビスの肩をパンパンと叩く。

これより彼には、地獄とも言える各種の帳簿作成が待ち受けているのだ。

自分がやると考えるとゾッとする量だが、有能なミレビスならばきっとやり遂げてくれると信じている。

「は、はい。頑張ります！」

返事をしたミレビスの肩を、もう一度だけパンと軽く叩いた。

死ぬなよ。ミレビス。

まぁ、少し後の話にはなるんだが、結論から言えば、彼は困難な仕事をやり遂げ、エルウィン家に存在しなかった管理帳簿類を初めて導入した実績により、『帳簿の奇術師ミレビス』と呼ばれ、財務全般を請け負う筆頭内政官として活躍するのだ。

要は俺の右腕として、エルウィン家の財政を把握するお仕事で有能さを示した男であるが、今はただのマリーダの私的な従者という立場でしかない。


ミレビスに帳簿作りのお仕事を任せた俺は、次なる問題を解決するべく、翌日には城下の商人組合の建物に顔を出した。

「まさか、ご当主様の使者がこられるとは思ってもいなかったので、すぐにお迎えの準備を致します。今しばらくのお時間の猶予を」

陳情書を送った商人組合の組合長をしているラインベールという初老の男が、周囲の部下たちに指示を出して会見の場を大急ぎで整えさせていた。

アポなし突撃であったとはいえ、陳情書を出した者が、こうもうろたえているのを見ると、歴代の鬼人族当主たちの内政無能の酷さが垣間見えた気もする。

「いえ、お気になさらずに。こたびはラインベール殿の陳情書に興味を持ち、詳しい話を聞きにきただけですので」

「な、なんとっ！ エルウィン家に内政に詳しい入り婿殿がこられたとの噂でしたが、貴殿がその入り婿殿か？」

「ええ、アルベルトと申します。身分としては当主マリーダ様の配偶者で、政務担当官を任じられた家臣という形です」

当主マリーダ直結の家臣と聞いたラインベールの眼が輝く。

「回りくどい話は嫌いなので単刀直入にお伺いしますが、アルベルト殿がエルウィン家の舵取りを任されていると見てよろしいですかな？」

「そう思ってもらってけっこうです。エルウィン家の領地の内政は、私が全権委任をされております」

内政の全権委任を受けていると聞いて、さらにラインベールの眼の輝きが増した。

彼の能力を見極めてみる。

名前：ラインベール
年齢：48　性別：男　種族：人族
武勇：19　統率：21　知力：64　内政：71　魅力：77
地位：アシュレイ商人組合の組合長

抜け目ない商人たちを束ね、組合長を長年務めてるだけあって、内政団にぜひとも助言や情報をもらうアドバイザーに就任して欲しい能力だ。

ここはなんとしても困りごとを解決して、彼の信頼を得るとしよう。

「ならば、先だって出した取引上の重大な紛争の解決の件、ぜひともアルベルト殿のお力をお借りしたい。重さの測り方、長さの測り方、入れ物での測り方が統一されておらず、取引で紛争になり、この商人組合に駆け込んでくる者たちが多く、我々は紛争の処理で常に頭を悩ませておりまして……」

ようやく自分たちの話を聞いてくれる者が、エルウィン家に現れた期待感からか、ラインベールは陳情書でも取り上げていた商取引におけるトラブルの解消をお願いしてきた。

ラインベールの困っている問題は、簡単に言えば買った場所で1キロの重さだった物が、売る場所では900グラムにされたとか、買った所で1メートルの布が、売る場所では90センチにされたという話である。

え？　よくわからない？

別に運んでいる途中で、品物が干からびて軽くなったとか、布が湿気に反応して縮んだとかいう話ではないことは理解してくれ。

ざっくりと言うと買った場所と、売った場所で使っている重さを測る分銅や、長さを測る定規や、入れ物の容器も違っているのだ。

それが、このアシュレイ城下で起きている商取引のトラブルの原因。

リシェールに頼んで簡単に調べただけでも、アシュレイ領内だけで20種類ほどの分銅や定規や容器が流通しているし、他国まで含めれば数千ほどの分銅や定規や容器が流通していると思われる。

要は領内ですら、重さや長さや容器の基準が統一されていないのである。

ならば、どうすればいいか？ 解決法は簡単である。

領主が強権を発動して、自らの責任で公認した分銅と定規と容器を作成し、それでしか商取引を認めないと宣言をすればいい。

公認した印を押した分銅と定規と容器以外を使用したら、厳罰に処すると布告すれば、エルウィン家の凶暴さを知っている者たちは、こぞって公認の物を使うはずだ。

こういう時、エルウィン家の脳筋さは、非常に役に立ってくれる。

「頻発する商取引での紛争の件であれば、すでに動くつもりでいます。ラインベール殿の助力をお借りして、城下の職人たちをここに集めてもらえますかな」

「こ、これはすごい。すでに手を打つ準備をされていたとは……。早急に職人たちを呼び集めますので、しばしお待ちくだされ。イレーナっ！ アルベルト殿にお茶をお出ししろ」

ラインベールが部下たちと職人を呼びに飛び出すと、入れ替わりに金髪碧眼のロングヘアーでスタイルのいい美女が、給仕盆にお茶を載せて奥から現れた。

「父上は、お客様をほったらかしにして、飛び出して行かれてしまったのですね」

目の前にきた金髪の美女に目を奪われる。

楚々とした立ち振る舞いをする可愛らしい様子とは裏腹に、身体の方はわがままボディーをしているのだ。

マリーダもリシェールも大きいが、この子もデカイ。

動くと大きく揺れ、こちらの眼が釘付けになってしまう。

気になるので、能力を見極めてみた。

名前：イレーナ
年齢：21　性別：女　種族：人族
武勇：16　統率：42　知力：59　内政：84　魅力：82
スリーサイズ：B95（Hカップ）W58H90
地位：アシュレイ商人組合の副組合長

父親を超える内政の逸材だった。年齢は若いが、能力は高いと思われる。

「お気になさらず。私がお父上に職人を呼んでくるようお願いをしたのですから。ところで貴

方のお名前は何と申されます?」

「はっ! これは失礼を致しました。わたくしは、さきほど会われたラインベールの娘で、イレーナと申します。アルベルト様におかれましては、以後お見知りおきを」

イレーナが恭しく頭を下げると、胸元のエプロンが盛り上がり、彼女の胸の大きさを誇示した。

素敵なおっぱいが刺激的だな……。こういう子を秘書として隣で仕事をしてもらえると色々と捗りそうな気もする。

しばらくイレーナと雑談をしていたが、彼女がまだ21歳で独身と聞き、秘書役の要求熱が俄然高まった。

その後、父親であるラインベールが街の職人たちを連れて戻ってきた。

俺は職人たちの視線が集まるテーブルに一本の鉄の棒を置く。

「これと同じ長さの物を、3000本ほど制作して頂きたい」

「へぇ、同じ長さですか?」

「ああ、ぴったりと同じ長さのもので頼みます。材質は鉄で作ってください。簡単に曲がらないし、材料もすぐに手に入る」

テーブルに置かれた鉄の棒は、印をつけた場所をマリーダにぶった斬ってもらった物だ。

俺が目視でおおよそ1メートルと感じた長さで棒を切ってもらっている。

完全に目分量であるが、これがエルウィン家の領内における1メートルだ。

俺がそう決めた。本来なら領主が決めることだが、マリーダに説明する前に出た返答は『よきにはからえ』だったからしょうがない。

なので、よきにはからっている。

鉄だと温度で伸長するし、錆びる。

だが、今の統一されていない定規で測られるよりは、断然マシな精度で正確な長さが測れるようになる。

「なるべく誤差なく頼みます」

「心得ました」

鍛冶職人の中には武具を作る職人たちも混じっているので、鉄の定規は早々に集まるだろう。

これを領主公認の定規として普及させ、これ以外の定規での商取引には厳罰を科すつもりだ。

「さて、次はこれです」

コロンと小さな鉄の塊を机の上に置いた。

アシュレイ城の倉庫に転がっていた小さな鉄の塊を拾ってきたものだ。

だいたい俺が1グラムと思った鉄の塊。

「これは？」

「これが天秤用の分銅となります。これを重さの最低基準にさせてもらいます。これを基準に

5倍、10倍、50倍、100倍、1000倍の分銅を作ってもらいたい」

「承知いたしました」

天秤は領内に重さを計る道具として行き渡り、人々が日常的に使っているが、秤に使う分銅の重さが統一されていない。

例のごとく、マリーダはよきにはからえなので、全て統一させてもらう。

最後は、ミレビスが倉庫で使ってきた容器を机に置いた。

「次に液体のものや、粒上の小さなものはこの容器単位で測るようにしたい」

「これも、鉄製ですか?」

「いや、これは液体も扱うので、木製で制作して欲しいのですが、できるだろうか?」

「木工職人もおりますので、大丈夫かと」

「なら、そうしてください。今回制作するこの分銅と定規と容器と新たに制定される単位名称を使わぬ商取引は、来年より領内全てで正規の取引とは認められなくなります。エランシア帝国法にも、領地を治める貴族家が領内の取引に使う度量衡を自由に定められると記されていますしね」

集まっていたラインベールや職人たちから、どよめくような声が上がる。

「そのような布告がエルウィン家から出ると申されるのか⁉」

さすがのラインベールも、俺がそこまで思い切った布告を出すとは想像してなかったようだ。

「ええ、私から当主マリーダ様に布告を出して頂けるよう進言しますので、必ず出るとだけ申し上げます。エルウィン家が禁止した商取引をすれば、どうなるかはおわかりですよね？」

こちらの言葉にラインベールの喉がグビリと鳴った。

アシュレイ領に住む住民は、誰でもエルウィン家の凶暴さを理解しているのだ。

「こ、これは一大事ですな……。大騒ぎになる」

商取引の基準となる度量衡の強制変更で混乱が起きるのは想定済み。

だから、できるだけ混乱を最小限にするのが、俺の仕事である。

「それは承知しています。その混乱を抑えるため、ラインベール殿には、商人組合でこの正規品となるエルウィン家の紋章入りの分銅と定規と容器を販売してもらい、変更される単位名称が認知されるよう情報の発信もお願いしたい」

混乱のついでに、俺が日本で普通に使っていたものを領内の単位の基準として採用することにしている。

切り替えにあたり新しい単位名称が必要となるので、自分に馴染んだ物にするつもりだ。

「商人組合が、エルウィン家の公認された計量器具の独占販売と、単位名称の認知の促進を請け負うということですか……」

「ええ、ぜひともラインベール殿のお力を借りたいと思っております。これらの計量器具で商取引を徹底させれば、問題となっている領内の商取引における紛争は自然と減っていくはずです」

ラインベールは度量衡の変更と単位名称の変更で起きる混乱と、その後に発生するメリットを天秤にかけているようで、視線が左右に揺れていた。

「どうです？　やってくれますか？」

揺れていた視線が定まると、ラインベールが深く頭を下げた。

「アルベルト殿のご英断を商人組合は支持いたします。ぜひともやらせて頂きたい！　これで、長年の紛争が解消に向かいます。エルウィン家は、アルベルト殿の知恵により、さらに発展するでしょう！」

ラインベールは、俺に力を貸してくれるようだ。これで、商人たちの反発はかなり抑えられる。

領内の度量衡の統一をできれば、取引偽装のもめごとが減るのはもちろんのこと、徴税業務における計量の正確性も確保できるので、早急に導入するつもりである。

最初は色々と混乱するだろうが、人間は慣れる生物だ。

五年も経てば、領内で全ての人が普通に使うと思う。苦労は最初だけ、受けるメリットは莫大。

度量衡の統一は、エルウィン家の身代が大きくなればなるほど、メリットの方が大きくなる。

そのための先行投資だ。

商人組合の一室に集まっていた職人たちに、鉄定規と分銅と容器の制作の詳細を説明して、制作するよう送り出す。

一つ仕事を終えたことで美人秘書獲得要求が高まった俺は、部屋に残ったラインベールへ、イレーナ獲得の打診をすることにした。

「ラインベール殿、実はお願いがもう一つあります」

「はぁ？ 私にできることであれば協力させてもらいますが」

「実はご息女であるイレーナ殿をエルウィン家の文官である従者として採用し、私の秘書を担当してもらいたいのですが、いかがでしょうか。もちろん、ラインベール殿に損をさせるつもりはありません」

俺からの急な申し出に親子2人して驚いた顔をした。

「我が娘をエルウィン家の家臣として召し抱え、アルベルト様の秘書にですか？」

「厚かましいお願いだということは重々承知しております。ですが、イレーナ殿の持つ才能はこれから大発展するエルウィン家にこそ必要だと私は思っております」

授けられた力を通して見たイレーナの才能はトップクラスの内政官。

それに金髪の美女が俺の秘書になれば、やる気アップは確実。

ぜひとも、我が内政団に加えたい人材である。

「急にそのような申し出を言われましても……今、娘には私の補佐をしてもらっております」

「エルウィン家の政務担当官として、有能な者は種族、性別関係なく採用するつもりです。その先駆けとしてイレーナ殿を召し抱えたい。もちろん城下の商人を束ねるラインベール殿とは、良い関係を築きたいとも思っております。ゆえに部下となってもらうイレーナ殿を無下にはいたしません」

ラインベールへ、暗に娘を家臣として差し出せば、色々と優遇するということを伝える。

「アルベルト殿は、そこまで我が娘を評価してくれるのですか」

「ええ、それにマリーダ様の愛人となれば、エルウィン家の分家を相続できる機会もできますぞ」

「はぁ⁉ エルウィン家の分家ですと⁉」

「そうです。ラインベール殿はマリーダ様が女好きなことを知っておられますな」

「ええ、存じております。なので、アルベルト殿を婿として迎えたことに驚いておりました」

「私が婿入りする際、マリーダ様と一つの約束をしましてね。マリーダ様の愛人を私と共有し、子ができた場合は分家を継がせる権利を与えると」

俺が口にした内容にラインベールたちの目が点になる。

「えっと、確認させてもらうが、我が娘イレーナがマリーダ様の愛人となり、アルベルト殿の子を身籠れば、分家を継ぐ可能性があると申されるか」

「ええ、そうです」

貴族入りできるかもと知ったラインベールの顔がスッと変わった。

「娘がマリーダ様の愛人になれる確率はいかほどですかな」

「私が推薦すれば、ほぼ確定です」

イレーナほどの美貌であれば、マリーダが推薦を断る可能性はゼロだ。

「父上、色々な諸条件を検討してみた結果、アルベルト様の申し出は我が家にとっては大きな利益が見込める話かと思われます。わたくしも適齢期を超えつつある身。今が売り時です」

当事者であるイレーナが、父親に対し、こちらの提案を飲むべきだと告げた。

「イレーナ、お前はそれでいいのか？」

「はい、わたくしに求婚をされた多くの貴族の子息の方は、仕事をやめて家庭に入れと申されましたが、アルベルト様の提示された条件だと、マリーダ様の愛人となり、アルベルト様の子をなしても、仕事を続けさせてもらえると判断いたしました。そうですよね？」

「もちろん、イレーナ殿の才能は、子をなした後もエルウィン家のために活かして欲しい」

ラインベールは、しばらく俺と自分の娘の顔を交互に眺めていたが、決断したようでこちらを見て居住《いず》まいを正した。

「アルベルト様の申し出、お受けいたします。我が娘イレーナをマリーダ様の愛人兼アルベルト様の秘書として勤めさせますので、今後とも我が家へのご助力をお願いいたします」

俺はラインベールの手を取って強く握り返した。

「ありがとうございます！　必ずや、イレーナ殿を大事にし、子をなし、その子にエルウィン家の分家を継がせてみせます」

「アルベルト様、わたくしが至らぬこともあると思いますが、よろしくお願いします。あと、お城に上がる前に業務の引継ぎをしたいので、今少しお時間を頂きたく」

「よろしいですよ。しっかりと業務を引き継いでからきてください」

「はい！　すぐに引き継ぎを始めます」

返事をしたイレーナが、引き継ぎをするため、慌てて部屋から出ていった。

美人秘書候補のイレーナがくる日をワクワクしながら待ちつつ、日が改まったので、本日の予定である農村の視察へ向かうことにした。

目の前には小麦畑が広がり、冬に植えた小麦が順調に穂を出し、成熟している段階のようで、畑では緑と黄金色が混じり合っていた。

そんな小麦畑の周りで、農民たちが鎌を片手に、雑草を刈り取る姿があちこちに散見される。

憧れのスローライフ。忙しい日々を引退し、気楽な暮らしを満喫できる農村生活が目の前に広がっていた。

問題山積みのエルウィン家の政務担当官として、心労が溜まっていく激務の日々が続いている。

そのため、現実逃避ができそうな農村生活に心が惹かれた。

はぁー、激務から早く解放されたい……。内政をできる人材はどこかにいねぇかー！

今回視察に訪れた農村は、ミレビス君が個人的に控えていた納税額の手帳からピックアップしたところで、エルウィン家の領地でも平均的な納税額を出している農村を選んだ。

その農村の中を、目をギラつかせて見回った俺の感想を発表させてもらいます。

まず、最前線の領地にある農村としては、とても豊かな農村に見えた。

戦争によって荒らされた様子もなく、村には色々な年代層の住民が、バランス良く住んでいるのを確認できたからだ。

これが、戦乱で荒れ果てた農村になると、村には老人か女性か子供しかいなくなる。

いくさに農民兵として男手を取られ、労働力が激減し、農村全体が荒れ果てていくといった記録を神殿の大図書館で読んだり、アレクサ王国の農村を視察した時、確認していた。

このワースルーン世界は、機械化がほとんどされておらず、魔法といった超技術の存在もなく、人の数こそが労働力であり、国力であり、戦力だった。

視察した農村の人口をベースとして見れば、エルウィン家の領地は、力の源である人が豊富にいる地であると確信できた。

それに畑から生えている小麦の実の付き方も良く、この地が農耕にも非常に適した地であることが確認できている。

成り上がるための力を蓄えるのには最適の地。これが俺の下したこの領地への評価だった。

今回、農村の視察をしたことでエルウィン家の領地が抱えている問題も再確認できた。

村長の持つ力がとっても強いのだ。

これはエルウィン家の歴代当主が、内政無能を貫き通した結果である。

内政に関し、何もしない領主のもとで自治能力を高めた村長一族の力がかなり強くなってしまっている。

ただの村人代表にすぎない『村長』がなんで強いのかって？　それは、徴税のシステムの影響だってことを説明させてもらう。

まず地代《じだい》と人頭税。領地から発生する税収の柱と言っていい、この二つの税の徴収を農村で担うのが、現時点のエルウィン家では村長たちである。

村長が村の農民から地代と人頭税をまとめて集め、それをアシュレイ城の倉庫に納めるまでが、村長の仕事になっているのだ。

なぜ、こんなことになっているのかと言えば、エルウィン家の徴税官がやらなかったからだ。

いや、徴税官がやらなかったのではなく、徴税官が存在しなかったが正しい。

村長たちによる徴税業務の請負《うけおい》は、業務の外部委託による作業の効率化という視点で見れば、ほぼ百点に近いシステムだ。

領主から見れば、農民1人ずつから徴収する手間が省け、受け取りのために倉庫に配置する人員も削減でき、租税額を村長に通達するだけで、税が納められるいいシステムなのだ。

あと、途中でもし何かあったら、徴税責任者である村長を罰して、再び納税させることができる。メリットだけ見ると、とても素晴らしいんだが……。

内政無能を続けたエルウィン家では、メリットをかき消すくらいのデメリットが発生している。

とっても優れた村長への外部委託式徴税システムのデメリット一つ目。

村長たちが不正のしたい放題。

なぜかって？　現状、村長たちの自己申告型の徴税システムだから……。

大好きな武具の管理台帳以外、台帳を整備せず徴税官すらいまだに配置してないエルウィン家には、戸籍台帳も、作付け評価台帳も、租税基礎台帳も存在していない。

現在各種帳簿作りに投入され、激務中のミレビス君に聞いたエルウィン家の現状はこうだ。

毎年新年に各農村の村長を登城させて、鬼人族の家臣が『お前のとこさー。今年どれくらい出せるんよ？　細かい数字はいいから、おおよそで教えてくれや』って聞いて、各村長たちが『うちはこんくらいっすね。いや、きつい、きつい。たまにはまけてくださいよー』ってやりとりがされて決定してる。

エルウィン家は、各農村の村長が言った口頭の租税額を基にして租税を決めているのだ。

もちろん、いくさの資金が足りない時は、臨時徴収という名の取り立てをエルウィン家が行うので、村長たちはその分も見越して、必ず実際より少ない量を申告するようになっているそうだ。

村長たちは自分の村の各種状況を詳しく把握してると思われるが、税金は誰だって少なくしたいのは、どこの世界も同じってことだね。

あと、エルウィン家は納税に使う度量衡の統一もしてない。

農村ごとに各々好きな物を使っているのだ。

そう、納税に使う規格が統一されてないんだよ。

1キロで物納されるはずの物が、A村では900グラムだったり、B村だと850グラムだったりする。

日本で生活してた時は、ほぼ度量衡は統一されてたから、不便さを感じなかった。

けど、エルウィン家の領地はオンスやインチ、ヤードが、センチメートルや、キログラムやリットルと一緒に使われてる。混乱するだろ？

領内で度量衡が統一されてないため、村長たちは小麦の納税を軽い分銅とか使って、ごまかしてる。

村長たちが規定量をごまかして持ってくるが、担当者にされていたミレビス君には権限がなく、村長たちの申告した量をそのまま倉庫に納めたため、余計に把握ができないと嘆いていた。

村長たちは、ごまかして余った小麦を自分の懐に入れて、街で売買してウハウハしてるって報告も聞いた。

徴税に使う統一の規格がないって、面倒なうえに不正の温床になる。

だから、マリーダの権力を使って、エルウィン家が公認した分銅と定規と容器以外での納税を認めなくする予定。

商取引とは違い、徴税に関しては今年からと布告するつもりなので、計量をごまかすやつは潰せる予定だ。

まぁ、村長たちがキレ散らかすかもしれないが、村長への外部委託式徴税システムのデメリットの一つは消える。

もう一つのデメリットは、治安維持面だ。

まず、その前に常備兵と農民兵の違いを説明したい。

エルウィン家の家臣である脳筋鬼人族は、毎月の俸給を支払って雇っている常備兵だ。

二四時間、どこでも戦うことを専門に行ういくさ馬鹿の集団。

次は農民兵ね。彼らはいくさ馬鹿の常備兵とは違い、いつもは農作業に従事してる農民たち。

農閑期や、非常時に動員され、補助戦力として利用される兵。

これが常備兵と農民兵の違い。

ここからが本題。治安維持面でのデメリットの話だ。

農民が兵士として動員された場合、指揮官となるべき人材は、村の代表者である村長の一族からって選択になる。

なぜ、村長の一族からになるかって？

村長の一族であれば、経済的に裕福であるし、教育も受けて識字率も高い。

指揮官には命令書を読む能力も求められるから、字が読めることが最重要視される。

指揮官で文字が書けない者はいるとしても、文字が読めない者はいないのだ。

あと、基本的に村長の一族の者は、村内の揉めごとの仲裁もするので、腕っぷしの強い者が多い。

だから文字が読めて、腕っぷしの強い者がいる村長の一族の者が選ばれる。

そんな農民兵の指揮官である村長の一族の力が強くなりすぎると、非常に困ったことになる。

なぜなら、納税者が相応の武力を持ってしまうからだ。

領主がちょっとでも税率を上げたら、『てめぇ！　俺らの懐から掠め取るつもりかっ！　いいぜ、やってやんよっ！　かかってこんかいっ！』って即反乱が起きる可能性がある。

常備兵が少ない貧乏領主とかだと、村長たちの反乱に対し、『す、すみません。この税金なかったことでいいっす。詫びに租税額下げますから、なにとぞ穏便に』ってことが発生する。

そうなってしまうと、領主の権威はどんどんと失われていき、逆に力を蓄えた村長が領主に取って代わることもある。

いわゆる下剋上ってことが発生してしまう。

なので、エルウィン家の場合、徴税での不正で力を蓄えてしまった領内の村長たちの不満を高めると、領内の人口の多数を占める人族を率いた彼らによって、城門の前に俺たちの首が晒される危険性がある。

これが村長への外部委託式徴税システムの治安維持面でのデメリット。

ちなみに、エルウィン家が内政無能を貫き、いくさのたびに金を要求するトンデモ領主なのに、村長たちが反乱を起こさないのは、『あの脳筋一族に刃向かうと、一家親族撫で斬りにされちまうぜ』ってビビッているからだ。

圧倒的な戦闘力の差を村長たちに見せて、無理やり従わせているというのが、現状のエルウィン家だった。

今のところ絶妙なバランスで村長への外部委託式徴税システムは成り立っているが、これをこのまま放置すれば、エルウィン家の力が弱った時、内部に敵を抱えることになる。

戦争、お家騒動、叛乱。

内にも外にも注意を払っておかないと、いつひっくり返されるかわからない。

転生して内政チートして無双って言いたいが、現実《リアル》は地道にやっていくしかない。

「はぁ、問題山積だな……」

農村の視察を終えて、馬車内でグッタリとしたまま、アシュレイ城へ帰還することにした。

「お帰りなさいませ。イレーナ様が、アルベルト様に面会を求めてきておりますよ。執務室にてお待ちです」

城に帰ると、出迎えてくれたリシェールからイレーナが来訪していることを告げられた。

「彼女をマリーダ様の愛人に推薦するんだが、リシェールはどう感じた?」

「雑談を少しさせてもらいましたが、有能さを感じる方ですね。あたしと違って学もありますし。それに、マリーダ様の好まれる身体つきをされております。あと、アルベルト様の好む容姿ですね」

「で、リシェールは彼女と上手くやれそうか?」

「ええ、頭の回転が速い方ですし、愛人となるご自分の立場を理解している。あたしとも上手くやれると思います。買収した商会の運営も彼女に任されますか?」

「ああ、将来的には別の担当者を充てるが、今はそうするつもりだ」

俺専属の情報組織の隠れ蓑にするため、マリーダの領内で商会を探していたが、条件に合ったマルジェ商会という色々な物を扱う雑貨商を買い取っていた。

そのマルジェ商会を隠れ蓑にして、リシェールがすでに情報収集を始めている。

エルウィン家の政務担当者となったため、さすがにアレクサの時のように、商会の運営まで俺の手が回らないので、イレーナに運営権限を委譲するつもりである。

「承知しました。イレーナ様のことを気にしていたマリーダ様もお呼びしておきますので、しばらくしたら寝室へお連れくださいませ」

リシェールが妖しい笑みを浮かべ、うやうやしく頭を下げた。

「わかった。私たちが行くまでは、マリーダ様の相手をしておいてくれ」

「わかっておりますよ。今夜も長くなりそうですね」

「ああ、そうだな」

リシェールは妖しい笑みを浮かべたまま、色々な準備をするため、奥に消えていった。

俺はそのまま、イレーナの待つ執務室へ足を運んだ。

「お待たせしたようで、すみませんでした」

執務室にある応接用のソファで座っていたイレーナに声をかける。

「こちらこそ、引き継ぎのせいでお城にくるのが遅れ、申し訳ありませんでした。おかげで全ての業務を後任者たちに引き継げました」

「マリーダ様の愛人となり、エルウィン家のために働く覚悟はしてきましたか？　今ならまだなかったことにできるが」

イレーナに対し、最終確認を取る。

彼女はすでに覚悟を決めていたようで、無言で頷きを返した。

「承知した。早速だが、奥でマリーダ様にご挨拶してもらおう。それと、今夜は愛人として先輩になるリシェールからも色々と教えてもらうことになる」

「はい……頑張らせてもらいます」

俺はイレーナの手を取ると、執務室の奥にある領主のプライベートの寝室へ彼女を連れ込んだ。

「イレーナ、よくきたのじゃ！　妾の愛人となったからには、これを着けてもらうからのう！」

寝室に入ってきたイレーナに、マリーダが紐でしかない下着を見せた。

「そ、そのような下着をですか⁉」

「そうじゃ、夜に妾とお勤めをする時は、必ず着用を義務付けるのじゃ！」

「こ、これをですか？」

「そうじゃ、妾は城で寝る時は、おなごと添い寝せねば、落ち着かぬのじゃ。これも大事な愛人の仕事じゃ」

「しょ、承知しました。マリーダ様が望まれるならいたします！」

イレーナはすでに覚悟を決めて、この寝室へきているため、エロ下着に驚いたものの、嫌がる様子は見せなかった。

「ほれ、すぐに着用せよ。リシェールも着けておるじゃろ」

夜のお勤めをする気満々のリシェールは、帝都で買った例のエロ下着をすでに着用している。

「イレーナ様、失礼しますね」

「リシェール様、何を⁉」

イレーナの背後に回ったリシェールが、電光石火《でんこうせっか》のスピードで服を脱がしていく。

「さぁ、早く着替えてくださいね。マリーダ様の愛人となったからには、それが夜のお勤め着ですし」

下着姿にされたイレーナの手には、マリーダが持っていた紐下着があった。

「承知しました。少しお待ちください」

イレーナが着ていた下着を脱ぐと、大きな胸がこぼれだす。

「ほう、これは……」

「たいそう立派な」

「揉みがいのある大きさですね」

イレーナは、俺たちの視線にさらされながら、紐下着に着替え終えた。

恥ずかしさを必死で押し隠し、プルプルと震える姿が、こちらを滾らせる。

「では、妾の隣で横になるのじゃ。優しくしてやるから、安心せい。グフフ」

ベッドの上で寝そべっていたマリーダが、自分の隣にくるよう手招きする。

「こういったことは、初めてなので不調法なことをするかもしれませんが、ご指導のほどよろしくお願いします」

イレーナは、マリーダの隣に寝そべるとその身を委ねた。

「ふぉおお。抱き心地が良い身体をしておるのぅ」

横たわったイレーナに、すぐさまマリーダが身体を密着させる。

「マリーダ様に、お褒め頂き嬉しい限りでございます」

「よいのじゃ、よいのじゃ。どれ、こっちはどうじゃろうかのぅ」

マリーダは流れるような自然さで、イレーナの胸を揉んでいく。

「マリーダ様⁉」

「妾はおっぱいも好きなのじゃ。許せ、許せ」

マリーダにされるがままのイレーナは、はぁはぁと息を荒らげた。

「マリーダ様、今日はイレーナ様がいるので、あたしはこちら側で」

リシェールが、イレーナを挟むように反対側に寝そべる。

「そうじゃな。妾がイレーナを存分に堪能するため、リシェールはそちらから手助けせよ」

「あ、あの！　大丈夫でっ——くぅんっ！」

反対側に陣取ったリシェールの手が、いつの間にかイレーナの下腹部に忍び込んでいた。

リシェールも手が早い。

「イレーナ様、大丈夫？　ずいぶんとここが濡れてしまってるようだけど？」

「ち、違います。濡れてなんて」

「これはまずいのじゃ。ここは妾のベッドなのじゃがなぁ」

ニヤリと悪い笑みを浮かべたマリーダが、おろおろするイレーナの首筋を舐める。

「ひゃうっ！　マリーダ様⁉」

猛獣2人に囲まれた哀れなイレーナは、抵抗することができずにいる。

「おや、ここが尖ってきたがどうしたのじゃ？」

「くぅんっ！　だめっ！」

胸の先を弄られたイレーナが、眉間に皺《しわ》を寄せ、目を閉じ、唇を噛んだ。

「敏感じゃのぅ。これは楽しめそうじゃ。のぅ、アルベルト」

「そうですね。素質は十分にありそうです」

さて、そろそろ見ているだけなのは飽きてきたので、俺もベッドに上がらせてもらうとしよう。

俺は衣服を脱ぐと、マリーダたちが絡み合っているベッドに入った。

「アルベルト様、ま、まだマリーダ様たちが――」

「イレーナのいやらしい顔を見ていたら、我慢ができなくなった」

「はうぅん、ですが、まだ準備が――」

「ああ、大丈夫。ゆっくりとマリーダとリシェールが準備してくれる。イレーナはただ身を任せてるだけでいいよ。私も優しくするつもりだしね」

マリーダとリシェールに責められ、荒い息をしていたイレーナの頬が赤く染まる。

「アルベルトはおなごを喜ばせる技をいくつも持っておる。イレーナも妾と同じく極楽に行かせてもらえるのじゃ。グヘヘヘ」

「そうですね。それにアルベルト様はとてもいい匂いがするのですよ。その匂いを嗅ぐとムラムラしちゃって我慢できなくなる。やみつきですね。グフフ」

悪い笑みを浮かべた2人が、イレーナの閉じた両足を開いていく。

「優しくお願いいたします……初めてなので怖い」

「大丈夫じゃ。妾がそばにおる」

「あたしもいますから、大丈夫。アルベルト様を受け入れてください」

2人に足を開かれ、胸を揉まれたイレーナが潤んだ瞳でこちらを見た。

「大丈夫、私に任せておきなさい」

全てを俺に任せたイレーナは、目を閉じると無言で頷いた。

それからは豊満なイレーナの身体を3人で何度も堪能し、彼女は初めての行為の中で、快楽の虜にされてしまい、悦楽堕ちして夜のお勤め仲間となった。

これにより、夜のお勤めの力関係は、俺↓リシェール↓マリーダ↓イレーナって図式になった。

「アルベルト、イレーナのおっぱいは、妾も使うのじゃから、大事に扱うのじゃぞ。いちおう、昼間はお主に貸しておくが、夜は妾のお勤めをしてもらうのじゃ」

「わかっておりますよ。その代わり、昼間の優先権は私ですからね」

「わかったのじゃ」

イレーナをがっしりと抱き寄せて、おっぱいを揉んでいるマリーダであるが、夜のお勤め中はマリーダの愛人に、昼間は俺の秘書として内政業務を行う取り決めをした。

彼女は、商人組合の組合長ラインベールの娘として、父親の手伝いをしていたおかげで、面会スケジュールの管理、来客の応対、事務作業、書類整理などが得意であり、そちらで俺を助けてもらうつもりだ。

「アルベルト様のお仕事も一生懸命に励みますし、マリーダ様のお勤めにも励みます！」

肌が艶々しているイレーナが、非常にやる気が漲《みなぎ》った顔をして返事をした。

スーパー有能な金髪美人秘書が爆誕した瞬間である。

これで、俺のヤル気がマシマシにされて、エルウィン家の内政力が300倍くらいは跳ね上がるはず。

もどがゼロに近いので、300倍を掛けて、やっと最低限の内政値になるくらいだけども！

「あら、マリーダ様、あたしではご不満でしょうか？　イレーナさんは、みんなのものと話し合ったはずですが」

リシェールが、マリーダの背後から抱き付きおっぱいを鷲掴みにしている。

「むきぃぃぃい。妾のおっぱいを揉むでない」

「じゃあ、こちらで」

リシェールはマリーダの最大の弱点である、角先をベロりと舐める。

「ふぅうううんっ！　リシェールは妾に厳しいのじゃ。優しくするのじゃぁぁんっ！」

口の端から涎を垂らし、マリーダがベッドに沈み込んだ。

朝のベッドは騒がしさを増しているが、俺としてはおっぱいと、おっぱいと、おっぱいに囲まれた至福の時である。

大きい物は良いものだ。

「マリーダ様、リシェールのご機嫌取りもしておかないと、また夜に苛められますよ。昨夜もイレーナの前で」

「むぅきぃい。言うでない。アレは不可抗力なのじゃ。あのような辱めを受けるとは思っていなかったのじゃ！　アルベルト、イレーナ、あの件は忘れるのじゃ！　よいな！」

まぁ、あれは衝撃的だったし、マリーダが可愛すぎて、俺も頑張りすぎた気がする。

昨夜のことを思い出したのか、赤面したマリーダが、抱き寄せたイレーナにキスの嵐をふらせる。

「さて、みんなスッキリしてるはずだから、今日もお仕事に励むとしよう。イレーナ、今日から秘書として業務を手伝ってくれ」

「承知しました。すぐに着替えて準備します」

「マリーダ様はいつものように『印章押しの鍛錬』をしておいてください。リシェール頼んだよ」

「承知いたしました。マリーダ様の監視はお任せください」

「リシェール、そなたは妾付きの女官じゃぞ。なにゆえにアルベルト――」

反抗の気配をみせたマリーダの耳をリシェールがペロリと舐める。

「にぃいんんっ！」

不意打ちで耳を舐められ、マリーダがイってしまったようだ。

「さぁ、マリーダ様。準備してお仕事しますよー」

リシェールが、イってしまったマリーダをベッドから引きずり出していく。

俺もイレーナに身支度を手伝ってもらい、朝食を終えると、執務室へ向かうことにした。

それから一か月が瞬く間にすぎ、城下の商人組合に依頼した領主公認の分銅と定規と容器は驚くべき速さで職人たちが量産し、マリーダの布告に沿う形で、来年からの領内の商取引には、公認分銅と定規と容器が使用されることが決定した。

商人から信頼の厚い商人組合長ラインベール自らが、『エルウィン家から文句を付けられないための取引を行いたいなら、公認の印の付いた分銅と定規と容器を購入し、それによる計量を』って呼びかけまでしてくれるもんだから、エルウィン家の凶暴さを知る領民たちは、公認分銅や定規、容器を使用するよう急速に切り替えている。

領内については、想定以上の速さで切り替えが進みそうだが、問題は交易商人たちである。

彼らは他国や他領から荷物を運んでくるため、なかなか公認分銅と定規と容器を受け入れないようである。

そちらの方は、また別の対応って形で考えていた。

でも、まぁ、これで早急に最低限やっておかないといけないことには、目処がついた。

あとは人材！　もっと人材が欲しい！　どこかに有能なやつはいねーがー！

俺は目の前の書類を閉じると、椅子にもたれかかって大きく伸びをした。

第六章　内政団結成と領内改革しよう！

帝国歴二五九年　真珠月（六月）
エルウィン家の新しい家臣を雇います。
応募条件、健康な15歳以上、読み、書き、簡単な計算ができる者。
仕事内容、帳簿付け及び食糧管理、徴税業務等あり。
雇用条件、月給1万円。休暇については応相談
応募資格を満たす者ならば人種問わず。いちおう、採用試験あります。
※但し鬼人族のみ応募資格欠格者とする！
このような応募条件を書いたお触れを、領内に出すことにした。

このお触れについては、さきほどまで当主であるマリーダへ肉体的交渉術を駆使しての激論を制したことで、許可を得ている。

おかげで腰が少し痛むので、すやすやと眠っているマリーダの隣で、イレーナとリシェールに腰を揉んでもらっていた。

「それにしても、アルベルト様がお出しになるお触れでは、鬼人族の方は家臣として採用してもらえないということでしょうか？」

腰を揉んでくれている2人のお尻の柔らかさを手で堪能しながら、イレーナの問いに答える。

「そうだ。絶対に文官に向かない鬼人族は、最初から応募不可にしておいた。これは差別ではなく区別。戦闘種族を文官に採用するほど、エルウィン家に余裕はない」

「あ、なるほど。今回は文官としてのエルウィン家の家臣の募集でしたね。鬼人族の方は戦闘では無類の強さを発揮されますが、管理運営となると……」

イレーナがなにやら口ごもっているが、脳筋に領地運営ができないのは、周知の事実であるため、口ごもる必要もない。

領地をもらった当初から、人族を文官に採用して管理運営をすれば、内政無能状態や村長たちの租税ちょろまかしなどは発生していないのだ。

「ですが、読み、書きまではできそうな人はけっこういると思うけど、計算ってできる人いなそうですよ。あたしもできませんし。文字は書けるようにと、最近イレーナさんに教えてもらっていますが」

腰を揉む代わりに、俺にお尻を揉まれているリシェールが、応募者が少なくなるのではとの懸念を口にした。

「そうだな。だから俸給も一般の商家より、高めに設定してある。城下の街は交易商人たちが行き交っているから、計算できるやつはそれなりにいるはず。それに、農村を仕切る村長連中にも三男以下で有望なやつがいるなら、城勤めさせろと勧誘するつもりだから、試験にはそれなりに集まると思うぞ」

「村長さんたちの三男以下ですか。あー、わかりました。出世をチラつかせつつ、文官として扱き使って、ついでに体《てい》のいい人質にするつもりですね。さすがアルベルト様、極悪な人の使い方ですね」

リシェールが持ち前の洞察力の鋭さを発揮して、俺の意図するところを口に出した。

アレクサで知り合ったリシェールは、学はあまりないのだが、想像力だけは逞しいようで、断片的な情報だけで推測を組み立て、その推測がかなり的を射ている確率が高いのだ。

今はマリーダの女官をしてもらいながら、俺の作った情報組織の管理もしてもらっており、そちらから上がる情報を報告する際、色々と面白い視点をこちらに提供してくれている。

自分とは違う視点から、助言をくれる参謀としての役割を彼女には期待しているのだ。

「リシェール、それは内緒の話だ。ここだけにしておくように。イレーナも今の話は内密に頼む」

「は、はい。そのような裏の事情も含んでおられるお触れなのですね」

「勘のいいリシェールにはバレてしまったが、そういうことだ。今回の文官募集のお触れは、息子の出世を餌にして、領内の不穏分子でもある村長たちから、体のいい人質を狩り集める意図もある。もちろん、有能なやつは出世の道を用意してやるつもりだ。ただ、戦闘職は鬼人族たちが独占している役職だから、管理運営という新規役職での出世だけどね」

「なるほど……。今まで全くなかった部署であれば、鬼人族の方と役目争いになることもないですしね。さすが、アルベルト様です」

今のところエルウィン家での文官は、俺と、ミレビスと、イレーナしかいない。それ以外は皆、いくさしかできない戦闘種族しかいないのだ。

「さて、明日からは布告の準備とか村長たちへの根回しとか忙しくなるから、今日はもう寝ようか」

「あら、駄目ですよ。マリーダ様だけ可愛がって、あたしやイレーナさんを可愛がらずに眠れるなんて許されませんよ」

腰を揉んでいたリシェールが、俺の耳元でおねだりをしてくる。

柔らかな胸が背中に当たった。

「そこまで言われたら、しないわけにもいかないか。腰も楽になったことだし、私の肉体交渉術を試してみるかい？」

「アルベルト様……わたくしはそのようなことは……。あっ！　アルベルト様⁉」

「今日も夜は長くなりそうですね。あたしは、そんな夜が大好きですすけど」

とりあえず、おねだりされたので、２人の可愛い嫁の愛人たちにも肉体的交渉術を発揮して満足してもらうことにした。

そして、二週間の時が流れ、今日は応募してきた者たちの採用試験日だ。

領内の15歳以上で、読み書き、計算できる鬼人族以外の者たちが、80名ほど応募してきている。

平均的な俸給よりも高い額を示したため、商家で奉公人をしていた者もそれなりにいた。

それと、俺自身が村長たちを回って勧誘したため、村長一族の三男以下の男子も多数応募している。

領内の農村は、比較的裕福な農村が多いのと、領主を頼らない自治を行っているため、子の教育に熱心だ。

文字の読み書きはもちろんのこと、計算も教えられ、いちおう武芸のたしなみもある者もいた。

ただ、ガチの戦闘種族である鬼人族に比べれば、子供のお遊びくらいだ。

でも、城を守備することくらいは、できそうなやつもチラホラと見られる。

三男以下としたのは、次男までは村長が家を継がせるストックとして残すだろうと見越してのことだ。

三男以下となれば、かなり裕福な村長家でない限り、新規の開拓村を与えられることなく、実家住みで一生を終える可能性が高い。

人質としては、わりと重要度は低いと思われるが、エルウィン家で出世をした時は、自分の実家への影響力を行使できる存在になる。

実家が反乱を起こせば、自分の職を失うことになるので、抑止力《よくしりょく》として必死に働いてくれるはずだ。

そんな俺の思惑を知らぬ応募者たちは、試験を前に緊張した顔をしていた。

彼らがこれから行う採用試験は、イレーナが作った読み書き計算テストだ。

80点以上で合格。

試験を合格した者を、俺が面接することにしてあった。

今は教育をしている余裕がゼロなので、即戦力が欲しい。

各種帳簿を作成するため激務中のミレビスが、泣きを入れてきたからだ。

とにかく、字が読めて、書けて、計算できるやつを送り込んでくれと泣きついてきているのだ。

ミレビスに討ち死にされては困るので、最近では俺やイレーナも通常業務後に、彼の仕事の手伝いをしている。

俺としても、せっかく貴族の婿になったので、嫁と嫁の愛人とイチャイチャできる時間が欲しい。なので、できれば残業などしたくないのだ。

そんな思いが溢れ出し、後で面接を受けた者に聞いたら、眼が異様な光を発し、怖かったと言われた。

むぅ、そんな気はなかったが、怖がらせたのならすまなかった。

それも、これもエルウィン家の歴代脳筋当主たちが、内政無能を続けたのが悪いんだ！

俺の無意識な圧迫面接を受け、採用が決まった者は50名。全員が内政の数字が50以上ある人族だった。

新たに雇った人族の文官たちは、50名と少ないが、やる気が高い精鋭たちであった。

人件費は新たに増えることになるが、エルウィン家の発展には必要な投資であり、金を惜しむところではない。

虎の子の資金を投じて雇った50名の文官たちに、ミレビスが正式な帳簿の完成に半年かかると泣きを入れた城下街の戸籍調査と、店を構える商家の売り上げ基礎台帳の整備を任せてみた。

仕事を任された商家の元奉公人たちや村長一族出身の文官たちが、出世の餌にものすごく反応し、ハチャメチャにやる気を出して、ほんの一か月ほどでできた。

ああ、マジで優秀。帳面もきちんと指示した書式で書いてある。

実に読みやすいし、把握しやすい。

文官たちの必死の努力で完成させた城下街の戸籍調査結果によれば、アシュレイ城の城下街の人口は５２３６名。

軽く調べただけだが、城下街の人口が５０００人以上の領地といえば、エランシア帝国では伯爵家クラスの貴族が領有している土地だ。

当主マリーダが魔王陛下から与えられているのは、帝国貴族の爵位で下から二番目の『女男爵』でしかない。

下級貴族でしかないエルウィン家に、東西南北の主要な街道が交差する好立地の場所で、農業に最適な土地と、ヴェーザー河の支流から得られる豊富な水、そして人口も多い爵位不相応な土地が、エランシア帝国から領地として与えられていることが再確認できた。

人口の多さは、税収の多さに直結するため、あらためてエルウィン家が内政無能を続けても破綻しなかったのは、豊かな領地からの税収のおかげだと思った。

文官たちの奮闘で城下街の人口が把握できたので、倉庫に入っている現在の備蓄食糧で、城下街の全住民が籠城できる日数も算出しておいた。

結果、籠城できる最大日数は50日。

これは城下街の全住民が城に籠って、一日二食配給という想定での日数だ。

領民を収容せず、エルウィン家の家臣たちだけで籠れば、数年は余裕だった。

魔窟化した倉庫の大整理をしたとはいえ、備蓄食糧はまだかなり積み上がっていたようだ。

まぁ、積み上がった理由は、マリーダの婚約者半殺し事件の余波で、エルウィン家がこの二年間、一切いくさに参加させてもらっていないのが、主な理由だった。

アレクサ王国との大規模ないくさが起きれば、即座に大軍で包囲される可能性もある。

なので、食糧備蓄はなるべくあった方がいい。ただ、調理担当者が一生懸命に作った保存用食糧が腐るほどはいらないが。

それに、そろそろ今年の小麦が実ってくる時期だ。

今年からはミレビスとイレーナが、しっかりと倉庫の管理もしてくれるはずなので、魔窟化は避けられるはず。

倉庫の在庫管理こそまともになったが、正確な税収額の把握は、農村から取れる穀物量が一切不明であり、道半ばではある。

今後は各農村の人口数と、穀物の収穫量の把握が最優先課題か。

文官たちも増えたし検地《けんち》するか……。私腹を肥やしている村長たちが嫌がるだろうけど。

ちなみに現状でエルウィン家が取り立てている税をざっと紹介すると。

・地代……農民が耕作する農地にかけられた税。穀物で徴収される税。
・人頭税……領民全員から徴収される税。
・入市税……城下街へ入るための税。
・施設使用税……水車の粉挽き、パン焼き窯、葡萄圧搾機等の施設利用の際に徴収される税。
・相続税……子が親の土地や財産を継承する際に発生する税。
・土地売買税……農民が土地を他人に売買する際に発生する税。
・賦役免除税……領主が課す賦役の免除を受けるための税。
・売り上げ税……商人の売り上げに対して課される税。

・生活必需品税……塩・薪などの必需品にかけられる税。

っと、まぁ九種類ほどの税の取り立てがある。

農村の地代と人頭税だけは生産物による貢納。

それ以外は金銭によって、支払うことになっている。

新たな税の取り立てや税率の変更は、領主が独自で設定できるが、税をかけすぎて激怒した民衆が『領主、ぶっころす！』って蜂起されたら困るので、金が欲しいからと言ってバンバン税率を上げることはできない。

エルウィン家の圧倒的な戦闘力で、いちおう領内の平和が保たれているが、この世は何が起きるかわからないため、なるべく安全第一でいきたい。

ちなみに、その脳筋一族は朝から『調練だー！』って騒いでいたから、郊外で野生動物狩りをさせている。

戦闘しかできない彼らの食い扶持は、自分たちで稼がせることにした。

彼らが毎日やりたがる調練も経費はタダじゃないんで、狩猟で仕留めた動物の肉や皮で金を稼いでもらうことにしてある。

もし、狩猟成果ゼロで帰ってきたら、調練禁止三日間が確定しているので、ちょっとは頭を使ってくれるだろう。

戦闘無双な領主も、内政無能を続け、領地経営がガタついてしまえば、自らの持つ戦闘力を発揮することもできない。

だから、内政大事。その大事な内政を行うためのお金は、領地から上がる税収が基本だ。

俺が見るところ、アシュレイ領はもっと税収が上がる領地だと思う。

税収が上がれば、養える兵も増える。

兵が増えれば、武功を挙げて新たな領地を得られる可能性も上がる。

戦闘に関しては、当主のマリーダを筆頭に一騎当千の戦闘民族である鬼人族が担ってくれる。

俺は彼らが最大の戦果を挙げられるよう、軍師として内政・外交・謀略で貢献していくつもりだ。

そして、嫁であるマリーダを出世させて、大貴族となって嫁と嫁の愛人たちとイチャイチャして、まったりハーレムな生活を満喫するのだ。

そのためにも、今日もせっせと汗を流して帳簿と格闘する。

「アルベルト様、少し休憩をされてはいかがですか、朝から根を詰めてお仕事をしておりますよ」

そばで書類の整理をしていたイレーナが、こちらに身体を寄せてくる。

息抜きの休憩か。確かに今日は頑張ってる気がする。ちょっと一息入れるか。

「ああ、そうしよう。少し、凝った箇所を揉んでくれると助かるな」

「承知しました。こちらがすごく凝ってますが――すごい、カチカチです」

「ああ、頼むよ」

俺は、それからイレーナとのご休憩タイムを楽しむことにした。

帝国歴二五九年　紅玉月（七月）

さてさて、色々と仕事が進み始めたし、執務室に行ってお仕事しよう。

さぁ、今日も頑張るぞ。

だが、その晴れやかな気分も、昼すぎにはどん底に落ちた。

頑張って仕事しようとか、寝言をほざいていた朝の俺をドッキ回したい気分だ。

執務室の窓から見える中庭には、畑に実った小麦の刈り取りが終わり、各農村からの納税の品である小麦や各種農作物を積んだ荷馬車が倉庫に向かって列を作っていた。

今は七月である。そう、領民から食糧品が物納される兵糧収入の季節である。

シミュレーションゲームでは、勝手に数字上の兵糧が増えて『やっと戦争ができるぜ。ヒャッハー』ってなる季節。

うちでは、農村の地代と人頭税は金銭の納税を認めず、小麦や大麦、その他色々な食糧品での物納オンリーである。

他の税金は使用ごとの徴収だったり、金銭納税可能だったりする。

農村からの地代と人頭税の食糧品での納税にこだわるのは、籠城やいくさへ使用する食糧を補充するという理由もあるからだ。

なので、今は政務担当官の俺と文官たちが一年で二番目に忙しい時期だった。

執務室にいる俺のもとへ、文官たちが駆け込んできた。

「アルベルト殿！　大変です！　税を納めにきた村長たちから、また不満の声が上がってます。計量結果に納得いかないと申して、責任者を連れてこいと息まいております」

今年の徴収から、俺がエルウィン家公認として流通させた分銅と容器で、納税分の食糧品をこちらの担当者が計量することにしてた。

税の徴収方法の変更に対しては、周知徹底《しゅうちてってい》を図っていたけど、さすがにこの世界でもクレーマーは存在している。

俺のやる気が減退している理由は、朝から、そういった者への対応が続いていたからだ。

「わかった、すぐに行く。公認の天秤の分銅と、容器を使い、うちの担当者が計量したものしか認めないと言い切ってるからね。今までは自己申告で、なあなあにできたのが拒否されるんだから、怒り狂いたくもなるだろう」

まだ作付け台帳などの整備が進んでいないため、各農村の納税額は村長の自己申告に基づいた徴収量を割り振っていた。

けれど、マリーダの布告によって、計量時の度量衡を統一とエルウィン家の担当者による計量で、今年の徴収では、村長たちがちょろまかしていた量が暴露されることになる。

ちょろまかしの量は、けっこうな量になるはずだ。

うちが計量して足りない分は、後日、持参してもらうことになっていた。

徴収方法を変更したことで、判明するであろう、不正な中抜きを追及していくと、農村の有力者である村長たちが離反して、俺たちに襲い掛かってくる可能性も出る。

なので、徴収では村長たちを鞭でシバキつつ、彼らに飴も与えることを忘れずに行うことにしていた。

中庭に集まっていた村長たちが、こちらの姿を見つけると駆け寄ってくる。

「アルベルト殿！　こたびの徴収は納得がいかぬ！　我らはきちんと計量してきたものを納めにきておるのだ。それをそちらが再計量したものしか受け取らないとは、いったいどういうことですか！」

年嵩の村長が、俺に掴みかかりそうな勢いで詰め寄ってきた。

「控えよ！　アルベルト様よりお達しがある！」

倉庫前で計量の監督官をしていたミレビスが、詰め寄ろうとした村長を押し返していく。

「すまない、本当にすまない。君たちのことを信用してないわけじゃないんです。ただね、当主のマリーダ様は、『妾の布告した公認の分銅や容器で計量していないのは、納税を認めぬ。むきぃい！』って、布告を出しておられる。私は何度も村長たちの仕事を信用してくれって言ったんですが……。ほら、当主マリーダ様は、あのご気性なので……」

詰め寄っていた村長の顔が『ああ、そういえば脳筋だったな』って表情になり、顔色が蒼白になった。

逆らえば、一族郎党《いちぞくろうとう》皆殺しもされかねないと認知されているようだ。

実際、そんなことは、政務担当官の俺がさせないけどね。

「私たちも領主様一族のご気性は理解している。だが、これでは我らが村長をする意味があるのか！　エルウィン家が今までずっと徴収業務を放棄してきたため、我らが苦労して作った方法を、当主様の気まぐれで止めろと言われ、『はい、そうですか。承知した』ではやりきれませぬ！」

ああ、わかるよ。その気持ち。内政無能な領主一族の代わりに君らが頑張ってくれてるのは、痛いほど共感できるよ！

君たち村長は、村人からの面倒くさい徴収業務を率先して引き受けているうえ、戦時は農民兵たちの指揮官になる大事な人材。

でも、不満を持たせたままでいれば、他国に通じてエルウィン家に刃を向け、反抗するかもしれない人材でもある。

なので、彼らが不満を持つ前に、今回の鞭に対する飴を与える。

「わかります。役得があるからこそ、あの面倒な仕事をして頂けてたことを、私は知っております。ですから、村長の皆様には新たな特権をって、話を通しておきました。相続税の免除です。皆様が頑張って貯めた金を子供へ受け継がせたいというのは、親として当然の気持ちです。なので、徴収業務を代行してくれる貴方たちから、子息への財産相続は課税しないことを勝ち取りました。この特権で何とか徴収の件は承知してくれませんかね」

「相続税の免除……」

エルウィン家の税制では、子が親の財産を継ぐ際、相続する資産のうち３割を貨幣で提出しなければ、土地や資産の相続を認めていなかったのだ。

まぁ、でも、まともな台帳を作ってないエルウィン家では、代替わりした村長の家に家臣を派遣して、適当な額をカツアゲして相続税としているだけなんだが。

コツコツと貯めたお金を子に残そうとすると、死んだ時に自動的にエルウィン家にカツアゲされて持っていかれるのだ。

頭が良く、金に余裕のある村長は、自分が死ぬまでに息子たちに新しい農村を開拓させて村長に据えることで、自分の遺産を先に受け継がせておくのが、相続に関する今の流行りらしい。

もちろん、新しい農村の開拓費用は、親の持ち出しになる。

そうやって子に農村開拓をさせ、エルウィン家からの相続税対策をするやつもいた。

でも、新規の農村の開発は、よほど裕福でない限り、厳しいのが現実だ。

なので、多くの村長はカツアゲにきた鬼人族へ相続税を払って代替わりをしている。

今回与える飴は、エルウィン家によるカツアゲ行為とも言える相続税を免除するって話だ。

村長たちが税をちょろまかして財産を蓄えるのは、息子に少しでも多くの財産を残したい気持ちが大半であるため、相続税の免除は大いに彼らの気持ちをグラつかせた。

「アルベルト殿……それは本当か？」

「ええ、ここにマリーダ様直筆の許可状もある。公認された計量器具での計量に応じた『村長』のみ特権を与えるとね」

「おぉっ！　そのような直筆の許可状が！」

相続税免除の話は、村長たちに衝撃をもって受け入れられたようだ。

村長たちが着服している税額と、相続税でエルウィン家に入ってくる額を差し引きすると、圧倒的にちょろまかした税の方が多いと思われるので、この飴で納得してくれるとありがたい。

中庭で集まっていた村長たちが頭を寄せ合って、受け入れるかどうか相談し合っている。

話し合いは終わったようで、代表者が俺の前にきた。

「わかりました。これより公認された分銅と容器での計量を受け入れます。なので、なにとぞ相続税免除の件、よろしくお願いします」

「いやあ、ありがとうございます。ご協力して頂けると助かりますよ。あ、そうだ。なんか困ったことがあったら、私に相談してください。色々と便宜は図らせてもらいます。こちらも色々とお願いもしたいし、あなた方がもっとエルウィン家の領地運営に参加できるように、当主様に働きかけていきますので」

代表の村長の肩をポンポンと叩く。

今回のクレーマー村長も、こちらの与えた飴で納得してくれたようだ。

有力者たちを手懐けておけば、色々とやりやすくなるので、恩を売るスタイルで行く。

あと、余談だが村長たちに任せていた計量を、うちでやると手間が増えるってわけでもない。

こっちの文官君たちは優秀だし、城には無駄に転がっている筋肉もあるからね。

いくさがなく、調練、調練とうるさい鬼人族たちに、『肉体鍛錬になるよ』って吹き込んだら自主的に、倉庫への搬入をお手伝いしてくれた。自主的だよ。自主的。サービス残業だっていった人、違うからね。

業務時間内に遊んでる筋肉を効率的に利用しただけ。そこは間違ってはいけない。

『思慮深く、物事を考えて行動します』を徹底し、効率的な業務遂行による労働時間の低減を進めるつもりだ。

うちは大事な資産である家臣のやりがいを搾取《さくしゅ》するブラック企業ではない。

株式会社エルウィンは、人材を大事に使い切るホワイト企業を目指しているんだ。

そんなことを思いながら、村長たちと別れ、ミレビスと一緒に倉庫に行くと、イレーナも張り切って計量を手伝っていた。

「イレーナ、計量の方はどうだ？」

「はい。いくつか計量に関して混乱も見られますが、倉庫に入れる際は、鬼人族の方が張り切ってやられますし、納税の最終チェックと帳面への記入は、私たちが行っておりますので、ご安心を」

初めての領主側による計量納税制度が上手く進んでいるのは、今年採用した文官君たちへ、事前に帳面の付け方や兵糧の管理をレクチャーしておいたおかげだった。

その中でもイレーナは理解力が抜群に高く、商家の娘であるため、人あしらいも上手く、俺のお相手までこなす万能選手だ。

功績抜群のイレーナは今度の査定で、従者から俺とミレビスと同じ従者頭に出世させるつもりだった。

文官として採用した者たちの昇進の査定は、俺に一任されている。

新設された文官は、現時点では従者頭までしか上がれないが、そっちも役職制度を改変するつもりではいる。

なので、エルウィン家の家臣として、文官が出世するコースもそのうちできるはずだ。

「順調そうでなによりだ」

「在庫管理の方は、すでに古いものをアルベルト様が整理され、ミレビス殿が台帳を整えてくれているため、スムーズに格納できています」

「そうか、では倉庫の在庫管理台帳への記入が終わった帳面は、執務室に届けておいてくれ。

あとで私が確認させてもらう」

「承知しました。あとでお届けします」

脳筋たちが今年も帳簿をつけずに徴収していたら、借金もあるため、また農村から臨時徴収の日々だったかもしれない。

「それにしても、去年の魔窟とは一線を画す、整理された倉庫には感激ですなぁ。これで、制作中の各種台帳が揃えば、まともな徴税を行える準備が整うはずです」

租税基礎台帳の基礎となる資料を制作中のミレビスが、綺麗に整理整頓された倉庫の奥を見て感激した。

「一個ずつ解決していけば、きっとエルウィン家の税収入はもっと潤うはずだ。そのためにはミレビスもイレーナにもまた無理を言うかもしれないが頼む。それに、文官はまた近いうちに補充するつもりだから、その新人君たちの教育も頼む」

「はい。アルベルト殿が上役であれば、さらなる出世もできると思われるので頑張ります！」

「わたくしもアルベルト様のため、マリーダ様のため、自分の力を最大限に使わせてもらうつもりです」

徐々にではあるが、脳筋たちが力を持っていたエルウィン家にも、新たに内政団が形成されている。

この内政団の整備は、エルウィン家がより高い爵位を目指すため、必要な措置だ。

鬼人族だけでなく、領内外に住む人材も積極的に取り込んで家を大きくするつもりだ。『人材』は『人財』って話もあるし、多種多様な能力を持つ者を取り揃えておけば、何かしらの役には立つ。

こうして、エルウィン家が初めて行った計量徴収作業も月末までかかったが、大きな混乱を引き起こすことなく完了した。

ちなみに、村長たちが計量を弄ってちょろまかしてた量は、納入予定量の3割を超えてた。けっこう、ちょろまかしてるとは思ってたが、実態の数字が出て頭を抱えた。

相続税を免除することを餌にして、エルウィン家が徴収する食糧品の計量を行うことを徹底したため、来年からはちょろまかすことはできなくなったが……。

今年だけ特別ってわけでもなさそうで、今までも同じ割合でちょろまかしていたと思われる。

村長たちのちょろまかし量を見て、エルウィン家が臨時徴収しても、平気な顔で応じられた理由が納得できた。

エルウィン家の行う、雑な臨時徴収を年二回までなら、ちょろまかした量で賄えたからだ。

徴税に関しては、相当、舐められていた。

でも、これからはそんな不正はさせないし、もちろん、脳筋どもに臨時徴収などさせない。

自分がしっかりと徴税し、予算計画を立て、過不足の発生などさせないつもりだ。

農村からの兵糧徴収という大きな仕事を終えた解放感から、嫁と嫁の愛人に対し、激しく頑張ったよ。主に俺の腰が。おかげで三日くらい杖を突く生活だったけど。

帝国歴二五九年　カンラン石月（八月）

兵糧の徴収も村長たちの協力で無事に終わったが、租税における問題はまだ残っていた。

『租税基礎台帳』の作成！　これが早急に完了させるべき案件として急浮上しているのだ。

どの村にどれだけの村民と農地があって、そこから上がる農作物の収穫量はどれくらいかを確定させた台帳。

これがあれば、鬼に金棒？　いや、脳筋にプロテインっていうくらいの内政無双ができる。

『租税基礎台帳』があれば、度量衡の統一によって、村長たちのちょろまかしを一掃させた以上の税収が上積みされるはずだ。

ただ、村長たちがなぁなぁでごまかしていた自己申告の租税額と、こちらが各種調査を正確に行って確定させた租税額に、大きな差が出ると、『てめえら、徴税を任せていたらごまかしやがったのか！』って怒り狂った脳筋たちの刃が、村長に振るわれる可能性もあった。

だが、俺は村長たちを守る側に立つ。なぜなら、村長たちは、大事な徴税の現場指揮官だからだ。

でも、村長たちも甘やかすだけでは、付け上がる原因になる。

なので、基本方針は鞭でシバキ倒しつつ、最後にはきちんと美味しい飴を提示するつもりだ。

そういうことで、今回は前当主だったブレストに悪者役をやってもらい、俺が宥め役に回って、村長たちが持つ、自分の村に関しての各種資料を快く提出してもらい、『租税基礎台帳』を完成させることにした。

そんなことを考えていると、面倒くさそうな顔をしたブレストが、執務室に顔を出した。

「アルベルト。ワシは忙しいんじゃ。これから調練が入っておってな」

「ほう、筆頭家老のブレスト殿は、エルウィン家の将来はどうでもいいと、おっしゃられるのですか？」

「うぬぅ！　そのようなことは申しておらぬが。たかが、農村の視察にワシが同行する必要もあるまいと思うが……」

「ほほう。前当主でありながら、徴税に関する帳簿もつけず、租税額を自己申告させ、村長たちに計量を任せ、倉庫や金庫に勝手に入れさせて、めでたし、めでたしとした張本人が、そのようなことを言われますか」

「だが、あれは先祖代々、あの方法で……。兄者やマリーダが当主の時も……」

歴代当主の内政無能を受け継いだだけと、言い訳をするブレストの顔に、資料を突き付けた。

「だまらっしゃいっ！　このアルベルトが政務担当官となったからには、きっちりと管理させてもらいますよっ！　そのための第一歩を大したことではないと申されるか？」

「ぐぬぅう。そうは言っておらぬ」

苦虫を噛み潰したような顔になったブレストが、しおしおと肩を落とした。

「なら、しっかりとお手伝いよろしくお願いしますね」

「仕方あるまい。皆の者、いくぞ！」

俺とブレストは、村長に各種資料の提出を求める交渉のため、家臣を率いて農村に向かった。


すまない、こっちの考えが甘かった。

俺は脳筋たちの粗暴さを測り間違えたようだ。

「ゴラァあああ！　この村の代表者出てこいやぁあっ！　ちと、尋ねることがある！　早く、出てこぬか！」

この脳筋家老を先陣で農村に突っ込ませたことを後悔した。

完全に〇クザが上納金を支払わなかった飲食店に怒鳴り込んで、居座るアレだ。アレ。

あっと、村人さんたちが怖がって家の中に逃げ込んでいった。

違うんです。そういうんじゃないんです。平和的な交渉にきただけ――。

何事が起きたかと、村長が駆けつけてくる。

「ブ、ブレスト様！　これは何事ですか？　我が村に何の用事が？　今年の租税はすでに割り当てられた量をきちんと納めましたぞ」

『鮮血鬼』マリーダと同じくらいの武力を持つ、『紅槍鬼』ブレストのアポなし突撃訪問に、村長は蒼い顔をした。

「あぁん？　ワシが村を巡視《じゅんし》してはマズいのか？」

「じゅ、巡視でございますか？　ブレスト様が？」

「そうだ！　悪いのか！」

「滅相もありません！」

ブレストの気迫に押されたに村長は、青い顔をしてプルプルと震えながら答えた。

「あと、もう一つの用事を思い出した。聞いた話では、この村は農作物がたんまりと取れるとのこと。これより、この村で臨時の徴収を行うことにした。よもや抵抗などせぬよな？　いや、してもいいぞ。おらぁああ！　かかってこんかいっ！」

まるで野盗の親玉みたいな言葉で、略奪でも始めかねない勢いのブレストに、村長が腰を抜かして地面に倒れ込んだ。

「ひ、ひぃぃ。そのようなことは思っておりませぬ。すぐに貢納品《こうのうひん》をご用意しますので、なにとぞ命ばかりはお助けを……。ひぃいぃ」

荒い。荒すぎる。手口が荒っぽすぎるよ。ブレスト。

おかげで村長ちびっているから。

脳筋を甘く見すぎた結果。カツアゲ程度で済むかと思ったら、略奪レベルに達した。

もう、これだから脳筋たちは……。

「よしよし、いい心がけだ。ワシは素直なやつは好きだぞ。だがな、ごまかされるのは嫌いでな。そんなやつの首をへし折りたくなるのだ。わかるよな。この気持ち？」

わかりたくねぇ。っていうか、村長の首にブレストの太い腕を掛けるのはマズいっしょ。キュって逝っちゃうよ。キュって。

「ブレスト様をご、ごまかそうなど……そそそ、そのように大それたことを」

村長、めちゃくちゃ足がブルってる。あーこれは、だいぶ隠し事が多そうだ。

「そうか！　そうか！　お前はいいやつだな。このブレスト、しかと顔を覚えたぞ」

「ひぃいいいっ！　そんな！　私ごときの顔など忘れてください！」

あっ、足元に水たまりできた。失禁したね。これは後ろ暗いことありまくりかな。

そろそろ、助け舟を出してあげないと、村長がショック死しちゃいそうだから、出ますか。

「ブレスト殿。村長殿を苛めるのは、そのくらいにしておいてくだされ」

「ア、アルベルト殿！　これは、いったいどういうことですかな⁉　お城での計量の時、今年は臨時徴収を行わぬと言われたはずですが⁉」

脳筋ではなく、話し合いが通じる人物がきたと知った村長が、こちらに助けを求める視線を送ってくる。

「確かに、臨時徴収はせぬとお約束させてもらったのですが……。実は前当主であられたブレスト殿が、私どもが全力で制作している『租税基礎台帳』にいたく興味を持たれましてな。そのために必要な物は何だと騒がれまして……。私としては村長殿たちが嫌がるからやめましょうと、お引止めさせてもらったのですよ。ですが、ほら、その。ねー。ブレスト殿はこういった方ですし……」

村長がちらりとブレストを見る。

「なんじゃい？　ワシの顔になんかついとるのか？」

ニタリと笑ったブレストの顔は、まさに鬼と言っても過言ではなかった。

夜中にあの顔が闇の中から出てきたら、絶対に俺でも腰を抜かす。

「ひぃいいい！　何でもないです。えぐ、えぐぅ！　アルベルト殿……お助けくだされ、後生ですから、お願いします。死にたくないぃいいい！」

歳を重ねた大人が大号泣だよ。いや、まぁ、かかっているのが自分の命だから、その気持ちよくわかる。

俺も今の村長の立場だったら、号泣する。

脳筋の鬼人族に、自らの命を握られていると思うと、生きた心地がしないだろう。

「まぁまぁ、そう怯えられることもありますまい。村長殿には臨時徴収のお手伝いをして頂いて、後で別室にてご相談という流れでお願いしたいと」

「そ、それでいいです！　それでいいぜずがらぁああ！」

「では、取り急ぎ臨時徴収を始めさせてもらいます。では、大事にしまってある台帳をお出しください」

「えぇ、台帳から臨時で徴収する額を決めよと、ブレスト様の顔が言っておられます」

「え⁉　台帳ですか⁉」

「台帳とやらを出すと困るのか？　おぉん！　ワシに知られて困るのか？　あぁん！」

「ひぐぅううっ！　出します！　出しますから！　命ばかりは！」

村長がブレストの腕から逃れ、へたり込むのを見届けると、臨時徴収という名目で農村の査定を開始することにした。

多くの村で、次代の村長になる子息に引き継がせるための台帳が作成されている。

なぜかって？　息子が跡を継いだ時、村の状態が何もわからないでは困ってしまうからだ。

代替わりした息子が台帳をもとに、村の状況を把握して新たな村長としての仕事をするのだ。

内政無能を続けているエルウィン家より、村長たちの方がよっぽどマシな領地運営をしている。

今回はその台帳を、エルウィン家の領地運営に生かすべく、任意で提出してもらう。

「こ、これが我が村の台帳です。これで、命ばかりはお助けを！」

台帳を取りに帰った家から、ダッシュで戻ってきた村長が地面に額を付けて平伏する。

「大丈夫です。臨時徴収を滞りなく遂行するため、任意で台帳を提出してくれた方を、ブレスト様も斬り捨てませんので」

俺は怯える村長を宥めつつ、受け取った台帳の中身をパラパラと確認していく。

台帳を整備しているとは思っていたが、ここまで正確な資料だとは思わなかった。

村の人口総数、耕作地の権利者氏名やその畝数、作付け状況、家畜の数、耕作地の収量のランク分け、予想収穫量まで記入された台帳だった。

村長たちは、この非常に整備された台帳を見て、租税の自己申告をしているようだ。

ただ、申告してる量は、かなり目減りさせたものであるが。

そのカンニングペーパーを見ながら、村の畑や人口を確認していき、台帳の内容に不備がないかをチェックしていく。

いやぁ、実に楽な作業だ。検地をしないとわからないなって思ってたことが、簡単に確認できる。うん、これは楽だ。村長、マジで有能だ。

これだけの情報があれば、ミレビスの進める租税基礎台帳の進捗が大いに進展する。

俺による村内の査定が進み、次々と自己申告とは違う結果が報告されるたび、ブレストの額に青筋がビキビキと走る。

隣に立つ村長は終始、蒼い顔で気を失いかけていた。

夕刻。

一日かけた農村の査定が終わり、提出された台帳がおおよそ正確であったことが確認された。

それによると、実に自己申告の二倍の税収が期待される村であることが判明した。

うん、これはエルウィン家が、とんでもなく舐められていたね。

しかも、納税も自分で計量してごまかしてた分もあるし。この村長だけでなく、他の農村の村長も同じようにごまかしているものと思われた。

みんなやり手だねぇ。たくましいことだ。

財力を貯めた有力者が、領内にゴロゴロしているエルウィン家は、当主に凶悪なのが続いたおかげで、家を保てていることが再確認できた。

圧倒的な戦闘力を持たない普通の領主だったら、すでに反乱を起こされ、領主が入れ替わっていてもおかしくない状況だ。

ナイス、脳筋。今回だけは脳筋一族だったことに感謝しとく。

だが、このまま財力を持った村長たちを放置すれば、次代も抑えられるとは限らない。

徐々に村長たちの力を削いでおかないと、寝首を掻かれるのはこちらだ。

けれど、力を削ぐため強引に租税引き上げをすすめれば、村長たちの不満が爆発する。

それはそれで困るのだ。

なので、俺はブレストの怒りのオーラを浴びて、憔悴しきった村長を別室に呼び出した。

「ア、アルベルト殿！　なんとか、なんとかブレスト殿が怒りを鎮められるよう、お取り計らいください！　このままでは私は……」

別室に入るなり、村長は俺の前に平伏する。

このまま首を斬られ、村の広場に晒されるのが決定したかのような怯えようだ。

実際、納税額をかなりごまかし懐に入れていたので、首を晒されてもおかしくない。

「まぁまぁ、そんなに怯えなくても。ブレスト殿も、あれできちんと話せばわかってくれますよ」

「ムリ、ムリ、ムリぃいい！　あの顔は絶対に私を殺すって思っています。お願いです。何でもしますから、命ばかりはお助けを！」

俺に対して、必死に助命を願い出る村長。

まぁ、確かに村長のごまかしを知ったブレストは、『ワシに嘘つきやがったやつは絶対にぶっ殺すマン』に進化してた。

鬼人族の思考は単純で、『敵』か『味方』かの判断しかしない。

ごまかした村長は、ブレストにとって『敵』の判定を受けた。

このままでは、村長の首をはねるのは時間の問題。

なので、怯える村長に助命の条件をチラつかせることにした。

「ブレスト殿のあの怒りを収めるには……。今回、提出してもらった台帳をもとに算出される納税額を、来年はきちんと納める約束をしないと、納得されませんでしょうな。ええっと、確か今年納められた倍の量でしたかね？」

「そ、それは無体《むたい》なっ！　倍の量を納めてしまえば、村の蓄えがなくなってしまう！」

俺は平伏している村長の顔を上げさせ、にこやかに宣告する。

「あー、それは大丈夫です。俺が算定したところ、倍の量を納めても、この村はまだ余裕あるはずですから。大丈夫、いける、いける。それに飢饉《ききん》の時はエルウィン家の政務担当官である私が責任を持って、食糧を提供いたします。ねっ、これで命を買えるなら安いものでしょう？」

「ひぃ、鬼！　悪魔！　人でなし！　こっちの足元をみやがって！」

「おや？　では、ブレスト殿の怒りをその身に受け、首を斬られる方がいいですかね？」

村長の首を手でトントンと軽く叩く。

「ひぐぅ。嫌だぁあ！」

「なら、どうするしかないのか、わかりますよね？」

「あぁあああぁあ！　ちくしょう！　もってけドロボー！」

足に縋り付いていた村長が、助命の条件を飲み、そのまま床に崩れ落ちた。

しかし、このままで放置すると反抗心が募るので、彼にとって美味しい飴を与える。

「いいお返事を頂けて嬉しいのですが、さすがに、これだと村長殿が丸損です。私としては、村長殿たちに徴収の協力をしてもらっているし、感謝しているんですよ。だから、納税額が倍になるあなたには、新たな特典を差し上げたいと思っているんです」

「えあ？　新たな特典？」

床に崩れ落ち放心状態で泣いていた村長が、『特典』の言葉に反応した。

「ええ、納税額が倍になると何かとご不便でしょうから、村長殿が代行して徴収してくれている村内の施設使用税。これを村長さんの懐に入れられるよう、当主様に許可をもらっています。私の顔を立てると思って、これと引き換えで納税額の増加を我慢してくださいよ」

「え？　え？　施設使用税を納めなくてもいいと？」

村長の顔に少し笑顔が戻る。ガッポリと税を持っていかれると思っていたところ、一部の税を領主公認で懐に入れられると聞かされたからだ。

「いつもご無理を言う村長殿への、私からのせめてものお礼ですよ。お礼。この世はお金ですから」

俺は座り込んでいる村長の肩を抱くと、悪い笑みを浮かべる。

「な、なんと！　アルベルト殿！　貴殿はなんという方なのだ！　私の助命だけでなく、懐まで心配してくださるとは……」

村長は助命されるのと、取り上げられる税の一部が返ると知って、歓喜した。

世の中、マネーですよ。マネー。

って、言ってもこっちの懐は実質痛まないんで、村長さんたちには大盤振る舞いですよ。

租税基礎台帳がしっかりできれば、最低でも食糧品の徴収量が倍に跳ね上がるんで、農村から徴収していた施設利用税程度を村長たちに還元しても、莫大なお釣りが出る。

しかも、施設利用税を村長たちに移譲すれば、税を払う村人たちの不満をエルウィン家が直接受けることもない。

農村における施設利用税を村長へ譲渡する件は、税制改革の一環として、公に領民に告げるので、不満は村長たちに向くようになる。

施設利用税を村長へ譲渡する狙いは、エルウィン家の重税に不満を持つ村人たちへの防波堤を、村長たちにも担ってもらうためであった。

村長の懐に施設利用税が入るようになり、その額が高くて村内の空気悪っ！ってなれば、村長たちは自衛のため、村人からの施設利用税の徴収額を下げないと命が危ないことになる。

そうなれば、村長たちの収入も下げられる。しかも、自分で裁量して決めたことであるため、エルウィン家に不満なくだ。

施設利用税の譲渡は、村長たちの財力を削る一石二鳥の策だと自画自賛しとく。

「そこまで、感激してもらえると、私も当主殿に陳情の骨折りをした甲斐があります。あと一つ、村長殿にお願いがあるんですが――」

「はい、アルベルト殿の願いなら何でも受けますぞ！」

助命と新たな収入源を与えられたことで、村長の態度は急変した。

「この村で行った農村の査定を、他の村でも行いたいのですが、各村長を説得して欲しいのです。条件は今のあなたと同じのを提示できますよ。査定を拒否した村は、エルウィン家が強制的に実施する予定です。うちが強制的にやるところは、徹底的にやらせてもらうつもりだと知らせて欲しいのですよ。どうです？　やってみませんか？」

こちら側に取り込んだ村長を使い、他の村の村長も抱き込む工作を進める。

同じ役目を負った仲間である村長が、説得してメリットを語れば、こちらが行くよりも事が迅速に進みそうである。

「なんですと⁉　各村の村長に……」

「ええ、貴方にしかできない仕事だと思って……。ああ、そうだ。今度、エルウィン家がまた従者を増員するんですがね。おたくの長男さんや次男さんなんか、どうかなって思っているんですよ。文官採用であれば、私の一存で出世させられます。この話に乗ってくれるなら、優先枠としてご用意しますよ。内政団のトップである私がさらに力を持てば、文官であるご子息が出世して、新たに領地がもらえるかもしれませんし、どうです？　やります？」

文官として採用したのは部屋住みの三男坊以下だったが、村長の後継者兼農兵指揮官候補として残っている次男や長男もエルウィン家に取り込む予定をしている。

裕福な村長たちではあるが、新しい農村の開拓も金がかかるため、村長に対し、息子たちをエルウィン家の家臣として差し出させ、出世させる道を示した。

「アルベルト殿がさらに力を得れば、エルウィン家でも人族に領地を授けることもありえる……ということですか」

「ええ、まぁ、そうです。エルウィン家が大きくなれば、家臣は増やさねばなりませんし、有能な家臣には領地を授けることもせねばなりませんからね。私がその助言を当主マリーダ様にできる地位にいるのはおわかりのはず」

村長はしばらく考え込んだが、立ち上がると、俺の手を握ってきた。

「やりますっ！　やりますとも！　私に全部お任せください！」

話を聞いた村長はめちゃくちゃやる気を出した。

息子の従者推薦は実際のところ人質代わりなんだけど、地獄からの生還でテンションがおかしくなっていた村長は張り切っていた。

「いやぁ、助かります。助かります。頼るべきは村長殿たちですね。よろしくお願いします」

持つべきものは、協力的な村長さん。

エルウィン家がまともな内政をするための最大の難関。

『租税基礎台帳の作成』は、説得された協力的な村長さんたちが、次々に自分の村の台帳を差し出し、非常に友好的な雰囲気で進んでいくことになった。

ただ、税が大幅にごまかされたことを知ったブレストだけが怒り狂ったが、当主の仕事をしていないのが悪いと、一言で斬り捨てさせてもらい、残った血の気は別のことで再利用させてもらうことにした。

農村の村長たちによる自主的な台帳提供運動により、ミレビスと我が内政団が全精力を注いで急ピッチで『農村』の租税基礎台帳を制作した結果。

年末には、かなり正確な収支報告決算書ができるとの報告が、ミレビスより上がってきている。

エルウィン家がこの地にきて以来、初めての正確な収支報告決算書が誕生するまではあとわずかであった。

それに農村部の人口もほぼ確定した。

農村数20箇所、1万960名。農村平均住民数は548名という数字が出てきた。

農村の人口確定により、農民兵としてエルウィン家が動員できる兵の数も確定した。

動員可能な農民兵数は最大2100名。

これは戦闘に耐えうる年齢層の数から、農村維持に必要な最低数を引いて残った数だ。

どこかの国と違い、農民は地面から生える訳じゃないから、きちんと農村を維持できるだけの人は残しておかなければならない。

青年から壮年という働き手を戦争に総動員して、大敗しようものなら労働力を失った農村が瞬く間に消滅してしまう。

農村が消滅すれば、エルウィン家に入る食糧も金もなくなり、城の維持すらままならなくなるのだ。

農民兵は、補助戦力。できるなら、最後の最後まで動員しない方がいい。

俺としては、人件費がかかったとしても、職業軍人であるエルウィン家の家臣を増やしていくつもりだ。

ただ、彼らは戦闘に従事するだけで平時は無駄飯くらいである。

その無駄飯くらいを雇う金を稼ぐためにも、農村の疲弊を誘発する農民兵動員は、最後の一手として大事に保管しておきたい。

そんな思惑を考えつつ、アシュレイ領の人口数を書いた書類に目を通す。

先頃確定していた城下町分の人口5236名を合わせると、アシュレイ領の総人口は1万6196名。

けっこうな人口数ではあるが、領地として与えられている領内には、いまだに人手不足で耕作できていない平地がいっぱい転がっている。

俺が見る所、このエルウィン領は真面目に内政に努めれば、人口5万人くらいは余裕で養えそうな土地の広さと、水利、商業用地や平地が揃っているのだ。エルウィン家のさらなる充実のためには、もっと人を集めねばならない。

△
△
△

※オルグス視点

「殿下、王国軍の出兵が認められました」

後見人である宰相のザザンが、エランシア帝国への大規模出兵案を数か月かけて承認させた。

「やっとか、たかが5000の兵を動員するためだけに、何か月かけておるのだ」

「なにぶん、いくさ続きで疲弊しているザーツバルム地方の領主たちの反対が強く……」

「不甲斐ない連中めっ！　まぁ、よい。今回の侵攻でエランシア帝国に奪われたズラ、ザイザン、ベニアを取り返せば、王も喜ばれるはずだ」

「ははっ！　総大将である殿下には、ティアナにまでお越し頂き、いくさの指揮を執って頂きたく」

頭を下げた宰相ザザンからの言葉を聞いた瞬間、カッと頭に血が上る。

「なにを馬鹿なことを言っておる。侵攻軍はベドウィン卿に指揮させ、お前が代理としてティアナで状況管理くらいしろ！　わたしはいくさなどに参加せぬわ！」

高貴な血筋である王族のわたしが、なんで血なまぐさい戦場に近づかねばならんのだ。

後見人なら、わたしがそんなことをしないで済むように知恵を使え。

どいつもこいつも、使えない連中ばかりだ！

「殿下、それでは総大将になられた意味が——」

「うるさい！　総大将のわたしに意見をするなっ！　わたしはお前からの報告を聞いて、王都から指示を出す！　よいな！」

宰相のザザンは、まだ何かを言いたそうな顔をしたが、口を噤むと頭を下げて部屋から出ていった。

「クソ神官の残した手紙がなければ、こんな面倒なことをしなくてもよかったのに！　クソがぁ！」

それも、あと一か月ほどで終わる。

ズラ、ザイザン、ベニアを取り返せば、全ては帳消しになり、わたしの後継者の地位も安泰だ。

そうなれば、わたしに恥をかかせたゴランの命は奪わねばならん。

二度と、わたしの地位を脅かさないようにな！

あとは、エルウィン傭兵団に連れ去られて、姿を消した神官アルベルトの行方を突き止め、絶対に殺す。

わたしを虚仮《こけ》にしたやつは、平民だろうが必ず後悔させて殺してやる。

「侵攻軍が戦果を挙げ、戻ってくる日が楽しみだな」

わたしは、自らが企図した侵攻作戦が書かれた地図に視線を落としほくそ笑む。

第七章　いくさの作法

帝国歴二五九年　青玉月（九月）

領内の税制の改正や、租税基礎台帳の整備を進める俺のもとに面倒な情報が届いた。

マリーダが復帰の手土産として、魔王陛下に献上した国境の三城に進駐していた義兄ステファンの軍へ、アレクサ王国軍を含む周辺領主たちの連合軍が、カチコミをかけてきたらしい。

ちょうど麦の刈り入れも終わり、手が空いた農民兵を動員できるため、『おんどりゃぁあ！うちの領土を掠め取りやがって、きっちりとシメたる！　ついでに倉庫の麦もパクったるわ！』的な勢いで攻めてきたのだろう。

もう、封建時代の連中って面倒くさい。

敵は総勢５０００の兵。って言っても、領主たちが率いる常備兵は全部で５００くらい。

多くは農閑期になって動員された農民兵だった。

アレクサ王国の侵攻を知った魔王陛下から、即座に国境周辺の領主へ動員命令が下り、我がエルウィン家にも出陣を促す使者がきている。

中庭には、当主マリーダの呼集《こしゅう》を受けて、筆頭家老のブレスト、その息子のラトールも含め、鬼人族の全ての家臣が勢揃いしていた。

いくさの直前であるため、集まっている者、全員から緊張感が漂っている。

革鎧をすでに着込んだ俺が、当主マリーダの隣にカツカツと歩み寄ると、全員を見据える。

「よく集まってくれました。まずはエルウィン家の新たな家訓の唱和からいきましょう。マリーダ様、お願いします」

「『思慮深く、物事を考えて行動します』なのじゃ！」

「「「『思慮深く、物事を考えて行動します』」」」

一歩前に出たマリーダが、俺が新たな家訓として授けた言葉を唱和すると、その場にいた者、全員が唱和をした。

戦闘種族である鬼人族を少しでも一般人に近づけようと、導入した家訓の唱和であるが、効果のほどは未知数である。

そもそも、本能のままで生き抜いてきた鬼人族に、脳みそで考えるというワンクッションがあるのかというレベルなのだが、やらないよりは、やった方がいいのでやらせた。

「よろしい。では、本題に入りましょう。魔王陛下より、このエルウィン家にも国境で踏ん張るステファン殿を手助けせよと指示がきています。つまり、いくさへの参加要請がきているということです」

「うぉおおおおおおおおおおおおおおおっ！　ついに、いくさかっ！　腕が鳴るぜ！　オレもついに初陣かぁああ！」

「妾も久しぶりの実戦なのじゃぁあああっ！　最近は、印章押し係にされて苛立ちが溜まっておるからのぅ！　この大剣に敵の血を吸わせてやらねばならんのじゃあぁ！」

マリーダもラトールもはぁはぁと荒い息をして、目が血走っている。

いや、訂正。マリーダとラトールだけじゃなく、鬼人族全員が目を血走らせて血に飢えていたのだ。

戦闘種族って戦うこと以外に、ストレス発散できることないのか。

「馬鹿者ぉおおおおっ！　このいくさは、ワシが指揮を執るんじゃぁあああっ！」

もう1人、面倒くさい人がいた。

筆頭家老のブレストだ。こっちも、テンションが高い。

「はぁはぁ、身体が疼くのじゃ。妾の身体が熱い。はぁはぁ」

アレクサ王国が大軍で国境を越えたという報告に接して以降、マリーダの夜の営みも激しさが増している。

もとから性欲は強いが、いくさが近づくと、俺も腰がもたないかもと思うほど、性欲が強くなった。

「マリーダ様は、戦場で血抜きしてもらった方がいいかもしれませんね」

「わたくしもさすがに、ああ毎日激しくされたら持ちませんので、リシェール様のご意見に賛同します」

調教係のリシェールも、お相手役のイレーナもお疲れ気味だった。

さすがに、いくさを前にした鬼人族の性欲は半端ねぇ。

ズキズキと痛む腰をさすりながら、中庭に集まっている鬼人族の者たちを見て、ドッと疲れが増す。

「いくさ、いくさ、いくさぁあああああっ！」

「早く、いくさをさせてくれぇええええっ！」

「もう、耐えきれねぇ！　た、頼む！　いくさぁあああああっ！」

それにしても、脳筋一族のお祭り会場かココは。

騒ぐ脳筋たちを横目に、いくさに参加しない人族の文官たちは、粛々と帳簿仕事に励んでいる。

彼ら文官の戦場は、この城の中だ。

数字と戦い、正確無比な帳簿を作り上げ、税を取り立て、エルウィン家の発展の道筋を作り出すのが仕事である。

大量の帳簿を抱えて廊下を行き交う文官たちの姿を確認すると、お祭り騒ぎをする脳筋たちを黙らせることにした。

「さて、いい加減、お祭り騒ぎをやめさせてください。マリーダ様、ブレスト様、今から作戦の指示を出しますので、以後、誰かが騒いだら全員でお留守番になります」

「鎮まれ！　アルベルトが策を話す。皆、鎮まるのだ！　喋る者は妾が斬る！」

露出度が高めの漆黒の革鎧に身を包み、戦仕度を整えたマリーダが家臣を黙らせると、中庭に設置された腰掛けに腰を下ろした。

「さぁ、鎮まったのじゃ」

「助かります。では、あらためて今回の作戦を。ステファン殿からの報告によれば、敵はベドウィン卿が率いるアレクサ王国軍。総数５０００程度。時期を考えれば、マリーダ様が奪い取った国境の三城への報復行動だと思われます」

「ほう、妾の行ったことへの報復か。この『鮮血鬼』マリーダも舐められたものじゃ。農民兵主体の５０００名程度で、妾と義兄殿を追い出せると思っておるとは」

エルウィン家の領地であるアシュレイ領は、アレクサ王国と国境を接する最前線の領地。

マルジェ商会から得た情報によると、ステファンの進駐しているズラ、ザイザン、ベニアに主力が集まり、その主力を側面支援する動きをしている軍の存在が確認された。

「国境警備中のステファン殿が、敵主力を引き付けてくれるそうですし、ステファン殿への援軍には周辺領主も動員されているため負けることはほぼありません。なので、うちは主力側面支援のため、動員されたアレクサ王国の国境領主軍の撃破を最優先にします」

マルジェ商会により、存在が確認された側面支援の軍は、アレクサ側に付いている国境領主たちが、寄せ集まった軍で戦意はかなり低いと報告を受けている。

「むむ、弱い軍を襲うのか？」

「ブレスト殿、損害は少なく、武功は大きくです。やる気のないアレクサ国境領主軍を崩せば、アレクサ王国軍の主力も、それ以上の進軍は無理と判断し、撤退するでしょう。そうすれば、勲功第一間違いなしですよ」

「勲功第一！」

になるかどうかは魔王陛下の考え次第だが。

少なくとも、損害少なく敵を撃退させることができるはずだ。

敵の弱いところを見つけて徹底的に突く。戦いの基本だ。

敵の弱い部分に、この脳筋一族の戦闘力で一撃を与えられれば、勝つ確率が急上昇する。

損害少なく勝てば、防衛戦争でもいくらか褒賞をもらえると思う。

「おっしっ！　アルベルトの作戦通り、妾らはアレクサの国境領主たちの軍を狙うぞ。ならば、身軽な方がいいな。農民兵は出さないぞ。家臣団のみで、いくさに行くのじゃ」

「はい、その方が良いかと。今回は兵数より身軽さが重要です」

「わかった。一番隊１００名は妾が率いる。二番隊75名は叔父上、後詰《ごづめ》25名はラトールが率いてアルベルトを護衛するのじゃ。皆の者、出陣いたす」

「「「おぉ！」」」

マリーダの号令で、家臣たちが中庭から出ていく。

ついに血に飢えた脳筋たちが、戦場に放たれる時がきたのだ。

「アルベルト様、馬車の用意ができました」

「ラトールが護衛してくれるから、心配はないと思うが、リシェールも気を付けてくれ」

「承知しました。ラトール殿も頼みます」

「おう、任せろ！　無事に戦場まで送ってやるぜぇ！」

後詰の兵は、ラトールが初陣として指揮を執るため、俺は輜重隊の責任者でしかない。

俺が直接剣を振るって戦う時は、エルウィン家が敗走している時だけだ。

そんな事態になれば、人生終了だと思うしかない。

そうならないように、現地でも手が打てることがあれば、打つつもりだ。

リシェールに着せてもらった革鎧を鳴らし、馬車に乗り込むと戦場に向かうことにした。

エルウィン家の軍勢200名と、輜重隊として50名を引き連れ、アシュレイ城から二日、距離にして30キロメートルほど東に移動したところに陣を作った。

ここは、アレクサ王国との国境である川が見下ろせる小高い丘の上だ。

眼下の河原では援軍を加えたステファンの軍勢が、侵攻してきたアレクサ王国軍の主力と戦闘している。

『死にさらせやぁああああああっ！　ごらぁあああっ！　なにうちのシマ荒らしてくれてんだ

ぁあっ！』

『うっさいんじゃっ！　ぼけぇえぇ！　お前らがぼんやりしてっから、うちのもんになったんじゃい！　さっさと首を置いていきやがれぇえぇっ！』

『おめえみてーな、くされ〇〇〇の雑兵に首が獲れるか！　馬鹿がっ！』

『うるせぇえ！　〇〇〇なくせに粋がるんじゃねえぞ！　クソ雑魚野郎！』

とりあえず、視界に入ったステファン軍と、アレクサ王国軍の戦闘の様子に、実況付けてみました。

今はとってもバイオレンスな時代とはいえ、怖い、怖い。

援軍を加えたステファン軍は４０００で、アレクサ王国軍主力３０００を引き寄せていた。

そんな戦闘の中、総勢２００名のエルウィン家の軍勢は、鬼の頭に剣が交差した自家の紋章を描いた旗を掲げずにいるため、無視されるように戦場の見える小高い丘で放置されているのだ。

悪名高い戦闘狂であるエルウィン家の旗を掲げていないため、ステファンの軍に合流が遅れた他の領主軍だと思われてるのだろう。

河原での戦闘は、後退を始めたステファンの軍に、アレクサ王国軍主力が引っ張られたことで、戦意の低いアレクサの国境領主たちの軍が遅れて孤立していくのが見て取れた。

「獲物たちが、アレクサ王国軍主力からかなり遅れましたな。今が食い尽くす機会。マリーダ様、やる気のない連中にここが戦場であることを教えてきてください」

「ふむ、ようやくお預けを解いてもらえるようじゃな。エッチなアルベルトはいくさもいやらしい手を使いおるのぅ」

隣に座るマリーダが舌なめずりをしながら、大剣を手に立ち上がる。

マリーダの視線は、眼下の河原でステファンの軍を追う、アレクサ王国軍主力から離れつつある領主たちの軍勢2000に注がれた。

戦意、装備、練度全てが低いそれら2000の兵を、エルウィン家の一騎当千の脳筋戦士団で追い散らせば、防衛側のエランシア帝国軍の勝利はほぼ確定である。

逆に川によって、逃げ道を塞がれる格好となるアレクサ王国軍は、大敗のフラグが立つことになるはずだ。

「うぉおおお！　ついにかっ！　ついに戦ができるのかっ！」

筆頭家老のブレストが雄たけびをあげ、得物の大槍を担ぐ。

脳筋戦士団の本領発揮の時間だ。

いや、脳筋一族のショータイムの時間だった。

戦場に着いて陣を構えてから、三分ごとに出陣の催促《さいそく》をされ、焦らしに焦らした結果、歴戦の兵士たちですら、今の彼らの戦意の前では、小便を漏らすと思われた。

「妾の率いる一番隊は左翼。ブレスト叔父上の二番隊は右翼から攻めるぞっ！　初陣のラトールはアルベルトの護衛をそのまませい。失敗したら、その首はないと思え！」

「マリーダ姉さん、護衛は戦場到着までの話だろ！　戦場に着いてお預けはないだろう！　オレだって戦えるさ」

初陣を迎えたラトールが、自分も戦いたいと、当主のマリーダに申し出ている。

その様子を見た父親のブレストが、槍の柄で息子を小突き倒した。

「馬鹿者っ！　戦場で当主に口答えするではないっ！　ここは子供の遊び場ではないのだぞっ！　力を認めて欲しくば、当主より与えられた任務をきちんとこなしてから申せっ！」

「親父っ！　オレも鬼人族の男だ。戦いに関しては後れを取ることはないっ！　頼むから――」

「ならぬ。アルベルトを護衛せよっ！　当主が、お前に割り振った任務である。わがままを申すなら戦陣の倣《なら》いとしてお前の首を飛ばさねばならん！」

父親であるブレストが、眼にも留まらぬ速さで、ラトールの首元に槍の刃先を押し当てた。

「ラトール、私の護衛をしてもらえば、美味しいところを食わせてあげますから、ここは我慢してください」

険悪になりかけた空気を察し、ラトールに出陣を控えさせる餌を撒いてみた。

どうせ、後詰に残るラトールには、マリーダとブレストが崩した敵兵を、アレクサ王国軍の主力がいる方へ誘導する猟犬役をやってもらうつもりであった。

「ほ、本当か。アルベルト。オレのために」

ラトールが半泣きでこちらの手を握った。

初陣とはいえ、マリーダ、ブレストに次ぐ武芸の持ち主であるラトールは、将として育てるつもりなので、脳筋一族の教えに染まる前に、きちんとした指揮官教育を始める気でいる。

事前に見極めておいたラトールの能力値はこれだ。

名前：ラトール・フォン・エルウィン
年齢：15　性別：男　種族：鬼人族
武勇：85　統率：70　知力：5　内政：4　魅力：71
地位：エルウィン家戦士長

武勇こそ、マリーダとブレストに劣るが、統率と魅力の能力が高いため、指揮官として大軍を率いる将になれるよう教育するつもりである。

「ラトール。大人しく、アルベルトのいいつけを守っておけ！」

ブレストは、ラトールの首筋に押し当てた槍先を外すと、マリーダに向かい膝を突き、頭を垂れた。

「我が息子が失礼をしました。息子の非礼はこの戦場で返しますゆえ、平にご容赦を」

「よい、妾も初陣の時はブレスト叔父上に迷惑をかけたのでな。おあいことじゃ。さぁ、皆の者、戦場で首を狩ってこようぞ！　行くぞ！　エルウィン家の旗を揚げよ！」

「マリーダ隊に続き、ブレスト隊も進め！」

「「「おおぉ！」」」

放たれた脳筋戦士たちは、腹に響く地鳴りのような鬨の声を上げて、敵に向かって丘を下り殴り込んでいった。

「さて、ラトール。しばらくは観戦になるけど、すぐに出られる準備はしておいてくれよ」

俺の率いる輜重隊を護衛するため、ラトールの率いる25名が残っていた。

「ああ、任せてくれ。オレはちゃんと、アルベルトの指示に従う」

ラトールは、悔しさを噛みしめている表情で、出撃していったマリーダとブレストを見送った。

△　△　△

※マリーダ視点

「ヒャッハー！　久しぶりの大いくさなのじゃ！　今回はアルベルトから好きにやって良いと言われておる！　敵を狩り尽くすのじゃ！」

「「「おおぅ！」」」

馬を駆り、兵たちを率いて、アレクサ王国の領主軍に躍り込む。

敵は前方にいた義兄ステファンの軍に気を取られていたようで、接近するまでこちらの存在を無視したままだった。

敵軍に躍り込むと、手にした大剣を振り抜き、群がってきた農民兵たちの身体が上下に分断され、地面に臓物をばら撒きながら崩れ落ちていく。

「げぇ⁉　エルウィン家の旗！　エルウィン家が参戦してるなんて聞いてないぞ！」

「エランシア帝国領を略奪だけするって話だったはずだ！　エルウィン家がいるなんて割に合わねぇ！」

「逃げた方が身のためだ！　戦うなんてあほらしい！」

エルウィン家の旗を見た敵の農民兵たちが狼狽し、敵軍はすぐに隊列を乱し始めた。

「敵兵は、我らエルウィン家の旗を見て怯えておる！　狩れ！　狩って、狩って狩りまくるのじゃ！　進め！」

「マリーダに全部持っていかれないようワシらも進め！　エルウィン家の旗を血で染めろ！」

叔父のブレストも大槍を振り回し、草を刈るように敵兵を次々に討ち取り、死体の山を築き上げていく。

「エルウィン家の狂犬どもめ！　武功欲しさに戦場に出てきたのが――」

華美な鎧を着て馬に乗っていた騎士をすり抜け様に一刀両断する。

地面に倒れた騎士の首を家臣がすぐに斬り落として、周囲に見えるように槍に掲げた。

「大将首は頂きなのじゃ！　我こそはと思う猛者は妾にかかってこい！　エランシア最強の武人の腕を見せてやるのじゃ！」

「怪力のバズン様が、『鮮血鬼』に討たれたぞ！　もう、ダメだ！　殺される前に逃げろ！」

「あんな凶悪な女なんて見たことねぇ」

大将首を挙げたことで、怯えた周囲の農民兵たちは後ずさり始める。

「逃げるのを妾が許すと思うてか？」

ニヤリと笑みを浮かべると、敵兵たちが動きを止めた。

「馬鹿者どもがー！　戦場の敵がマリーダだけだと思うでないわー！」

動きを止めた敵兵の背後を叔父のブレストが駆け抜け、胴体を大槍で薙ぎ払っていく。

「叔父上！　それは妾の敵なのじゃ！」

「戦場では早い者勝ちだと兄者も申しておっただろうがっ！　ワシは左翼の敵を食い散らかす！　マリーダにはそっちをくれてやるわ！」

そう言い残し駆け抜けて行った叔父のブレストは、農民兵の指揮官らしき馬に乗った兵の胴体を大槍で貫いた。

「化け物が別のところにもいる！　ありゃあ、『紅槍鬼』ブレストだ！　エルウィンの狂犬もいるぞ！」

「マリーダとブレストがいるなんて聞いてないぞ！　今回は側面支援の楽ないくさだと聞いておったのに！」

狼狽し逃げまどい始めた敵兵をかき分け、華美な鎧を付け騎乗する騎士に狙いを付けると馬を駆けさせる。

「邪魔じゃ！　妾の前を遮る者は全て斬り伏せるのじゃ！」

こちらの声に反応し、敵兵が左右に分かれ、道が開いた。

生じた道を馬で駆ける。

「馬鹿者！『鮮血鬼』マリーダを近づけさせるなっ！　防げ！」

狙いを定められたと察した騎士は、部下の兵を叱責し、身代わりにするよう前に立たせる。

「遅いのじゃ！」

振り抜いた大剣は身代わりの部下とともに、騎士の身体を両断した。

「大将首2人目！　次はあっちじゃ！　どけどけ！　妾の道を妨げるな！」

戦場から逃げ出そうとしている騎士を見つけ、3人目の獲物として狙いを付ける。

馬を走らせ一気に駆け寄ると、すれ違いざまに首を刎ね飛ばすことに成功した。

「血が、血が足らぬのじゃ！　もっと、首を狩るのじゃ！」

背後で戦っている家臣たちも、手にした得物で次々に農民兵たちを討ちとり、敵軍の損害は増している。

「姫ばかりに首を取らせるなよ！　我らも武功を示せ！」

勢いのままに敵軍を駆け抜けると、反転し、混乱する敵へ二度目の突入を行った。

叔父ブレストも敵軍を縦横無尽《じゅうおうむじん》に斬り裂き、戦果はどんどんと増えていった。

△　△　△

※アルベルト視点

市場で買った遠眼鏡《とおめがね》で、戦場を観察していたリシェールが、マリーダたちの挙げた戦果を報告してくる。

「マリーダ様は最強の戦士と言えるな」

「戦場でマリーダ姉さんの剣を受けられるやつなんて、そうそういてたまるか！」

うちの嫁は、戦闘国家エランシア帝国でも最強の脳筋……。もとい、戦士だ。

草を刈るように農民兵を狩り、戦場を駆けるその姿は、鬼人族が戦女神とあがめるのも頷ける。

「それに、ラトールの親父殿も頑張っているじゃないか」

「親父……。くそ、やるじゃねえか！」

ブレストもマリーダに劣らぬ凶暴さを見せ、敵軍を恐怖のどん底に落としていた。

『数千程度の農民兵主体の軍を撃破するのはたやすい』と言っていたブレストの顔を思い出し、相手をさせられているアレクサ王国の領主軍に同情を覚える。

常にいくさを考えた生活をしている鬼人族は、いざいくさとなると行動が本当に早かった。

こちらの予想よりも半日以上も早く城を出立できていたし、到着予定も一日ほど前倒しできていたからだ。

おかげで、じっくりと陣を構えて休養を取ることができた。

いくさに関して、鬼人族は三重丸をあげてもいいくらい準備がいい。

ただ、その分、内政に関しては五重バツが付くが。

「指揮官の首が獲られ、うちの脳筋たちに恐れをなした農民兵がやる気をなくした。だから、うちの勝ちだ」

再突入した2人の隊が、敵本陣と思われる場所に到達したのを確認すると、観戦していたラトールの肩を叩く。

「よし、ラトール。いよいよ出番だ。ここから見た場合、敵を効率的に駆逐《くちく》できる策を考えてみてくれ。正解したらそれをやってもらう」

「効率的に駆逐だと……。ふーむ」

この数か月で鬼人族の扱い方は多少理解している。

いくさに関することであれば、彼らはものすごい能力と集中力を発揮するのだ。

なので、初陣のラトールにはいくさにおける『効率的な敵の駆逐法』を考えさせた。

しばらく周囲の状況を探っていたラトールが、答えを見つけたようだ。

「敵は指揮官を失い、混乱している。部下たち全員が馬に乗っているオレが、後方に回り込んで本陣で暴れている親父とマリーダ姉さん側に追い込めば、敵は逃げ場を失い、さらなる混乱が生まれ、戦果を拡大できるはずだ。どうだ、アルベルト！」

「初陣だし、辛うじて合格点としよう。では、ここからは答え合わせだ。合格点を得るには、ラトールが敵の後方に回り込んで、マリーダ様とブレスト殿まで追い込み、2人と合流したら、戦意喪失し混乱状態の農民兵をアレクサ王国軍の主力の方へ追い立て、敵軍の混乱をさらに拡大するというのが最善手だ」

俺たちが陣取っている場所は小高い丘の上にあるため、ステファン軍と戦っているアレクサ王国軍主力の姿が視界に入る。

追い込む先の位置をラトールに指差して教えた。

「おおぉ！　なるほど！　さすが、アルベルトだ。それだと、敵の主力も巻き込んだ大戦果になるぞ！」

「そういうこと。これは大変重要な任務だ。2人に合流したら、きちんと私の意図を伝えてくれ」

「おお！　了解した！」

「よし、ならすぐに出陣を！　士気を失った敗残兵に対しての私の護衛は、彼ら輜重兵でもできる」

「わかった！　ラトール隊、出撃する！」

片手斧を掲げたラトールが配下を呼び集めると、馬に乗って駆け出していく。

ラトール隊は猟犬役をやってもらうため、全員騎乗した騎兵を集め、機動力を高めてある。

解き放った猟犬たちは、こちらが教えた通りの動きを見せ、エルウィン家の脳筋ツートップ無双&ラトールの後方からの攻撃によって、２００の兵が、２０００の領主軍の兵を軽々と粉砕した。

兵の質の勝利である。もとより戦闘経験に違いがありすぎるため、最初の数撃で大将首を挙げられ、農民兵たちが戦意を失い、動揺したところで、最後方からの騎兵の攻撃によって完全に軍が崩壊した。

戦闘職人のエルウィン家の家臣と違い、敵はパートタイム兵士の農民兵が主体であったことも敵の崩壊が早かった要因だろう。

「ラトール殿が、マリーダ様たちと合流したみたいですね。ステファン様が足止めしてるアレクサ王国軍主力に向けて、敵の敗残兵を協力して追い立て始めたみたいです。本当にいやらしい戦い方ですね。さすが、叡智の至宝と言われたアルベルト様の策です」

「敵は私たちが見ている視界を持ってないからね。どこに逃げればいいか戸惑って、マリーダ様たちに追い立てられてるだけさ」

「だから、この場所に陣取ることを強行したんですね」

「ああ、視界の確保が戦況の判断に大きく寄与するからね。それにしても、ラトールも騎馬で上手くいくさをする」

自分用の遠眼鏡で、戦果を拡大するエルウィン家の3人を眺める。

「3人で協力しあって敗走兵を上手く追い立てて、混乱を拡大しているようです。もう、これでアレクサ王国軍は、大敗の道しか残ってませんね」

リシェールが戦況を見て、冷静にアレクサ王国軍の末路を推測して報告してくる。

参謀としての才能を持っていそうな彼女は、この後の展開が読めたらしい。

「まぁ、そうなるな。こっちの合図で反転する予定のステファン軍、うちに追い立てられた敗残兵、それに川を背にしてる。この状況では、私がアレクサ王国軍を指揮してても勝てる気がしない」

これからの戦闘の推移を想像しつつ、あらためて眼下の戦いに視線を移す。

脳筋たちが、羊の群れを追い立てる牧羊犬のように、敗走兵をアレクサ王国軍主力に向かい追い立てる。

「状況は整った。ステファン殿に狼煙《のろし》で知らせろ。あと伝令も出す」

「はい。狼煙上げと伝令君〜」

リシェールが輜重隊に所属している近くの兵に指示を出すと、しばらくして狼煙が上がる。

狼煙を上げると、煙を発見したと思われるステファンの軍勢が後退を止め、反転して王国軍を押し返し始めた。

急に反転したステファン軍によって、進撃が止まったアレクサ王国軍主力は、うちの脳筋たちに追い立てられた領主軍の敗残兵が紛れ込んだことで混乱をきたした。

混乱の中、アレクサ王国軍主力は、敗残兵を追っていたエルウィン家の強襲にさらされ、反転してきたステファン軍の対応にも追われ、次々と兵が討たれると士気が崩壊し、離脱を狙った首脳陣は川に阻まれ続々と捕虜にされ、惨敗に近い負けが確定した。

これにより、いくさの勝利はエランシア帝国軍に転がり込んだ。

すでに勝敗は決し、このいくさの責任者であるステファンからの指示は『追撃するな』であった。

総大将の指示に背けば、魔王陛下の心証を悪くするので、脳筋どもに首輪を着け、捕虜と放棄物資の回収を命じる伝令を出す。

もちろん、俺たちもより戦場に近い場所に移動することにした。

ここで、この世界の戦闘の後処理について解説しよう。

・死人と捕虜の選別

・死人の火葬
・鹵獲した物資の回収
・捕虜たちから技術者および奴隷の選別
・領主クラスの捕虜から身代金請求
・首実検《くびじっけん》
って具合に進んでいく。

武器を捨て、抵抗をやめた者は捕虜、瀕死の重傷の者は楽にしてやり、戦意を見せる者を囲んで討ち取る。

その間も敵が放棄した食糧、馬、武具なども同時に拾い集め、荷馬車に捕虜とともに積んでいく。

集めた放棄物資や捕虜は大事なうちの収入源になる。

それらを狙って、人買いや故買屋《こばいや》がそろそろ集まってくるはずだ。

戦場の掃除が終わると、周囲には死者を火葬している煙がたなびいている。

話が前後するが、『首実検』とは、今回の戦の総大将のステファンに、戦場で討ち取った敵方の首の身元を判定してもらい、論功行賞《ろんこうこうしょう》の重要な判定材料とするために行われる作業だ。

本当に申告した本人の戦功かの確認をする場でもある。敵方の首の確認は、捕虜や寝返った者が確認する。

生首を並べて『このクサレ〇〇野郎はオレが、必殺の一撃で首を飛ばしてやったぜ。ヒャッハー！』とかの報告会だと思って欲しい。

ちなみにマリーダが領主クラス六つ、農民兵指揮官クラス九つを挙げ、ブレストも領主クラス五つ、農民兵指揮官クラス九つを挙げ、ラトールも領主クラス三つと農民兵指揮官クラス五つを挙げた。

お前ら、頑張りすぎ。というかエルウィン家だけ、やたらと首を挙げすぎだって。

確かに指揮官クラスを狙うのは凄まじく効率的だが、ステファンや他の領主の武功を立たせないと妬まれるぞ。

いくさが終わったら、ステファンと今回参加した領主たちに、お礼の貢物を送っておかないと。『先日のいくさでは、うちのアレがご迷惑おかけして申し訳ありませんね』って書状も添えておくか。

隣近所とのお付き合いは大切だ。攻め込まれた時に助けてくれるか、刃を向けられるかは、日頃のお付き合いの仕方だからな。

脳筋一族のエルウィン家は、今まで一切そういった近隣貴族との付き合いをしていない。

お付き合いがあるのは、魔王陛下とマリーダの姉の嫁ぎ先の義兄ステファンの家だけだ。

脳筋で何をするかわからないエルウィン家とは、関わり合いになりたくないと思っている貴族家は多い。

俺が別の貴族家に仕えてたら、絶対にお付き合いしたくない家ナンバーワンに推している。

マリーダたちは、その『首実検』に参加するため、ステファンの陣へ行っていた。

戦場処理が終わりがけになると、集まってきた人買いと故買屋たちが、戦場のど真ん中で市を開いている場所に、捕虜や放棄物資を満載した荷馬車を持ち込んだ。

人買いは捕虜を奴隷として買い取ってくれるし、故買屋は剥ぎ取った中古の武具や馬などを買い取ってくれる。

「あ、そこの君。捕虜は丁寧に扱いなさいね。大事な商品だから。領主一族の捕虜もね。城に連れ帰って身代金交渉するんで大事に、大事にね。顔はダメだぞ。身体にしとけ」

荷馬車から下ろした捕虜たちを、人買いに売る前、技術を持つ鍛冶師や大工がいるか申告させる。

技術を持つ捕虜は大事な資源だから、領内に連れ帰る予定だ。

まぁ、奴隷になるのは変わりないが、重労働させられないだけマシである。

技術者の自己申告が終わると、残った捕虜から人買いに値段を付けさせていく。

若く丈夫なのが1人で帝国金貨90枚。

帝国金貨1枚＝1万円くらいの価値なので、だいたい90万円だ。

これは人買いに売る値段なんで、奴隷を買う人はもっと払ってますよ。

奴隷を買うと、だいたい倍の180万円くらいだ。

けど、この金は奴隷として売られる者には、一切金銭は支払われない。

あとは年齢に応じて減っていく感じ。あまり若すぎるのもダメだし、年寄りすぎるのもダメ。

売られていく先は鉱山、船の漕ぎ手、農村の農奴が大半だ。

今回は技術を持っていなかった農民兵の捕虜50名を売り捌いた。

常時、戦争状態のエランシア帝国では、働き手の需要は高いから、飛ぶように売れた。

奴隷の売上は4500万円くらい。

武具に関してエルウィン家の連中は非常にうるさく、農民兵に貸し出すものの品質まで、こだわっている武器マニアどもだった。

武器マニアのお眼鏡に適わなかった中古武具や鹵獲《ろかく》物資を売却し、3000万円ほどの利益が出た。

やっぱ、中古品は人気がない。貧乏領主が農民兵を武装させるために、故買屋から買い入れることが多いそうだ。

奴隷と中古武具の売却で7500万円の売り上げだ。

ぼろ儲けだって？　いや、家臣たちの俸給、武功に対する褒賞、出兵費用、損失物品の補充を考えると、もうちょっと稼ぎたい。

首実検や鹵獲物資や奴隷の販売が終わり、総大将のステファンから帰還命令が出て城に帰ると、捕らえた指揮官クラスの捕虜たちから、身代金のカツアゲを開始する。

身代金交渉をするのは、主に領主やその一族、それと農兵の指揮官をしてた村長の一族といった経済力を持つ人物に限られる。

身代金交渉は手間がかかるので、ある程度の経済力を持つ者以外は費用対効果が薄いからだ。

今回は早々に戦線が崩壊し、数名の捕虜を得られた。

領主1人、領主の一族3人、農兵指揮官の村長が3人の7名だ。

本来なら、この交渉は当主の仕事だが、『妾はいくさで使った武具の手入れで忙しいので、アルベルトに任せる』と言われた。

「アルベルト様、身代金交渉の準備が終わりましたので、面談をよろしくお願いします」

城に戻って政務をしていた俺に、身代金交渉の準備が用意できたことをリシェールが告げた。

「わかった。すぐに行く」

用意された軟禁用の屋敷に入ると、身代金を支払えると判断した指揮官クラスの捕虜が、縛られて並んでいる。

「さて、皆さんには、これからご自身でお支払いできる金額を1人ずつ申告してもらいます。私の想定する値段と折り合えば、それなりの待遇をお約束します。折り合わない場合は——首だけになってもらい、我が家の武功の足しにさせてもらいます。よろしいですね」

並んだ捕虜たちは、無言で頷いた。

捕らえた捕虜たちと一対一で、いくら工面できるか聞き取りを開始する。

最初に自己申告で、自分の命の値段を自分で付けさせる。

払えない場合は死が待っているので、捕虜たちは領地にある資産ギリギリまで出す者もいた。

身代金は相手の国の貨幣ではなく、貴金属の地金《じがね》で要求するし、鹵獲した財貨は大半を鋳つぶして地金にした。

だが、中には貧乏領主で金が出せない者も当然いる。

今回は折り合わなかった1人を除き、全員が身代金額の合意に達した。

額に合意したことで、彼らは身代金を支払うまでは我が家の客人となる。

縄も解くし、軟禁用の屋敷の中なら行動も自由だ。領地に送った使者がきちんと身代金を持ってくれれば、お勤めは終了となり、無事に領地に帰れるのだ。

ただし、金を持った使者がくる前に逃げれば、問答無用で斬り捨てられる。

相手もそれを理解しているため、無駄に脱走を考えたりしない。

カツアゲに成功した身代金は、総額で3億5000万円也。

普通の捕虜売買や中古武具売却で稼いだ金と合わせると、4億2500万円の金が手に入ったことになる。

エルウィン家としては、大きな黒字を出したいくさになった。

身代金を支払う合意をして、我が家の客人になった捕虜の方々は、早々に縄を解かれ部屋を与えられた。

さて、ここで合意しなかった1人のお話をしていこう。

ちなみに能力値はこちらだ。

名前：リゼ・フォン・アルコー
年齢：18　性別：女　種族：人族
武勇：34　統率：55　知力：42　内政：50　魅力：76
スリーサイズ：B75（Cカップ）W51H78
地位：アルコー家当主

彼の名はリゼ・フォン・アルコー。18歳だ。今回のいくさが初陣だったらしい。

アルコー家は村長の一族出身で、先々代の当主が周囲の農村を実力で支配し、悪政を続けたアレクサ王国の領主を追い出して、エランシア帝国に属し、男爵家になった家だったそうだ。

エランシア帝国に属し、男爵となった先々代がいくさで急死すると、身内の内紛で家が乱れ、混乱の最中に先代も病没した。

新たに当主になったリゼが領地を継いだ時には、内紛の影響でエランシア帝国から離脱し、アレクサ王国の勢力圏に取り込まれてしまい、今回の戦争に動員されたみたい。

なので、リゼの家は疲弊しており、こちらが想定した身代金額と、彼が自己申告した金額が折り合わないでいるのだ。

面談の場で宣言した通り、払えなければ死。っていうのも良かったんだけど……。

実は、『彼』は『彼女』だったのだ。

リゼ・フォン・アルコーは、女当主であることを隠していたのだ。

初対面の時から、やたらと綺麗な顔立ちをした男だなと思っていたが、能力を見極めた時、性別に女性と出てビックリした。

本人に詳しく話を聞いたら、お家騒動中に先代当主の嫡男である兄が不審死し、直系子孫が年若い女子のリゼだけだったため、アレクサ王国にお家取り潰しをされないため、男装し当主の座に就いたらしい。

「クッ！　殺せ！　オレから身代金は取れんぞ」って『クッ！　ころ』もしてくれると、大いにそそられてしまう。

「アルベルト。男装したおなごもいいものじゃのう。妾はおなごが好きじゃが、リゼみたいな子も大好物じゃぞ。はぁ、はぁ」

武具の手入れを終え、交渉の場に顔を出したマリーダが、縛られているリゼを見て涎を垂らした。

強気な彼女の態度が、マリーダの性癖に触れてしまったようだ。

いくさの後ということもあり、マリーダの性欲は高まっているようで、その発散先を求めている。

「よいのぅ、そそるのぅ。味見をさせてもらってもよいかのぅ」

マリーダがギラつく野獣のような目を、縛られているリゼに注ぐ。

「ひぃ。オレは死ぬことは怖くない！　怖くないからな！　早く殺せ！」

身代金が支払えないとなれば、リゼには悪いが、マリーダの愛人として性欲の発散を手伝うという役割をしてもらうしかない。

「マリーダ様、リゼ殿は身代金を用意できぬ様子。いかがいたしましょうか？」

「そうか、そうか。リゼはお金が払えぬのか……それは難儀じゃな。なら、妾には別の方法で払ってもらっても良いのじゃぞ」

マリーダはこちらの意図を感じ取ったようで、リゼの身体に視線を這わせる。

「べ、別の方法？」

リゼがマリーダの愛人になれば、マリーダの愛人＝俺のものという図式も自動的に組み合わされる。

そうなると、もう一つ美味しい効果をエルウィン家にもたらしてくれるのだ。

その美味しい効果とは、領地の併合をできることだ。

アルコー家は、エルウィン家の本拠アシュレイ領の南に隣接する領主。

もとはエランシア帝国側だったこともあり、二つの領地を繋ぐ道もいくつも整備され、お互いの領内に縁者もたくさんいるのだ。

近くて、遠くなっていたご近所さんが、アルコー家だ。

そのアルコー家の当主リゼと、俺の間に生まれた子に、アルコー家を継がせれば、エルウィン家との親戚関係となり、領地の併合は事実上問題なしとなる。

近くて遠くなってたアルコー家を、血の繋がりで緩やかにエルウィン家と一体化させ領土を拡大できる。

リゼはそんな美味しい話を背負った男の娘。いや、正確に言うと男の言葉遣いをしている男装女性だ。

「マリーダ様は、リゼ殿が身代金を払えないなら、愛人として、その身体を差し出してもらいたいと申しております」

「え⁉　ちょ、ちょっと待て！　オレは！」

急に提案された条件に驚いたリゼが拒絶を示した。

「そなたは妾に身代金を払えるのか？　はぁ、はぁ」

はぁはぁと荒い息を出してリゼを狙っていたマリーダが、驚くほどの早業で、彼女の身体を抱え上げ、血走った眼と歴戦の戦士でも怯むほどの気迫で凄んだ。

「あぅ、払え……ないです」

マリーダの気迫の前に、抗弁の意欲をへし折られたリゼが半泣きになって顔を逸らす。

そんなリゼを抱えていたマリーダが、片手で顎クイをして自分の方を向けさせるとトドメの言葉を吐き出す。

「だったら、妾に何をすればいいか子供じゃないからわかるはずじゃな？」

「ううぅ、オレ初めてなんだ。優しく、優しくしてくれよ」

「任せておけ。妾はおなごには優しいのじゃ。ささ、今すぐに極楽に妾が連れて行ってやるからのぅ。さぁ、行くのじゃ」

リゼを抱えていたマリーダが、軟禁用の屋敷から爆速で駆け去ると、プライベート居室の寝室に駆け込んだ。

「いくさの後だし、マリーダ様の性欲は最高潮に高まってるでしょうね。あの小柄なリゼ様で身体がもつでしょうか？」

黙ってことの成り行きを見守っていたリシェールが、話しかけてくる。

「もたないだろうね。だが、交渉で疲れたので、お茶で一服をさせてくれ。その後、私たちも寝室に向かうとしよう」

「承知しました。すぐに準備いたします」

居室に戻り、リシェールが準備してくれた茶を味わっていると、寝室からすすり泣く声と嗚《お》咽《えつ》混じりの声が聞こえた。

「マリーダ様は相当リゼ様を気に入られたご様子ですね」

政務の後片付けを終え、居室に戻ってきたイレーナが寝室から聞こえる声に笑みを浮かべる。

「みたいだね。まぁ、実際、素敵な子だと思う」

「男装されたリゼ様のお姿を見ておりますが、とても中性的なお顔立ちをされておりましたね」

「イレーナさんも気に入りましたか？　あたしは今から楽しみです」

リシェールは手をワキワキとさせながら、いやらしい笑みを浮かべる。

「わたくしも興味津々でして、仕事を早めに終わらせてまいりました」

イレーナも今夜の饗宴《きようえん》を楽しみにしているようで、すでに頬が赤く染まっている。

奥の寝室からは、リゼの叫ぶ声が再び聞こえてきた。

「そろそろ、私たちも行った方がよさそうだな」

「そうですね。マリーダ様もずいぶんと楽しまれたようですし」

「アルベルト様、ちゃんとリゼ様にも優しくしてあげてくださいね」

「ああ、わかっているさ」

カップをテーブルに置くと、リシェールとイレーナとともに寝室へ向かうことにした。

寝室に入ると、すでに全裸にひん剥かれたリゼをベッドに組み伏せ、下腹部に手を忍ばせたマリーダがニヤニヤしている場面だった。

すでにリゼは何度かの絶頂を味わわされたのか、ベッドの上はいくつもの染みの跡が見える。

「極楽であろう？　リゼたんは、可愛いのぅ。はぁ、はぁ」

「はぁ、はぁ、マリーダ様……。こんなのオレは耐えられないよ。はぅん、ダメだって」

「リゼたん、妾のことは『マリーダ姉様』と呼ぶようにと申しつけたはずじゃが？」

「ふぅうんっ！　マリーダ姉様！　やめてぇ！」

マリーダによって、胸の先を舐められたリゼが、身体を反らせて大きく喘いだ。

リゼはすでに男ではなく、完全に女としての顔をしている。

「ほれ、アルベルトたちもきたようじゃ。これからが本番じゃぞ」

「きゃぅ！　見ないで！」

こちらに気付いたリゼが、恥ずかしさからか、自分の胸を手で隠す。

中性的な顔立ちのリゼは、パッと見は若い男に見えるが、しっかり見ればちゃんと女性の身体つきをしていた。

「胸の大きな方もいいですが、これはこれでそそりますね。リゼ殿に着せるエッチな下着を選ぶのが楽しみです」

リゼの身体を興味深げに眺めたリシェールは、何か企んでいるようで頬が緩んでいた。

「リゼ様、わたくしイレーナと申します。マリーダ様の愛人と、アルベルト様の秘書をさせてもらっています。今後よろしくお願いしますね」

早速、服を脱いで裸になったイレーナがリゼの胸を揉みしだく。

「よ、よろし――くぅんっ！」

「ほどほどに頼むよ。彼女はうちの大事な客人になると思うので」

「わかっておりますよ。リゼ様はわたくしと同じくアルベルト様の子を身籠ってもらわないといけませんしね」

「アルベルト様は何人の女性に子供を産ませるつもりなんですかねー。まぁ、あたしもそのうち身籠りそうな気はしてますけど」

リシェールが自分の着ていた服を脱ぐと、リゼとマリーダとイレーナが絡み合っているベッドの上に上がる。

「リゼ様、失礼しますね」

「ひゃぅ！　何を」

「アルベルト様にきちんと女性にしてもらえるように、もう少し準備をしましょうね」

「そうじゃな。アルベルトがリゼたんを立派なおなごにしてくれるのじゃ。イヒヒヒ。その準備はせねばのぅ」

いやらしい笑みを浮かべたマリーダとリシェールとイレーナに囲まれ、心配そうな顔をしたリゼの視線が、こちらに向く。

「オ、オレを女にするって──」

「大丈夫、明日の朝にはきっと立派な女の子になってるから。マリーダ様、リシェール、イレーナ、準備は任せますよ」

「承知したのじゃ、リゼたんの唇は妾のものじゃぞ！」

マリーダは、リゼの顔を強引に引き寄せ、唇を重ねた。

リゼは必死でマリーダから逃れようとするが、リシェールとイレーナによって身体を責められ思うように抵抗できず、涙目になりながら、３人の獣にされるがままだった。

「ぷはぁ、リゼたんは美味しいのぅ。グヒヒ」

「お願いだから、もうやめて。やめてよぅ。オレ、訳がわからなくなるからっ！」

「ダメですよ。夜は長いし、まだ入口にも立っておりませんから」

「そうですよ。わたくしたちと一緒に堕ちればいいだけですから」

「はくぅん！　ダメ、ダメ、だめぇええぇっ！」

リゼの下腹部に忍ばせたリシェールの手が激しく動くのにつれ、声が高くなる。

「んんんぅ！　これ、ダメェ！」

眉間に皺を寄せ、唇を噛んだリゼが身体をこわばらせた。

「リゼたん、イク時はイクと言わねばならんのじゃ。ほれ、もう一度」

荒い息でぐったりしているリゼの下腹部に、マリーダの手も忍び込んだ。

「むり、むり、むりぃい、マリーダ姉様っ！　ダメ、今は本当にだめぇええええっ！」

「おほぅ、これはよい具合に反応するのぅ。リゼたんは立派なおなごになれる素質があるのじゃ。ウヒヒ」

　顔を火照らせ、荒い息をしたままぐったりとしているリゼの足を2人が開く。

「アルベルト様、そろそろ、リゼ様を女の子にしてあげてくださいませ」

「そうじゃな。じゃが、激しいのはだめじゃぞ。妾の大事なリゼたんだからな。時間はタップリとあるし、ゆっくりとおなごにしてやるのじゃ」

「承知しました。では、リゼ殿には、しっかりと女性になってもらいましょう」

　3人からの注文を受け、俺は服を脱ぐとリゼのいるベッドに上がった。

　囚われた憐れな貧乏領主の男装娘は、性欲大魔王な女当主と、エッチなメイドと、積極的な秘書と、腹黒い軍師によって、その身体を何度も蹂躙《じゅうりん》され、女性としての快楽を刻み付けられることになった。


「ううぅ、妾のリゼたんが、アルベルトにいいように弄ばれたのじゃ。それに妾も一緒にあのような辱めを受けるとは……」

　窓の隙間から朝日が差し込む、ベッドの上で裸の美女4人が絡み合うように横になっていた。

「マリーダ姉様、ごめん、オレがアルベルトの女にされちゃったせいで、あんな恥ずかしいことをさせて……」

「よいのじゃ、妾はリゼたんのためなら、あれくらい……我慢するのじゃ。それに妾もアルベルトの女にされてしまっておるので、逆らえぬことじゃった」

「まぁ、アルベルト様はエッチですからね。あれくらいで済ませてもらってよかったのでは？　それにしてもマリーダ様もリゼ様もとても可愛かったですよ。ねぇ、イレーナさん」

「ええ、とても可愛かったですよ。わたくしも色々と満足させてもらえましたし」

「4人とも私のことをなんだと思っているんだい？」

「「「「エロい軍師様」」」」

4人の声が揃った。

間違いではないので、否定はしない。

「でも、リゼたんはこれで妾の愛人兼アルベルトの側室じゃ」

「でも、本当にいいの？　今回のいくさでオレを当主として推してくれた人たちは、ほとんど死んでるし、領地は貧乏だし、内紛はまだ治まらないし、自分で言うのも何だけど、わりと詰んだ領地だと思うんだけど」

「大丈夫、大丈夫。エルウィン家の客人という形でリゼを保護し、アルコー家を保護領化する算段をすでにしてる。だから、アルコー家の税収をエルウィン家が管理する代わりに領地防衛を行うつもりだ。もちろん、領地の運営もきちんとやる。そして、私とリゼの間に男子ができたら、アルコー家を継がせるし、反対派も私とマリーダ様が黙らせる」

男装の女当主リゼは、今回のいくさで後ろ盾の有力者を失い、領地に帰っても女当主反対派に討ち取られる危険性があった。

「父親が同じ子が、それぞれ当主になれば、親戚じゃろう。妾は、親戚を攻撃せぬし、命を賭して守る」

「そっか、じゃあ、オレは頑張ってアルベルトの子を生まないと！　オレのためにも、アルコー家のためにも、マリーダ姉様のためにも」

「そういうことじゃ。これよりは、妾と一緒に毎夜アルベルトを襲いに行かねばならんのじゃ」

「はい、マリーダ姉様と一緒に頑張る！」

毎夜の子作り宣言をしたリゼの視線がこちらを向いた。

俺と視線が合うと、照れくさいのか顔を赤くして、目を逸らす。

リゼは、マリーダとリシェールに蹂躙されたあと、優しくアフターフォローし、女性として開花させた俺に対して絶対的な信頼を寄せてくれた。

俺は視線を逸らしたリゼの頭を優しく撫でてやる。

「お手柔らかに頼みますよ」

「面倒な当主の仕事は、アルベルトが全部やってくれるから、リゼたんは妾と一緒にアルベルトの夜のお世話係に励むのじゃ！」

「あたしもアルベルト様の夜のお世話係に混ぜてくださいね」

「わたくしも同じく」

マリーダとリゼの話を聞いていたリシェールと、イレーナも同じように混ぜて欲しいと懇願してくる。

「妾の愛人たちは、アルベルトのことを好きすぎなのじゃ。まぁ、妾も大好きなのじゃがな」

寝室の窓から朝日が差し込むベッド上は、今日も騒がしい。

だが、これこそが俺の理想でもある。

嫁の愛人という名目を使い、合法的に自分の嫁を増やしたい。

この殺伐とした命の軽い世界で、俺は自分の欲望に忠実に生きるつもりだ。

△　△　△

※オルグス視点

「馬鹿なっ！　大敗だと！　ありえぬ！　５０００の兵を送り込んだのだぞ！」

ティアナから戻り、部屋に顔を出した宰相ザザンに、手近にあったグラスを投げつける。

グラスは頭を下げていたザザンの額に当たり、砕け散ったガラスが額を切った。

「恐れながら申し上げます。動員した5000の兵は8割が未帰還。領主たちも多くが討たれ、捕虜になった者も多数出ております。ズラ、ザイザン、ベニアの奪回は叶わず。逆に我らはアルコー家のスラト領を失いました」

「馬鹿者！　なぜ、侵攻した方が領土を失っておるのだ！　そんなふざけた話があるかっ！」

「領土を失ったのは、アルコー家当主が、エランシア帝国に寝返ったせいです。いくさで大敗した我らには、それを止める力がありませんでした」

「く、クソがぁ！　この無能者めっ！」

二つ目のグラスを手に取ると、宰相ザザンに向け投げつける。

再び額に当たったグラスが砕け散ると、宰相の額から血が流れ落ちた。

「力及ばずこのような結果となり、申し訳ございません」

「謝ればいいという話ではない！　今回の侵攻作戦はわたしが総大将なのだぞ！」

苛立ちが抑えられず、親指の爪を強く噛む。

クソ、クソ、なんでこうなった！　侵攻作戦は大勝利し、わたしが後継者の地位を安泰にするはずだったのに！　なぜこうなった！

期待を寄せていた侵攻作戦の結果が、予想もしてなかった方向へ向かい、後継者としての地位が危なくなり始めた。

「恐れながら申し上げます。今回の侵攻戦で我が軍に大打撃を与えたのは、当主にマリーダが復帰したエルウィン家だそうです。あのエルウィン傭兵団を率いていたマリーダがいつの間にかエランシア帝国に復帰し、当主に返り咲いておったのです」

叡智の神殿を襲い、わたしの金塊を奪っただけでなく、ズラ、ザイザン、ベニアを襲って領主たちを討った連中の親玉か！

叡智の神殿で賄賂を受け取ろうとした時、殴り込んできた女戦士の顔を思い出した。

見た目はよいが、狂暴で粗野な亜人だったはず。

国境領主たちを討ち取ったあと、姿をくらましていたが……エランシア帝国に復帰してたとは……。

「そいつが、侵攻軍を壊滅させたのか」

「はい。それと、これは未確認情報ですが、エルウィン家当主となったマリーダの婿の名前が、アルベルトだそうです」

宰相ザザンの口から発せられた言葉に、怒りが湧き上がる。

「そいつは神官アルベルトだ！　やつに違いない！　マリーダに攫われ、行方知れずになっているが、エランシア帝国に亡命して、ちゃっかり亜人の婿になってやがった！」

くそがぁ！　あの生ゴミ野郎！　わたしの邪魔ばかりしおって！

アレクサ王国の金で、孤児から神官にまでなったくせに、エランシア帝国に寝返るとは！

どこまで腐った野郎だ！　前回の件といい、今回の件といい、絶対に許さぬ！

どんな手を使っても、あいつをわたしの前にひざまずかせて、命乞いをさせてから殺してやる！

「ザザン！　アルベルトに懸けた賞金の額を10倍にしろ！　エルウィン家から誘拐してでもいいので、生きてわたしの前に連れてこさせろ！」

「は、はぁ、布告はいたしますが……エランシア帝国にいると思われるので、達成は困難かと」

「うるさい！　黙ってやれ！　わたしに意見するなっ！」

「はっ！　すぐ布告します」

絶対に許さんぞ！　アルベルト！

「それで、本題に入りますが、今回の敗戦を王にはどう報告いたしましょう。遠征に加わった者たちには厳しいかん口令を敷いて、情報がゴラン派に流れないようにしてありますが」

「敗戦などと軽々しく口にするなっ！　馬鹿者！　遠征はまだ終わっておらぬわ！」

「ですが、侵攻軍はすでに――」

くそ、くそ、くそ！　わたしが総大将のいくさで敗戦しましたなど、王に報告できるわけがあるまい！

後見人である宰相ザザンの愚鈍さに苛立ちを覚えるが、今は遠征の失敗を糊塗《こと》せねば、王からの信頼がガタ落ちになる危機だった。

「まだ負けておらん！　遠征から帰還した者は、領地から隔離して僻地の収容所に集め管理下に置け！　それと遠征軍はエランシア帝国軍の撃破に成功し、ズラ、ザイザン、ベニアを奪還中だと報告しておけ！　情報が漏れねば、王はわたしの言葉を疑わぬ！」

「そ、そのような虚偽の報告をされて、もし事実が知られてしまったら――」

「そうならぬようにするのが、お前の仕事だろうが！　漏洩した時に備え、身代わりに責任を取らせる者も早急に用意しておけ！」

三つ目のグラスを手に取ったら、ザザンは急いで部屋から出ていった。

第八章　魔王陛下からのお呼び出し

アレクサ王国との国境を巡るいくさが、エランシア帝国の大勝利に終わって二週間。

アレクサ方面軍の方面司令官であるステファンが、いくさに参加した貴族家の軍功をまとめ、魔王陛下に報告され、今回のいくさにおける論功行賞が発表された。

結果は、魔王陛下『エルウィン家、激賞《げきしょう》する』である。

勲功第一マリーダが頂きました。勲功第二ブレストが頂きました。勲功第三ラトールが頂きました。エルウィン家、ワンツースリーフィニッシュです。

これじゃあ、首実検の時と同じく、いくさに参加した貴族家から、また嫌味を言われることになる。

はぁ、近隣領主へのお礼状に添える貢物グレードアップしとかないとな。

「やったのじゃ！　妾が勲功第一じゃぞ！　祝いじゃ！　祝いの酒じゃ！　今日は飲むぞー！　リゼ、イレーナ。妾を膝枕して酌をせい！」

「うぉおおお！　ワシが勲功第二だとぉおお！　マリーダに引けを取った覚えはないぞ。当主だからか！　そうなのかアルベルト！」

「なんで、オレが勲功第三なんだよ！　オレが騎兵で追ったから、あのいくさが大勝利で終わったんだろう！　そうだよな？　アルベルト！」

使者から論功行賞の発表を聞いた脳筋たちが、朝から酒を引っ張り出してお祭り騒ぎをしている。

ぶっちゃけ、当主率先で騒いでいるってどうよ。と思うけど、マリーダだからしょうがない。

ブレストも戦場での落ち着いた雰囲気から、がらりと変わり朝から暑苦しく騒いでいた。

もちろん、ラトールも朝からうるさい。

「マリーダ様もブレスト様もラトールもまだ酒は早いです。ステファン殿のご使者がお持ちになられた褒賞の内容が書かれた書状を確認せねば。褒賞の内容によっては、祝宴代はマリーダ様のお小遣いとブレスト殿の俸給からとなりますので、ご了承のほど」

「きひぃいっ！　そんな！　勝って勲功第一なのに祝宴が自腹なんておかしいのじゃ！」

「仕方ありません。うちは貧乏なんですから。政務担当官として、余計な出費は認められません。さぁ、褒賞の内容を確認するので、大広間に移動してくださいね」

酒樽を出そうとしたマリーダをたしなめつつ、ブレストやお祭り騒ぎをしていた家臣たちを大広間へ移動させた。

大広間に移動すると、魔王陛下から送られてきた書状の内容を俺が読み上げていく。

「こたびのいくさ、まことに見事であった。その方らの働きを認め、マリーダ・フォン・エルウィンを勲功第一、ブレスト・フォン・エルウィンを勲功第二、ラトール・フォン・エルウィンを勲功第三と認める。こたびの勲功に対し、以下の褒賞を授ける。一つ、アルコー家のエランシア帝国復帰と現爵位の追認。二つ、アルコー家領地スラトのエルウィン家の保護領化の許可。三つ、帝国金貨1万枚、名刀三振りを下賜することとする」

「「「うぉおおおっ！」」」

鬼人族たちが一斉に歓声を上げる。

いくさでの武勲を賞されることが生きがいの一族であるため、当主たちが魔王陛下からの武勲を認めてもらったことで、テンションがたけぇ。

でも、俺も想定以上の恩賞が授けられ、テンションが上がっている。

エルウィン家の挙げた武功から考え、アルコー家のエランシア帝国貴族復帰と保護領化の許可は俺も想定していた。

けれど、帝国金貨1万枚、円換算すると1億円の褒賞金がもらえるとは思ってなかった。

借金が残っていることが判明しているエルウィン家にとっては、手元で自由に使える金が増えるのでとてもありがたかった。

マジで、魔王陛下サイコー！　今なら抱かれてもいいかもしれない！

この報奨金は、新たにエルウィン家の保護領になるアルコー家の領地の整備に使うとしよう。

ゆくゆくはエルウィン家に併合する予定なんで、例の度量衡の統一とか人口調査とか作付け調査とかもバシバシやっていく予定である。

また業務が増えるとミレビスが、口から魂を出して昇天するかもしれん。

だが、少なくとも脳筋一族よりは、まともに領地管理をしているはずだから、頑張ってもらうことにしよう。

いちおう、追加募集で30名ほど文官をゲットしてたが、まだまだいるなぁ。

望んでいた以上の褒賞が与えられたことで、ニマニマとしていた俺は、次の瞬間に真っ青になる。

書状にはまだ続きがあった。

震える手で書状の字を追いつつ、声に出していく。

「なお、前回の手柄に加え、今回のエルウィン家のいくさ働き見事である。直接、余から褒賞を授けたいので、我が居城に登城せよ。登城者はマリーダ・フォン・エルウィン、ブレスト・フォン・エルウィン。ラトール・フォン・エルウィン。そして、アルベルト・フォン・エルウィンの4名」

登城者に俺の名前が記載されている。魔王陛下からのお呼び出しがきてしまった。

現時点の俺は、エルウィン家の家臣ではあるが、帝国貴族ではないため、無位無官な人にすぎない。

前回も今回も、俺は表に立って武功を挙げたわけじゃないのに、無位無官の自分の名前がなんで載っているんだ？

ただ、魔王陛下から直々のお呼び出しである。陪臣《ばいしん》にすぎない俺も、呼ばれたからには行くしかない。

自分に対する謎のお呼び出しに困惑しながらも、魔王陛下に関する噂を思い出した。

マリーダの乳兄妹で、エランシア帝国のトップである皇帝職にある男には、色々な噂がある。

年齢25歳の青年君主。皇帝になれる四皇家《しこうけ》の一つシュゲモリー家の当主。

謀略を駆使して皇帝の座を射止め、皇帝になると、前皇帝の失政で縮小したエランシア帝国の領土線を押し返しているいくさ上手な君主でもある。

有能な下級貴族を直臣に採用し、エランシア帝国の国力を低下させる旧弊の改革を目指し、歴代皇帝には見られなかった強権的な政治を進めているそうだ。

あと、マリーダ経由の情報では、マリーダに対しては激甘な頼れる兄様らしい。

「アルベルト。復帰の際、そちを婿にすると兄様に紹介しておったのじゃ。そしたらのぅ、『マリーダを娶る男とは興味深い。会わせろ』って話になっていてな。今回は妾の婿として呼ばれたみたいじゃのう。この機会に兄様と顔合わせしておいて損はなかろう」

今回、俺が一緒に呼び出されたのは、マリーダの口添えがあったらしい。

魔王陛下から見れば、俺は家臣の家臣である陪臣という形だ。

普通は陪臣が魔王陛下に謁見できない。

例外として、主君の使者としての登城か、今回のように武功を上げ、魔王陛下から直接褒賞を授けられる場合だけ、無位無官の者が謁見できる。

だから、今回使者としてでもなく、武勲も上げていない俺が呼ばれるのは例外中の例外だった。

「魔王陛下になられたクライスト殿には、簡単には会えなくなったからな。久しぶりに会えるのであれば、手土産を持っていかねばならんのう。フレイの作る、アレを持って行こうかのう」

ブレストも魔王陛下とは、顔見知りであった。

エルウィン家は、エランシア帝国の南を守護する四皇家の一つであるシュゲモリー家の派閥に属している家だ。

内政無能の脳筋一族を、この恵まれた領地に据えたのも、数代前のシュゲモリー家の当主が、皇帝だった時代だ。

以来、歴代シュゲモリー家の当主によって、エルウィン家はずっと甘やかされてきていることを最近知った。

エランシア帝国の貴族で、トップフォーと言われる四皇家の一角、シュゲモリー家の最強の用心棒が、エルウィン家だった。

戦闘狂として近隣領主から恐れられているエルウィン家も、長年の恩義があるシュゲモリー家の当主一族には従順であるのだ。

ただ、マリーダの婚約の件は、従順なエルウィン家の者が、珍しくシュゲモリー家の当主に反発したので、大事に発展してしまったらしいが。

まぁ、でも許されて復帰させてもらっているため、今の魔王陛下もエルウィン家には甘いらしい。

「アルベルト。兄様に紹介するからすぐに王都へ出立するのじゃ。準備せい。皆の者、祝勝会は妾が帝都から帰ってきてからやる！　待っておれ！」

マリーダが酒樽を奪取《だっしゅ》するのを諦めたようで、すぐに魔王陛下への謁見に向かうための準備と祝勝会の予定をスルっと入れて、家臣たちに通達した。

「あ、はい。わかりました。では、色々と指示を出してから出立いたしましょう」

王都までとなると、往復で二週間はかかるので、その間政務が滞らないように色々と指示を出しておかねばならなかった。

「あとマリーダ様がスルっと入れた祝勝会の費用は、帝国金貨30枚までですからね！　それ以上は自腹です！」

「くううっ！　ケチいのじゃ！　酒を飲んで暴れたいのじゃー！」

「予算増額は、お小遣いからどうぞ！」

「叔父上、派手な酒宴をするため、叔父上の俸給から予算を出すのじゃ」

「馬鹿者、そんなことしたらワシがフレイの怒りに触れるだろうが！」

「なら、ラトール。そちは出してくれるよな?」

「わりぃ……母さんに俸給を全部押さえられてて……」

「馬鹿なっ! あれだけの大勝利の祝勝会を、妾たちはあんなみみっちい予算でやらねばならんのか⁉」

マリーダの言葉に、ブレストとラトールが頷いた。

さすが、家庭を守ることを自身の戦場としてるフレイ殿は、財布のひもが固い。

愕然とした表情で項垂れている脳筋3人を横目に、ミレビスとイレーナに、留守にする間に進めておくべき内政の指示を出し、鬼人族たちに警備と警戒を厳重にするよう申し伝え、客人であるリゼにアシュレイ城主代行を任せ、帝都にある皇帝の居城に向かった。

「おう、着いたようじゃな。叔父上、アルベルト、降りるぞ」

我が家のような気楽さで、馬車を降りていったマリーダの後を、ブレストとラトールとともに歩いてついて行く。

俺の視線の先には、別名魔王城と呼ばれるエランシア帝国の皇帝の住む宮殿が広がっている。

中に入ると、絢爛豪華な調度品が並び、贅沢な造りをした巨大で立派な宮殿になっていた。

正式名称はデクトリリス城。エランシア帝国初代魔王陛下が、人族に迫害されていた亜人種たちの王になることを宣言した城としても知られている場所だ。

以来、十代、二六〇年にわたり、この地を治めている。

初代魔王の血筋は定かではないが、恩義ある亜人種のために裸一貫から国を興し、周りの人族領主を併呑し、一代で大陸の強国エランシア帝国を築き上げた人。

残された書物によると、あまりにチートすぎる記述が多く、ひょっとしたら、転生した俺の先輩かもしれないと思っている。

初代魔王は、自分の子4人にそれぞれ領地を与え、『四皇家』と呼び、皇帝になれる権利を与え、自身の覇業に功績のあった四人の重臣も領地を与え、『四大公家』と呼び、皇帝選挙で選出された皇帝を解任できる権利を与えた。

初代魔王陛下が制定したエランシア帝国独自の統治者選出法である『四皇四大公制《しこうしたいこうせい》』による皇帝選挙』。

投票権を持つ四皇家と四大公家の当主たちが、皇帝に立候補した者たちへ投票し、過半数を得た者がエランシア帝国の皇帝の座に就けるシステムだ。

皇帝選挙期間中は、色々な謀略、偽情報、脅し、暗殺、買収、派閥間抗争などが起き、対外戦争はどんなに不利な条件でも休戦を結び、身内同士で争うそうだ。

初代魔王は、なんでこんな面倒なシステムを、後継者指名制度に採用したんだと思ったが、我の強い亜人種たちの連合体を維持するには、この方法しかなかったのかもしれないという結論に達している。

話が逸れたが、現魔王陛下、エランシア帝国第一〇代皇帝クライスト・フォン・シュゲモリー殿について話そう。

若くして父を亡くし、15歳で四皇家シュゲモリー当主となり、その後、皇帝選挙に出馬して謀略の才を見せつけ、ライバルの皇帝候補者を蹴落とし、現皇帝の地位を獲得し、領土拡大に意欲を燃やす青年君主である。

そんな男と対面するため、マリーダの後について、宮殿内の謁見の間に着いた。

床に膝を突き、頭を垂れていると、少し高い位置に作られた玉座に、誰かが座る気配を感じた。

「皆、面《おもて》を上げよ」

若く張りがありながらも、威厳を感じさせる声が頭上から聞こえた。

「「はっ！」」

皇帝を直視しないよう頭を垂れていたが、面を上げよと言われたので、頭を上げて声の主を確認する。

玉座に座る男の視線は、こちらを見ている。

威厳を感じさせる眼光鋭い目付きの中に、猜疑心《さいぎしん》の強さをチラチラと覗かせた。

身体付きは色白で細身だが、マリーダからは、武芸も一流だと聞いており、鍛えられているようだ。

金色の髪からは巻き角が生え、アイスブルーの瞳は、魅惑的であり、若い女性の好みそうな顔立ちだった。

シュゲモリー家は、夢魔族という亜人種の血が流れており、一族の中に美男美女が数多く存在している。

主君の主君にあたる人物のため、しっかりと能力を見極めることにした。

名前：クライスト・フォン・シュゲモリー
年齢：25 性別：男 種族：夢魔族
武勇：74 統率：91 知力：96 内政：79 魅力：88
地位：エランシア帝国第一〇代皇帝

有能すぎる人だったわ。マジで、万能で隙なし。

皇帝が代替わりした後に、アレクサ王国がいくさで負け続けるのも頷ける。

「こたびのいくさだが……。マリーダ、よくやった！　褒めてつかわす！　褒賞は遠慮なく受け取れ。祝言に参加できなかった余からの祝いの品だ」

エルウィン家がやたらと武功を挙げたとはいえ、防衛戦争にしては、いやに奮発された褒賞だと思っていたが……。

どうやら、マリーダと俺との婚姻への祝い金という意味もあったらしい。

「妾と兄様の仲ではないか。祝い品など水臭いことをせずとも……。ただ、『おめでとう』でよいのじゃぞ。それに、今回のいくさでは大物の大将首もおらんかったしのぅ。雑魚ばかりじゃった」

大人しくしていたと思ったマリーダが、礼儀正しくするのをやめたようで、謁見の間にドカリと腰を下ろすと胡坐《あぐら》をかいて頬杖をついた。

主君である皇帝に対しての礼儀とは思えぬ、不作法を見せたマリーダに思わず背中から冷たい汗が流れ出す。

皇帝であり、この国の最高権力者であるクライストと乳兄妹とはいえ、あの不作法は非常に頂けないと思われた。

「マリーダに対しては、相変わらずクライスト殿は甘いのぅ。二年前、婚約者を半殺しにした時は事を穏便に済ませるため、当主の座を剥奪して追放せざるを得ないから、マリーダを追って護衛する家臣を工面してくれと言われたワシの苦労も察して欲しいのぅ」

ブレストもマリーダに倣い、謁見の間でドカリと胡坐をかいて座り込むと、親戚の子供と喋るような気楽さで魔王陛下に声をかけている。

「クライスト様がマリーダ姉さんに甘いのはずっと前からだし、親父はお礼に騎士爵もらってるだろ。それよりも、オレが親父よりも下って納得いかねぇ！ オレは今回初陣だったんだぜ。

初陣であの戦果ってところを評価してくれよ！」

ラトールが魔王陛下の裁定に文句を付けたところを見て、俺の背中から出る汗の量が30倍になった。

今回は公式の謁見であり、相手は自分たちの主君である。

いくらエルウィン家の脳筋たちが、傍若無人《ぼうじゃくぶじん》な連中であったとしても最低限守らないといけない礼儀は存在している。

「マリーダ、ブレスト、ラトールも、ここが公式の謁見であることを忘れておるのか？」

玉座に座る魔王陛下のアイスブルーの眼が、冷徹に3人を射貫いているのが見て取れる。

こ、これは魔王陛下の逆鱗《げきりん》に触れ、お手討ちモードか。ま、まじで勘弁して欲しい。

俺が魔王陛下なら、いくら親しい間柄とはいえ、公式の場でこの態度をされてしまえば、周囲の眼もあるので、自らの威厳を失墜させないためにも彼らを斬るという選択肢を選ぶ。

「マリーダ、ブレスト、ラトール、余の言葉、聞いておるのか？」

魔王陛下の眼がスッと細くなる。これは絶対にお手討ちにいくフラグ。

完全お手討ちモードに入った魔王陛下の態度を見て、自分の背中からダラダラと汗が止まらずに流れ出していく。

非礼とわかっていたが、3人の前に出て、魔王陛下に罪を詫びる土下座をした。

「す、すみません！　マリーダ様もブレスト殿、ラトール殿も礼法に関しては、不調法《ぶちょうほう》ではありますが、陛下を軽んじておるわけではっ！」

陪臣という立場で、出しゃばったかと思えたが、このままでは嫁であるマリーダとその叔父であるブレスト、その息子ラトールが不敬罪で首を取られかねない。

そうなれば、連座の罪で自分も刑場の露に消える可能性もあった。

「アルベルト、何をそのように頭を下げておるのじゃ。妾の兄様は度量の小さき男ではないのじゃ」

「マリーダの言う通りだ。クライスト殿は度量広き君主だぞ」

「クライスト様は、オレら鬼人族と一緒にすごした期間が長いから、これくらいで怒らねえって」

「ハハハッ！　マリーダ、実に面白き男を手に入れたな。お主のために、余に斬られる覚悟をしたようだぞ。お主が言った通り善い男ぶりを見せるな」

恐る恐る頭を上げると、玉座から下りてきたクライストが、マリーダと同じように地面に胡坐をかいて座り、こちらを見て笑っていた。

「へ？」

「ただ、マリーダの婿であるアルベルトがどう反応を示すか見たかったのだ。それに、礼法に則った形式で挨拶するマリーダなどを見たら、悪夢でうなされる」

「兄様、それは酷いのじゃ！　妾もやろうと思えば、そこらの貴族の令嬢の真似くらい余裕なのじゃ！」

「確かに貴族の令嬢くらいはできそうだ。余の勧めた婚約者を半殺しにする暴力的な令嬢だがな」

「兄様！　あれは人の形をした豚だったのじゃ！　アルベルトを見てもらえばわかるが、妾はかなり面食いじゃぞ！」

魔王陛下は、さきほどまでの厳しい視線を和らげ、本当の妹と喋っているような気楽さで、マリーダとの会話を楽しんでいるようであった。

「おかげで、いくさに二年間も出られず、当主にされたワシが割りを喰ったがのぅ」

「ブレストも良い働きをした。マリーダを追放させた際は苦労をかけた。相手方に詫びる意味で、いくさへの参加も禁止したことは、今でも申し訳ないと思っている。悪いがその力、再びマリーダのために使ってやってくれ」

「承知。エルウィン家の至宝で戦女神のマリーダの手助けを全力でさせてもらうつもりだ」

「あと、ラトール。余の裁定は絶対だ。文句は許さぬ。だが、初陣での武勲は素晴らしかったぞ。岩も楽に断ち切る名刀を与えておるので、今回はそれで我慢せよ。次のいくさでは勲功第一を期待しておるぞ」

「おぅ！　クライスト様にそこまで言われたらしょうがない。次のいくさこそ、マリーダ姉さんや親父を超えてみせるぜ！」

おや、めちゃくちゃまともなこと言う人じゃないっすか。

お手討ちを心配して損した気がする。

謎の嫉妬心が湧くくらい、魔王陛下は鬼人族たちに馴染んでいた。

「それにしても、エランシア帝国最強の戦士であるマリーダを、あのように上手く制御する男が現れるとはな」

「兄者ですら、じゃじゃ馬のマリーダには手を焼いておったからな。だが、追放先から非常に優秀な騎手を手に入れてきたぞ」

ブレストがこちらを見て大笑いした。

優秀な騎手とは俺のことらしい。確かに夜には乗ったり乗られたりしてま……ゲフン、ゲフン。

魔王陛下もこちらを見て、ニコニコと笑った。

全然普通の気のいい兄ちゃんだ。最高権力者って聞いてたし、色々と噂のある人だから、ビビッて損した。

「さて、褒賞の話と内輪の話はここまでにして、今回の本題に入ろう」

魔王陛下が、さきほどまでマリーダたちに見せた穏やかな表情が一変し、鋭く突き刺さるような厳しい視線が、再びこちらに向けられた。

「国境の城を鮮やかに奪った手際といい、今回のいくさでマリーダたちを上手く使った戦術眼といい、ステファンのやつが手放しでアルベルトを褒めておった。だから、どのような男か気になったので呼んだのだ」

「ははっ！　お褒め頂きありがたき幸せ」

「ただ、聞いた話では、お主はマリーダ以外に女がいるらしいな？　こたび褒賞として授けたアルコー家の当主も、実は女性ではないかと聞いておる」

魔王陛下の言葉で、謁見の間の空気が氷点下まで一気に下がる。

魔王陛下からの冷たい視線が、周囲の空気を急速に冷やしているように感じられた。

やばい。やばい。やばい。これ、絶対破滅エンドに行くよね？

さっきの様子を見ると、このクライストって人は、マリーダを溺愛というか甘やかしている節が多々垣間《かいま》見えた。

なので、その婿になった俺に他の女がいるとなると、ブチ切れて首と胴体が離れてしまう。

この危機を乗り越えないと、嫁と嫁の愛人たちとのイチャイチャタイムが、二度と楽しめなくなる。

嫌だ。そんなのは嫌だ。考えろ。脳みそふり絞れ！

「兄様、リゼたんもイレーナもリシェールも全部妾の愛人じゃ！　アルベルトには、ちょっと貸してやっているだけじゃぞ！　そこは訂正しておくのじゃ！」

マリーダがリゼやイレーナを自分の愛人だと言っているが、クライストの顔から険しさはなくならず、『余のかわいい妹を娶っておきながら、他の女に手を出しやがって』的な殺意のこもった視線が突き刺さる。

ムリムリムリっ！　ムリィ！　ムリったらムリィ！

この修羅場を乗り切るための策を必死で絞り出そうとするが、魔王陛下の視線に晒されると脳が委縮《いしゅく》して考えが上手くまとまらない。

「私は……マリーダ様の婿で……一筋でございます」

「ほぅ、他に女がいてマリーダ一筋と申すか？　アルベルトの舌は2枚あるようだな」

魔王陛下のこめかみに青筋が走り、『何言ってくれてんだ。ゴラァあああぁ！』的な視線が突き刺さる。

魔王陛下が脇に控えていたお付きの者を手招きし、愛用の剣を受け取るとスラリと抜いた。

死亡フラグを回避できない。このままだと、バッサリと手討ちにされる。

「兄様っ！　戯れはやめるのじゃ！　アルベルトの知恵はエルウィン家の至宝じゃ」

マリーダが空気を読まない発言をする。

ギロリと動いた魔王陛下の眼が発する視線の圧力が増した。

「マリーダ。アルベルトはおぬし以外に好きな女を侍らせておるのだぞ。それを許すと申すか？」

クライストがトントンと剣の刃先でこちらの首筋を叩く。そのたびにひやりとした感触が首筋を這った。

考えろ！　この危機的な状況を乗り越える策を考え出せ！　絶対に生き残る道はあるはずだ！

首を落とされる恐怖に耐えながら、必死に回避策を考え出す。

「兄様っ！　アルベルトは、女にだらしないエッチな男じゃが。妾の大切な旦那様なのじゃ。アルベルトを斬るなら妾を斬ってからじゃ！」

マリーダ、いいこと言った！　さすが俺の嫁！　できた嫁を持って俺は嬉しいよ。

惚れちゃいそう。いや、もう惚れまくっているけどね。

「マリーダ。おぬしは、また余を困らせて当主の座を剥奪させるつもりか？」

パワハラアタックきたぁあああ。最強のパワハラでしょ！

「うぅ、それは……」

さすがの野生児マリーダも、野良犬生活には戻りたくないようで、これ以上の擁護は無理っぽい。

このままだと、首と胴体を切り離されて人生が終了してしまう。

そんなのは、絶対に避けたい。

俺は覚悟を決めると、こちらの首に剣を据えた魔王陛下に話しかける。

「恐れながら申し上げます！　今、私を斬れば、エランシア帝国による覇業は五〇年遅れることになりましょう！　私がエランシア帝国最強の戦闘集団エルウィン家の舵を握れば、魔王陛下に多くの領地を献上できるはずです！　それと、マリーダ様との夫婦間のことに関して、魔王陛下に口を挟まれるいわれはありません！」

パワハラアタックをかましてきた魔王陛下に対し、弱気を見せれば付け入られると感じ、強い言葉を返した。

静寂が謁見の間を支配する。

「アハハッ！　面白い男だ！　夫婦間のことに対して、余が口を挟むいわれはないと言い切りおった！　ここまで居直られるといっそ清々しい！　アルベルト！　よくぞ、申した！」

突如、笑い出した魔王陛下が剣を投げ捨てると、俺の肩を叩いた。

「野生児と言われるマリーダを制御できる有能な男を殺す気はもとからない。逆に、余の直臣として引き抜きたいくらいだ。マリーダ、帝国金貨5万枚で、余にアルベルトを譲らぬか？」

ホッとする暇もなく、魔王陛下から直臣へのスカウトがきた。

きひぃいいい。お金持ちアタックらめぇええ！　5億円の移籍金提示らめぇですぅうう！

「兄様っ！　妾を困らせるためにアルベルトを苛めたり、金で引き抜くのはダメなのじゃっ！」

マリーダは、引き抜きを持ちかけた魔王陛下に抗議をした。

普通の人なら魔王陛下への直臣のお誘いは喜ぶべきことだが、今の自分が感じてる印象と諸々の噂を総合すると、ご辞退が順当な判断だと思われる。

この魔王陛下の家臣として仕えるのは、マリーダに比べて数倍は疲れると考えられた。

窮地を脱したことで、脳細胞が活発に動き、すぐに直臣スカウトに対し断る口実を導き出した。

「直臣への登用の話。まことにありがたい話ではありますが、マリーダ様の家臣で陪臣にすぎない私ごときが陛下の直臣となれば、他の直臣の方々が必ずや不満を覚えると思われます。そうなれば、陛下のお力を削ぐ結果になりかねません。ですので、この話はなかったことにさせてもらいたく」

エランシア帝国は皇帝選挙という後継者指名システムによって、皇帝になれる権利を有するトップフォーの四皇家当主による派閥抗争を常に抱え、褒賞の不満一つで内乱に繋がりかねない、面倒な国家である。

『あいつより働いたのに、俺の方が褒賞が少ない』って思われたら、敵対派閥や敵側に走るやつらが大量にあらわれる。

つまり、大した戦功も上げていない俺が、急に陛下の直臣になれば、嫉妬するやつが大量に出て、魔王陛下に刃向かってくるのだ。

「アルベルトの言うことも一理あるな。ポッと出の陪臣を直臣に登用したとなれば、譜代の臣どもが騒ぐであろう」

魔王陛下も俺の直臣採用を強行した際の余波を計算しているらしい。

俺と同じ考えに至れば、採用はマイナス効果しか生まないと判断できるはずだ。

「色々な施策を進めておられる陛下のお力は、いまだ不安定だと思います。そのような大事な時期に、わざわざご自身で波紋を起こさなくてもよろしいかと」

「むむ、さすが口より手が先に出るマリーダを、舌先三寸で丸め込んだ男だな。痛いところを突いてくる」

魔王陛下も、自分の力が盤石と言えるほど強くないことを知っているようだ。

「状況を考え、直臣の登用はお断りします。その代わり、我が主君であるマリーダ様を重用してください。私の属するエルウィン家は、陛下の出身家であるシュゲモリー家の護衛者であるのと同時に、陛下御自身の護衛者となります」

「兄様！ 妾は兄様に剣を捧げておるのじゃ！ アルベルトの知恵は妾がいてこそ輝くようになっておる！」

魔王陛下はしばらく歩き回って考え込んでいたが、玉座に腰を下ろすとこちらに視線を向ける。

「仕方あるまい。アルベルト、お主はこのじゃじゃ馬な乳兄妹であるマリーダの騎手として余を支える力となれ。よいな」

「ははっ！ 我が知略をもってマリーダ様を制御し、エルウィン家の力を陛下のためにお使いすることを誓います」

とりあえず、直臣のお誘いはお断りできたようだ。

「うむ、頼む。それと、おぬしの首に剣を据えたのは、奔放すぎるマリーダに少し灸を据えたかっただけだ。許せ。あと、女はたくさん囲っても問題ないぞ。どうせ、女好きのマリーダが勝手に拾ってくるだろうしな。ただし、ちゃんと女どもの面倒は見てやれ」

「ははっ！　承知しました！」

直臣回避だけでなく、あの場で逃げずに踏みとどまったことで、魔王陛下公認で愛人を囲うのを認めてもらえた。

これで、文句を言う人間はエランシア帝国内にいなくなるはず。

その後、魔王陛下自身が主催した私的な酒宴の流れとなり、その席上でマリーダの配偶者として、鬼人族同様に礼儀不要の特典も与えられることになった。

第九章　拡大するエルウィン家

帝国歴二五九年　黄玉月（一一月）

命の危機を脱し、魔王城から麗しの我が家へ二週間ぶりに帰還。

仕事を任せていたミレビスとイレーナから、早速、不在時の報告書を頂いて、仕事に励んでいる。

帰り道中の馬車では、可愛い嫁のマリーダから愛情たっぷりの激しい励ましを受け、やる気が漲っている俺は、やることリストの作成に取りかかることにした。

やることリスト。

・スラト領内の度量衡の統一の推進
・スラト領内の農村の正確な収穫量把握及び納税基礎台帳の作成
・アシュレイ領内の水利充実
・アシュレイ領内の人口増加策実施

とりあえず、緊急性の高い四つを書き出した。

ですよ。

戦闘系がない？　そんなものは、あの脳筋集団がいれば、雑魚領主軍など触れるだけで粉砕
から放置で大丈夫。

戦闘方面の無双は、この前のアレクサ王国とのいくさで見せた脳筋一族の戦闘力で確信した

武勇１００のマリーダと、武勇98のブレストを打ち破れるような豪勇の持ち主の話は、マル

ジェ商会の情報収集網に入ってきていない。

なり、ラトールはやや強いくらいだ。

一般的に武勇に優れると言われる人族指揮官が武勇50ほど、平均的鬼人族が70後半くらいに
に走らずチームで武勲を上げる役割をキチンとこなすのである。

個人の武勇もすごいが、鬼人族はいくさでの結束が素晴らしく高く、集団戦でも個人プレー
だ。

ただ、もったいないのは、その結束と素晴らしい判断力が、内政に対して全く働かないこと

いくさに関連することは、鬼人族はとても優秀な一族であるが、いくさ以外のことになると

途端に一般人以下の作業能力しかない癖の強い一族である。

そんな性質を持つ、脳筋一族が何代も続けた内政のどんぶり勘定を改め、内政団を育て上げ、

領内を発展させ、充実した戦闘力をマリーダたちに持たせ、戦功を重ね、さらなる大貴族を目
指すのが俺の野望だ。

なぜなら、俺とマリーダの間にできる子に、貧乏暮らしをさせるわけにはいかない。

主君が多くの戦功をあげ大貴族になれば、家臣である俺の領地もまた大きなものになるのである。

今のところ、エルウィン家の家臣で領地を持つのは、筆頭家老のブレストだけである。

これは、マリーダが復帰の際、当主の座を譲ったブレストに、アシュレイ領内の農村三つの徴税権を譲渡したものだ。

ブレストはエルウィン家家老としての俸給とは別に、この三つの農村から上がる税収分で自分の家臣を雇っている。

領主の家臣の中でも、領地を持っているため、家中の発言力は高い。

逆に俺は当主の配偶者という立場だが、一介の家臣であり、新規雇用した文官たちの俸給もエルウィン家の懐から出ている。

マリーダが当主復帰の礼に、農村を一つ与えると言ってくれたが、辞退してある。

ただでさえ、新参者の俺が当主の入り婿という立場で、好き勝手に領内を引っ掻き回しているのに、領地までもらえば命が危ない。

圧倒的な成果を出して、家中の皆から自分の能力を認めてもらわねば、命が危ないのだ。

現状はマリーダの絶対的な支持と、家老ブレストの応援、力比べで得た尊敬、そして婿という立場が俺を守ってくれている。

ここに実績を積まないと、そのうち反発する者も出てくるだろう。

とりあえず、今のところマリーダ復帰の知恵出し、租税基礎台帳に必要な各種書類の作成や確保、防衛戦争での采配、新規領地の獲得という実績を積んだ。

でも、まだ圧倒的成果と言うには足りない。

実績をドンドンと積んで、領民や鬼人族たちからの信頼を確保しないと、当主に取り入ったヒモ男と言われかねない。

なので、実績作りをするため、仕事にも更なる頑張りが必要だ。

ふぅ、それにしても、内政やれる人材がもっと欲しいなぁ。

エルウィン家の連中は脳筋なんで無理だし、新たに保護領になったアルコー家の領地で人材発掘でもしてみるか。

よし、これもやることリストに追加。

・アルコー家で人材発掘

いくさで少し遅れてるけど、エルウィン家初の決算報告書の作成も始まっている。

ようやくまともな内政基礎資料ができあがりつつあるので、来年からはもっと積極的に予算を組めるはずだ。

ああ、忘れてたけど、国境防衛戦に参加した家臣への褒賞は、マリーダにお任せした。

当主マリーダの決めた論功行賞は鬼人族にとって絶対であるらしいので、俺が口出しするよりも、マリーダに自由に決めてもらった方が揉め事は起きないと思われる。

もちろん、褒賞金の限度額はキッチリと提示しており、これ以上はびた一文出さないと言っておいた。

褒賞として授ける物は、金銭と武具のみとマリーダには伝えてある。あと、酒と食糧も可。

新たに得たアルコー家の領地は、保護領名目であるため、勝手にエルウィン家の家臣たちに渡すことはできない。

そのため、領地も新規で授けることは禁止してある。

俺自身はマリーダの婿であるため、妬み回避のため、今回の褒賞も一切固辞しておいた。

いちおう、マリーダの婿として居城に部屋を与えられているし、それに家臣として俸給ももらっている。

それにイレーナに管理を任せているマルジェ商会も軌道に乗り、利益を生み出し始めたので、生活費に事欠くことはない。

マリーダから聞き取った家臣への褒賞品と褒賞額のリストを確認し、決裁済みの箱に入れる。

金も欲しいが、その前にまじで人が欲しいなぁ……。人が増えれば、税収も増えるし、労働力も増えるし、エルウィン家に利益をもたらす人になる可能性もある。

全ては人からだよな……。となると、この案件も進めた方がいいな。

いくさで懐は暖まったし、来年度以降のエルウィン家の成長の下準備をしておくか。

視線の先にあった書類を手に取る。

書類は、リゼの領地であるスラト領の農村から、流民や逃亡兵となった者が村で悪さをするという話が書かれた陳情書だった。

リゼの領地であるスラト領に、流民と逃亡兵が増えた理由。

それは、つい先日起きたアレクサ王国の侵攻戦の余波だ。

先の戦闘で撃破されたアレクサ王国軍主力及び、領主連合軍の兵士たちが、敗走しても地元に帰らずに、徒党を組んで盗賊団になった者たちがいるらしいとの情報を掴んでいた。

流民が増えた件は、度重なるエランシア帝国とのいくさへの出兵で、アレクサ王国の領民には重税が課せられ、税を払いきれずに村を逃げ出した元農民たちが流民となり、エルウィン家の支援で食糧に余裕ができたリゼの領地のあるスラト領に流れてきているようだ。

あのトンデモ王子がまだ後継者の地位にいて、権勢を振るっているアレクサ王国、マジ無能。

っと言っていても何も始まらない。

逃亡兵も流民も人であることは間違いない。

幸い、エルウィン家には食う物はたんまりある。

それに、すぐに耕作地にできる土地もある。

そして、人的資源を俺が渇望している。

やはり、ここは人狩りをしよう。おっと、人狩りは外聞が悪い。人材募集、うん、これがいいな。人材募集をしよう。

ということで、城内にくすぶっている筋肉たちを動員して、スラト領に遠征し敗残兵狩りと流民狩りという名の人材募集を始めることにした。

「はい。ということで、本日より、スラト領の敗残兵狩りと流民狩りを開始します。マリーダ様、ブレスト殿、ラトール、私が言ったルールを理解しましたか？」

「つまり、妾と叔父上とラトールで、誰が一番多くの敗残兵をブチ殺せるかの勝負じゃな」

「はい、違います。後で城に帰還したら印章押しのノルマ10枚追加です」

「なぜじゃあっ！　間違っておらぬはずなのじゃ！　嘘だと言って欲しいのじゃぁあ！」

「マリーダ様、地面で駄々こねても増えたノルマは減りませんよ。では、ブレスト殿はわかっていますよね？」

「おう！　ワシらが、そいつらを半殺しにして連れてきたらいいんだろ？　腕や足の一本くらいなくても大丈夫だな？」

「おしい。けど、違います。敗残兵たちは五体満足で捕縛して連れてきてください。それが、今回の指令です」

「オレが一番槍を取るから、親父やマリーダ姉さんは後からゆっくりときてくれればいいぞ」

「ラトール、君は若い従士君たちに戦闘訓練を積ませるのを忘れずに頼むぞ。自分ばっかり戦ったら捕虜たちと一緒に堤防作りだからね」

「お、おぅ。わかってらい」

本拠のアシュレイ城の留守番役をリゼに任せ、調練したいと城で暴れていた3人を連れてきたが……。

そのまま敗残兵狩りを任せると全員ぶち殺しそうだったので、今回は若い鬼人族である従士たちを引き連れさせ、彼らに戦闘訓練を積ませながら、敗残兵を生け捕りするという高難度ミッションを与えた。

今回は少しだけ無理を言って、いつものいくさにおける賞罰とは基準を変え、敵をより多く生け捕りにした者が称えられ賞せられるミッションにさせてもらっている。

「えーい！　面倒くさいのじゃ！　敗残兵など討ち取ればよいではないか！」

「彼らは犯罪者集団であり、奴隷としてうちの水路作りに投入するための無料の労働力です。それでも、殺しますか？」

「うむ、アルベルトは酷いやつだのう。死ぬまで水路作りに従事させるなどとは……」

「誰も死ぬまでとは言っていませんよ。改心して真面目に働けば、数年間の刑期後はきちんと労働者として賃金は出します。今は犯罪者でもいいから、人手が欲しいのですよ。マリーダ様」

「人手か。そうじゃな。いくさをするには人手がいるのじゃ。さすが、アルベルトは頭がいいな。よし、ならば敗残兵を根こそぎ生け捕りにするのじゃ！」

明確に、俺とマリーダの人手に関する認識が違っている。

だが、敗残兵を捕獲するべきという一点においては理解を得たようだ。

もうヤダ。脳筋はなんで争うのが好きなの。

「では、キッチリと敗残兵狩りしてくださいね。私は流民たちを説得してきますので、よろしく頼みますよ」

「おう、わかったのじゃ。殺さずに捕獲するのはちと手間じゃが、鍛錬と思えばそれも楽しめそうじゃのぅ。叔父上、ラトール、早く狩りを始めるのじゃ」

「わかった。なら、武器はそこらに転がっておる棒にしておくか。自分の得物だとバッサリとやってしまいそうだからな」

「うぉおおおっ！　やってやるぜぇぇぇぇ！」

「はいはい。殺さずにね。殺さずに。敗残兵捕縛は手早くお願いしますね」

「おう、任せておけなのじゃ！」

従士たちを引き連れたラトールを先頭に、マリーダとブレストが、敗残兵たちが根城にしている国境近くの廃棄された砦へ向け駆け出していった。

アルコー家の村人からの報告では、敗残兵の規模は数十から大きくて100名程度、あの3人ならタイマンで後れを取ることはないため、あとはお任せしておく。

それに、城を出る前ラトールに細々《こまごま》と作戦計画を伝えてあるので、上手く脳筋2人を取り扱ってくれるはずだ。

脳筋たちをお見送りして、俺はスラト領に押し寄せている流民の対応をすることにした。

流民たちが求める物、それは何か？

『飯』、『家』、『安全な場所』の三種類でしょ。

この三つを求めて、土地を棄て逃げ出してきた者たち。

大半が真面目な元農民で、三つの保証さえ与えてあげれば、うちの領内での良き納税者となってくれるはず。

そのための初期投資に、多少の金がかかろうが、後からガッポリと入るので、問題ナッシング。

金というのは溜め込むべき時は溜め込み、使うべき時は一気に使うのに限る。

今はエルウィン家の大成長のため、投資資金を惜しむ時ではない。

まぁ、戦争によって懐が潤ったからやってるんだけどね。

あの金がなければ、ここまで積極的な投資を決断できなかった。

アルコー家の家臣たちと護衛の鬼人族を引き連れた俺は、アレクサ王国との国境の砦近くにキャンプをしている流民たちのもとに到着する。

　到着すると、キャンプをしている流民たちからよく見えるよう、砦跡の高い場所に陣取る。

　紙で作った特製の大型メガホンを口に当て、大きな声で流民たちに声をかけた。

「貴様らの身柄は、このアルベルト・フォン・エルウィンがもらい受けることにした。残念だが君たちに拒否する権利はないと思ってくれ！」

　アルコー家の家臣と護衛の鬼人族の武装兵を引き連れた俺の姿を見て、流民たちはガクブルと震えて身を寄せ合った。

　彼らは着る物も食事も不足しているようで、全員がやせ衰えて力仕事をする前に倒れかねないようにも見える。

「だが、その前にそのような痩せた身体では、我が領で仕事をさせるわけにはいかぬ。まずは、肥え太ってもらわねばならん！　今から飯を配るので、腹がはちきれるまで食うことを命じる！　配布開始！」

　荷馬車で持ち込んだ食糧を配布するよう武装兵たちへ視線を送った。

　完全武装の兵が、ガタガタと怯えて身を寄せ合う流民たちに向かい、パンやソーセージ、それに温かいスープを配り始めた。

　流民たちは怯えながらも腹が減っているのには抗えないようで、受け取ると貪るように食事を食い散らかしていく。

「はぁあ、うめぇ、うめぇよ。一週間ぶりのまともな食事だ」

「父さん……アレ食べていいの？」「ああ、食うぞ。この食糧を食って生き残るぞ！」

「くそ、くそ、エランシアの連中の飯なのにうめぇ……くそっ！」

「我が家の食糧はたんまりとある。焦ることなく、タップリと食うがいい。だが、飯を食った以上、二度とアレクサに帰れると思うなよ。さぁ、もっと食え、絶対に生き残らせてやるからな！」

再び武装兵たちに目配せを送り、追加の食糧を流民たちに分け与えていく。

今年もエルウィン領は豊作であり、城の倉庫に収まりきらないほど食糧は余っている。

しばらくして、腹を膨らませた流民たちが、チラチラとこちらを見て様子を窺ってきた。

紙の大型メガホンを手に取ると、流民たちに次の指示を出す。

「腹は満たしたようだな。ならば、次はその汚らしい恰好をどうにかするとしよう。汚い恰好で、領内に疫病をまき散らされては敵わん！　今から新しい清潔な服を支給する！　すぐにそれに着替えるように！　そして、今着ている物は焼却処分する！」

俺がパチンと指を鳴らすと、武装兵たちが、流民に綺麗な衣服一式を渡していく。

「それに早く着替えよ。従わぬものは斬り捨てるっ！」

威圧するように着替えを強要すると、怯えた流民たちは、自らのボロボロな衣服を脱ぎ捨て、綺麗な衣服に着替えていく。

「ああ、穴が開いてない。温かい服だよ」

「エランシアの連中は、こんな上等な服をくれるのか」

「あぁ、ちくしょう。これで、服まで……」

武装兵たちは流民たちが脱ぎ捨てた服を一カ所に集め、火をかけて燃やしていった。

「これで貴様らは、アレクサに帰ることはできぬ。我が領内で必死に生きる覚悟を決めよ」

「ちくしょう。もう、帰れねぇのか……俺たちは一生エランシアの奴隷かよ」

「でも、戻っても飯は食えねぇし、上等な服も着れねぇ。少なくともエランシアに行けば飯は食えるし、服もある」

「生きるため、しょうがない。野垂れ死にするよりか、奴隷の方がマシだよ」

流民たちは、燃やされるボロボロの衣服を見て、故郷に帰れないことを自覚したようで、涙を流している。

泣いている流民たちに向かい、紙の大型メガホンで新たな宣告をした。

「アレクサ王国は、貴様らの故郷であるが、生き残る道を与えてくれなかった国だ！　だが、我がエルウィン家は違うぞ！　貴様らを生かしてやる！　人間らしいまともな生活を与えてやる！　そのため、我が領民となれば、租税は三年免除し、その間の期間は飯と服と農具を与え、さらに新たな耕作地を与えることを約束する」

「租税を三年免除したうえ、飯と衣服と農具を保証してくれ、さらに土地までくれるのか。そんなうまい話が——」

「約束を違えた時は、このエルウィン家政務担当官アルベルトの首を差し出してもよい！」

「貴族の口約束など——」

「もちろん、口約束など私もする気はない。我が領民となる者に対しては、きちんと証文を渡してやる」

俺が証文を渡すと聞いた流民たちがざわつき始める。

約束を紙に残すとなれば、なかったことにされる可能性は低いと考えているようだ。

アレクサ王国では貴族たちの口約束で、住民たちが痛い目に遭っている場面に何度も遭遇しているため、今回の約束は最初から紙に残すことに決めていた。

「よし、のった！　あたしはエルウィン家の領民になるよ！　くそったれなアレクサ王国なんざ、おさらばしてやる！」

「オレもなるぞ！　アレクサなんて二度と戻るか！」

「うちはアレクサ王国とは違うぞ。さぁ、領民になりたい者は砦の入口に並べ。我がエルウィン家で豊かな生活を得たいやつは並ぶが良い！」

彼らにはいまだに農地にされていない耕作地を与え、開拓村を整備してもらいつつ、新規の水路の開削も手伝ってもらうつもりだ。

過酷な労働にはなるが、開拓村を作る資材も耕作地を耕す農具や牛も食糧も全てエルウィン家が用意する。

彼らが対価としてエルウィン家に提供するのは、労働力だけだ。

新規の水路を開削し、流民たちによる新しい開拓村に農地ができれば、穀物収入でかなりの財貨を獲得できる見通しが立っている。

流民たちを既存の農村に送り込むと問題が発生するが、流民たちだけで作った新たな開拓村であれば、軋轢《あつれき》は生まれにくく、皆が一生懸命に開拓を進めてくれるはずだ。

「ほら、ほら、並べ、並べ」

押し寄せる流民に、声をかけ列に並ぶよう促していく。

アレクサ王国の無能な国家運営によって、土地を棄てた者たちへ、新たな希望を与える。

この世界、人口は力だ。多くの人を養える領主が大きな軍事力を持ち、そして権力を持つ。

そんな世界に生きている俺は、何としても人を増やして、嫁が当主をするエルウィン家を拡大させ、大きな権力を持たせ安泰に暮らせるようにしたい。

そのためなら、どんな手だって使って、うちの嫁を出世させてやる。

こうして、寒い冬がくる前に敗残兵狩りと流民狩りという名の人材募集は大成功に終わった。

流民の説得を終えた俺のもとに、マリーダから敗残兵狩りの報告書がきているので、確認してみよう。

敗残兵討伐報告書

マリーダ……捕縛125名、討ち取り数25名、損害なし
ブレスト……捕縛139名、討ち取り数31名、損害なし
ラトール隊……捕縛245名、討ち取り数45名、損害軽傷2名
総計：捕縛509名、討ち取り数101名、損害軽傷2名

まずまずの戦果だ。そして、各自が討ち取った数の分は、捕虜数から差し引きさせてもらおう。

ラトールは兵を率いての戦いだったが、上手く指揮して若い鬼人族たちを制御したようだ。一方、マリーダやブレストは単体での戦果にしては、討ち取った数が多すぎる。

今回の勲功第一はラトール、第二はブレスト、第三がマリーダだな。

次のいくさでは、ラトールを先陣として起用するか。

単体火力が高いマリーダとブレストは、兵の指揮よりか個人戦闘をさせた方が効率的だろうしな。

報告書の中身に目を通すと、懐にしまい込んだ。

さぁ、捕虜509名は堤防作りの担当として頑張ってもらおう。

まぁ、俺も鬼ではないので、三年ほど無料労働をしてもらい、人を殺していない者に限り、

放免してもいいかなと思っている。
次は今やっとまとまった流民の方の報告書だ。
流民戸籍登録報告書
成人男性……458名
成人女性……346名
子供男子……192名
子供女子……112名
総計：1108名
水路の建設組：540名
新規農村建設組：568名
1000名以上の流民が、うちの領民として新たに登録された。
今回登録した流民に限り、三年間全ての税金免除だ。
贔屓《ひいき》だって？　いや、彼らには資材の援助があるとはいえ、開拓村や水路をゼロから作ると
いう大きな負担を背負っている。
そんな人へすぐに税を課したら、また逃げ出して流民に戻る。
それじゃあ、今回投じた金が無駄になる。

新規水路の開削に成功すれば、彼らから三年くらい租税を取らなくても、エルウィン家は揺るがない。

だって、来年以降の村長たちのちょろまかしを禁止にしたので、食糧収入が倍になるのがほぼ確定だから。

飢饉が起きたらヤバいが、その時は倉庫に貯まってる食糧を放出して凌げばいい。

流民たちが三年のうちに水路を開削し、開拓村を軌道に乗せれば、立派な納税者に早変わりする。

肥沃な土地であるアシュレイ領は、新規の水路と開拓村により、農産物の生産が劇的に増え、五年、十年後には、投資した額を超える利益を生み出しているはずだ。

その時、エルウィン家の財力は、エランシア帝国でも有数のものになっているだろう。

第十章　エルウィン家初めての決算報告書

帝国歴二六〇年　柘榴石月（一月）

うぅ、寒い。寒い。常夏のアレクサ王国生活が長かったので、エランシア帝国でも温暖な地域と言われているアシュレイ城の冬の寒さですら、身に染みてくる。

エランシア帝国北部の冬は、マジで耐えられないかもしれない。

嫁と嫁の愛人たちの身体の温もりで身体を暖めないと……。

右にリシェール、左にイレーナ、そして上にリゼとマリーダ。

完全防寒の肉布団の完成だ。おっぱいの柔らかさと人肌が温かい。

これぞ、男子の本懐。夢のハーレム性活。っと、字が違う。生活だ。

右におっぱい、左におっぱい、上を見てもおっぱい。ありがたや、ありがたや。極楽、極楽。

「あっ、マリーダお姉様。オレの耳噛んだら、ラメェエ」

「リゼたんは妾の愛人じゃから、アルベルトに見せつけてやるのじゃ。ほら、リゼたんはここが良いんじゃろ。はむ、はむ。リゼたんの耳たぶは軟らかいのぅ。イレーナ、そちは妾におっぱいを揉ませるのじゃ。手を温めたい」

「あっ。くぅ、マリーダお姉さまぁ。オレ……オレ」

「あうぅん。マリーダ様、手がだいぶ冷たくなられていますね」

俺の身体の上でマリーダとリゼとイレーナがイチャイチャとしている。

ちょっと、悔しいのでマリーダにはお仕置きをしておくことにした。

「はぅう。アルベルトっ！　何を！　妾はリゼたんとイレーナとイチャイチャしたいのじゃ、あっ、これ、そこは……はぅううう！」

オイタがすぎたマリーダは、その後みんなに可愛がられて、有り余る体力を使い果たしクタリと倒れ込んでいた。

「うみゅううう……みんなして妾を苛めおって……気持ち良かったのが恨めしいのじゃ……しくしく」

「マリーダ様がリゼ様とイレーナさんとイチャイチャするのが、いけないんですよ。あたしともイチャイチャしてくださいね」

リシェールがマリーダの耳をハミハミと甘噛みした。

「耳はダメなのじゃ！　リシェール！　止めるのじゃ！　はぅううう」

「マリーダ様、わたくしはお役に立てて光栄ですわ」

「オレはそんなに役に立てなかったけど……あぅん」

いやいや、４人とも俺の十分にお役に立っていますよ。

おっぱい、プルンプルンとか。そのね。もう、色々ですよ。

これはもう朝までコースだな。えっと、リシェールが帝都から仕入れた栄養ドリンクどこだっけなぁ。ああ、あった。あった。

じゃあ、これから、嫁と嫁の愛人とのイチャイチャタイムを張り切って行うんで、俺のイチャイチャタイム中は、ミレビスが汗水垂らして完成させたエルウィン家が初めて作った決算書でも見ていてください。よろしく。

エルウィン家　帝国歴三五九年決算書
人口：アシュレイ城（本領）17813名　スラト城（アルコー家保護領）不明　合計17813名　家臣総数：378名　農民兵最大動員数：2100名
租税収入総計：8654万円
租税外収入総計：5億5500万円（捕虜売買4500万円、鹵獲品売買3000万円、身代金3億5000万円、報奨金1億円、放出品売却益3000万円）
収入総計：6億4154万円
人件費：1億4520万円
諸雑費総計：1億9906万円（当主生活費500万円、飼料代58万円、城修繕費269万円、装備修繕費954万円、敗残兵と流民対策費1億2595万円、近隣貴族への友好費用2530万円、水路開削準備費用3000万円）

支出総計：3億4426万円
収支差し引き：2億9728万円
借入金返済：1億9000万円
借入金残高：3億円
繰り越し金：1億728万円

ふぅ、終わった。終わった。確認してもらえたかな。スッキリしたのはいいんだが。

え？　何がスッキリって、俺の腰もだけと、お家の内情もね。

アレクサ王国の侵攻がなかったら、色々と資金不足で動けない可能性があった。

家臣の人件費が、領地収入に見合った額じゃないのが最大の原因だが、かといって家臣を減らせば、侮られて攻め込まれる可能性もある。

安全地帯の領地ではないので、防衛するための戦力に金を惜しんではならない。

来年度はスラト領からも、最低限の税を取れるようになったし、頑張って租税基礎台帳を完成させたし、地代と人頭税からなる食糧収入は、村長たちの協力で倍増される予定だ。

魔窟だった倉庫も整理され、備蓄食糧の状況も把握できているため、余剰食糧の売買計画も立てられる。

そちらで足りない収入を補填しつつ、領地を発展拡大させていくつもりだ。

まだ、借入金も残っているが、きちんとした税収が判明し、返せないほどの額ではないため、財務状況の見通しはかなり明るくなった。

内政無能状態を脱したエルウィン家は、これからもっと大きくなるポテンシャルを秘めている。

そのポテンシャルを最大限に引き出していくのが、軍師としての俺の仕事だ。

そのために、今年中にやることリストを更新した。

やることリスト一二六〇年。

・領内の度量衡の統一（アシュレイ領完了↓スラト領開始）

・領内の農村の正確な納税基礎台帳の作成（アシュレイ領完了↓スラト領開始）

・領内の税制改革（一部完了）

・領内の堤防水利開発（着手）

・開拓村の新設（着手）

・エルウィン家の情報収集組織の拡充（追加）

・周辺情報の収集（追加）

・新たな嫁の愛人候補捜索（頑張る）

・今年は子作り（チョー頑張る）

さぁ、エルウィン家の拡大のため、新たな年も頑張るぞー！

番外編　スケスケバニースーツの誘惑

「ベッドは大きなのを入れるのじゃ。そこじゃ、そこ。ふむ、よいぞ」

当主に返り咲いたマリーダが、家臣の鬼人族たちを指揮して、ブレストたちの住んでいた当主のプライベート居室に、新たに用意した家財を運び込ませている。

「マリーダ様、衣服はこちらにしまいますよ？」

「衣類とかは、リシェールに任せるのじゃ。好きにせよ」

俺も婿として一室を与えられており、新調した書棚にアレクサから持ち込んだ書物や新たに買い込んだ書物を並べていく。

鬼人族の当主が住む場所であるが、華美な調度品はなくて、武骨ではあるけど、これはこれで落ち着く空間かもしれない。

与えられた石造りの居室には、最低限の調度品や明かりなどが並べられているだけだった。

鍛錬とかで野営したり、いくさに出ることが多い鬼人族にとって、家は最低限休養できる場所であればいいと考えていると、マリーダが言っていたのを思い出す。

部屋を見渡していると、マリーダ専属女官として採用されたリシェールが、扉越しに顔を出した。

「アルベルト様のベッドはマリーダ様と共用になっております。着替えもあちらでまとめておいてよろしいでしょうか？」

「ああ、そうしてくれ。一緒に寝ることになるからね。そう言えば、リシェールも女官用の一室を与えられたんだろ？」

「はい、立派な部屋を頂きました。1人では持て余しそうなほどの部屋です」

当主のプライベート居室は、アレクサで俺たちが住んでいた屋敷の数倍の広さはあるしな。

さすが貴族の住む場所だとは思う。

「寝る時はみんな一緒だから安心してくれ。マリーダ様が言った通り、部屋はそれぞれ自由に使わせてもらおう」

「はい、あたしはアルベルト様に拾って頂けたおかげで、マリーダ様からも厚遇を受けられましたので、誠心誠意、この身を以ってお2人にお仕えしますね」

「ああ、リシェールには期待してるぞ」

学はないが、噂を集めることに長け、知恵が回るリシェールには、色々と俺の思考を助けてもらわねばならん。

「なので、今夜の夜のお勤めの衣装はこちらとなっております」

リシェールが抱えていた衣服の中から、王都で買った例の白いスケスケのバニースーツを取り出して見せる。

マジか！　ついに、この日がきたか！　このためにブレストに槍を突き付けられても我慢して踏みとどまったんだった。

「ほほぅ、それは楽しみだな」

「ええ、あたしはアルベルト様がこちらにいらしている間に、先んじて楽しませてもらいましたが、なかなかのものでした」

「そうか、マリーダ様に着せたか」

「はい、アルベルト様の見立て通り、魅力的なマリーダ様には、ピッタリの衣装となっておりますよ」

王都で待機中にマリーダに着せると言っていたが、本当に実行していたのか。

リシェール、恐ろしい子。

でも、その服を着たマリーダたちを見られるのが楽しみすぎる。

「ふむふむ、マリーダ様も楽しみだが、私はリシェールが着てるのも楽しみにしてるぞ」

「承知しております。アルベルト様に、ご満足いただけるようあたしもこれを着て頑張りますよ」

白いスケスケのバニースーツを着た美女２人。想像するだけで、いろんなものが滾ってしまう。

それにしても、エランシア帝国には、アレクサ王国になかったような、現代日本にあるような衣装や物品もチラホラみられる。

やはりこの世界への転生者が、俺以前にも存在していたのかもしれないな。

「リシェール！　妾の使う姿見の鏡はどこに置けばよいのじゃ！」

「はいはい、今、行きます。アルベルト様、とりあえず夜を楽しみにお待ちくださいませ」

リシェールが俺に頭を下げると、衣装を抱えてマリーダのいる奥の寝室へ消えていった。

これは、夜が楽しみだな。

「さて、私も気合を入れて部屋を片付けるとしよう」

夜のお勤めへの楽しみを心待ちにしつつ、木箱から出した書物を手に取ると、書棚に並べる作業を再開させた。


夕食を終え、身を清める水浴びを終えて居室に戻ってくると、先に水浴びを終えていたマリーダの叫ぶ声が聞こえてくる。

「リシェール、この衣装はなしじゃと申したはずじゃ！　このような破廉恥な衣装でアルベルトの前に出ろなどと言われても無理なのじゃ！」

「ダメですよ。アルベルト様はこの衣装をマリーダ様に着てもらうために、自らの命を危険に晒し、ブレスト様を納得させたのですから！」

「じゃ、じゃが！　これは破廉恥すぎなのじゃ！　このように透けるのは、あり得ない衣装だと申したはず！」

「大丈夫です！　アルベルト様がマリーダ様に絶対に合うと一押しした衣装です。それにあたしも一緒に着てますから！」

「リシェールは痴女だから気にならんのじゃ！　このような格好をするくらいなら、全裸の方がマシなのじゃー！」

「ダメですよ。妻として旦那様であるアルベルト様のご要望にお応えせねば！」

マリーダがあの衣装をかなり恥ずかしがっているらしい。

リシェールから、一度は着たと聞いていたが、やはり恥ずかしいのだろうか。

普段から煽情的な格好をして歩き回ってるのに、なぜかベッドの上だと、ああいった格好を恥ずかしがる。

まぁ、でもそれがとても可愛いので、そそられてしまうのだが。

息を殺して寝室のドアに張り付くと、チラリと扉の隙間から室内を覗き込む。

ほぉー、これはやはりマリーダに最高に似合う衣装だったな。

リシェールに作らせたウサ耳もばっちり決まってる。

いや、これは今日の夜はとっても頑張ってしまうかもしれない。

視線の先には、豊満な胸を白くて透けるバニースーツに納めたマリーダが恥ずかしそうに立っていた。

想像をはるかに超える嫁の可愛い姿を見られて、色々なものが滾りまくってくるのを止められずにいる。

「だ、誰じゃ!?　アルベルトかっ！　ダメじゃ！　今は入ってきてはいけないのじゃ！」

扉の隙間から覗いていた俺の気配に気付いたマリーダが、慌てて胸元を手で隠し、入室しないよう声で制止をしてくる。

「アルベルト様、準備は整っておりますのでどうぞお入りくださいませ」

リシェールがマリーダと相反するように、俺へ入室を促した。

「承知、入らせてもらおう」

「ダ、ダメじゃ！　見ちゃダメなのじゃ！」

扉を開け寝室に入ると、部屋の端で胸もとを隠し縮こまるマリーダに視線を向ける。

くぅ、うちの嫁可愛すぎだろっ！　最高かっ！

「マリーダ様、そのようなところで縮こまられてはせっかくの衣装が見えないのですが？」

「くぅ、アルベルトはエッチなのじゃ！　妾にこのような破廉恥な衣装を着せて、悦に入るとは……」

「ほら、お立ちください。じっくりとアルベルト様に見てもらいましょう」

「リ、リシェール。待つのじゃ！　このような姿を見られたら悶え死ぬのじゃ！」

「大丈夫、死にはしませんので」

座り込むマリーダを抱え上げたリシェールが、ベッドに腰をかけた俺の前に立つ。

2人とも肌がスーツを通して透けている。エロい格好をしている。

マリーダは緊張のあまりうっすらと汗をかいているのか、リシェールよりも肌が透けて見えている。

「舐め回すように見るでない！　もう、ぬ、脱いでよいか？」

「ダメです」

「きひいいっ！　2人とも鬼なのじゃ！　このような恥辱を妾に与えるとは……」

「マリーダ様、胸もとは手で隠してはいけませんよ。ほら、こうやってアルベルト様を誘うのがお作法です」

リシェールが胸元を強調するように腕を寄せ、前に屈みこむ。

「嘘じゃ！　そのような破廉恥なことをするはずが――」

「リシェール、完璧な作法を見せてくれてありがとう。マリーダ様もできますよね？」

「ぬぁ⁉　本当にそういう作法なのか？　嘘じゃない？　本当なのか？」

「ええ、早く同じようにして頂けませんと、アルベルト様に恥をかかせることになりますよ」

リシェールがマリーダに考える暇を与えず、すぐにポーズをとるように急かす。

「くくぅ！　こ、こうか？　これでよいのかのぅ？」

リシェールの真似をして、マリーダも腕で胸もとを寄せ、前かがみになった。

2人とも大きい胸が透けてて、さらにエロい格好になってきた。

「よいですね。さすがマリーダ様だ。私は婿になって幸せ者ですよ」

「妾は、つ、妻としてちゃんとできておるかのぅ？」

「ええ、十分に妻としての務めは果たしておりますよ。おかげで、今日は2人とも眠らせないくらい色々と滾ってきておりますので」

俺がニヤリと笑みを浮かべると、これから起きることを察したマリーダの頬が赤く染まった。

「では、アルベルト様、こちらをお使いくださいませ」

リシェールはテーブルの上に置いてあったガラスの水差しをこちらに手渡してくる。

水差しを渡すリシェールの意図を測りかね、どうするか質問をした。

「これは？」

「このように使います」

そっと水差しを持った俺の手を自分の胸元に近づけ、中身の水を胸元に垂らしていく。

水を吸った白いバニースーツは、さらに透ける面積を増やし、衣装が張り付いた肌が、部屋の光に対し、怪しいテカリを反射した。

予想された完全なるエロさ。リシェール、やはり恐ろしい子だ。

「破廉恥すぎるのじゃ……妾はアルベルトに、そのような格好をさせられるのか」

カタカタと震えるマリーダの姿は、戦場の雄々しさとは正反対であり、小動物のように怯えた姿をしている。

　エッチの時にギャップがあって、うちの嫁、可愛すぎ。

「そうですねぇ。ぜひ、そうしてみたいのですが。ダメですか？」

「だ、だ、だ、ダメなのじゃ。それだけは、勘弁して欲しいのじゃ」

「お覚悟を！」

　リシェールが、マリーダを背後から羽交い絞めにすると、視線で水を垂らすよう促してくる。

「らめぇぇぇぇぇっ！　アルベルト、後生なのじゃ！　妻に情けをかけてくれなのじゃ！」

　懇願するマリーダに対し、無言で首を振った。

　そして、手にした水差しからマリーダのバニースーツに水を垂らしていく。

「あ、あ、あ、あぁぁ。透けるのじゃ！　破廉恥な格好にされてしまうのじゃ！」

　バニースーツが水を吸い、肌が露わになっていくたび、マリーダの顔が赤く染まる。

　嫁の透ける肌は、エロすぎる。

　肌が露わになっていくマリーダを見ていたら、いつの間にか自身の息が荒くなっていた。

「ア、アルベルト！　なにゆえそのように荒い息をしておるのじゃ！」

「マリーダ様、これは、本当に夜は寝かせてもらえない気がしますね」

　リシェールも俺の視線を受けたことで、ブルブルと身を震わせた。

「では、３人で夜を楽しみましょう」

俺はマリーダを抱え上げると、ベッドに放り投げ、リシェールとともに夜のお勤めに勤しむことにした。

「アルベルト！　優しくして欲しいのじゃ！　は、激しいのはダメなのじゃぞ！」

「アルベルト様、お、落ち着いてください！　まだ、準備は――」

「無理だね。君たちが焦らすのが悪い」

俺は滾るものを抑えることができなくなり、２人の美女に衝動をぶつけることにした。

「アルベルト、あの衣装は禁止なのじゃ……妾の身体が持たぬ……」

「そ、そうですね。あたしも身体が持たないかも」

俺の両腕を枕にしている2人は夜通し責め抜かれ、気だるげに朝日を浴びている。

昨夜の攻防の痕が、ベッドの至る所に残っており、激戦が繰り広げられたことを示していた。

色々と滾るものを我慢できず、２人に頑張ってもらったが、どうやらやりすぎてしまったようだ。

さすがにあの衣装の破壊力は高かった。でも、また着てもらえるようおねだりはしておこう。

「私が色々と頑張ったら、また着てもらえるかい？」

「くぅ、非常に破廉恥な衣装ではあるが、旦那様の要望なら条件次第で飲んでもよいのじゃ」

「アルベルト様が望まれるなら、頑張りますが。そう言えば、また新しい衣装を見つけて

――」

リシェールの言葉を聞いて、やる気が300倍くらいアップした。

「今度はそっちの衣装も確認してみないといけないね。すぐに購入をしておいてくれ」

「しょ、承知しました」

「ま、待つのじゃ！　これ以上に破廉恥な衣装は認めぬのじゃ！　これで、あれだけのことをされたのじゃ！　これ以上のことをされたら、妾が恥ずかしすぎて死んでしまうのじゃ！」

マリーダが俺の胸をポカポカと叩いてくる。

俺はそっと、可愛い嫁の頭を撫でることにした。

あとがき

初めましての方は初めまして、知ってる方はお久しぶりです。シンギョウガクです。

このたび、自身初めての文庫刊行を本作『異世界最強の嫁ですが、夜の戦いは俺の方が強いようです～知略を活かして成り上がるハーレム戦記～』で果たしました。

ちょうど自身初の商業完結作品である『剣聖の幼馴染』シリーズが完結したタイミングで、本作の刊行の打診を頂き、同じ担当様と二人三脚で書籍化作業をしてまいりました。

ちなみに『剣聖の幼馴染』シリーズは、原作完結&コミカライズもしております。本作とは180度違う真面目なお話なので、未読だよという方で興味があれば、読んで頂けると幸いです(宣伝できた！)。

さて、宣伝を終えたので、本作の方の話をしましょう。

本作はWEB上で掲載されている作品を大幅にリメイクしております。WEB版では褐色筋肉のマリーダさんでしたが、キャラリメイクして書籍版では可愛さマシマシにしてもらいました。WEBにはなかった設定が追加されたりしております。

そんな本作の主役は、なんと言っても戦闘無双で内政無能な鬼人族たちです！　違った！

鬼人族たちを巧みに操り、美女を従えお家の発展に勤しむ俗物アルベルト君だった。

転生者であり、能力の限界値が見えるチートを与えられた彼が、戦国乱世の様相を呈している異世界で脳筋女将軍の婿として頑張る話となっております。

チョー癖の強い亜人種族の鬼人族たちは、書いてるだけで楽しくなってしまい、主役であるアルベルト君を困らせる存在ではありますが、彼は上手く使いこなしてくれ、立ちはだかる難題を次々に解決してくれる有能さを見せてくれました。

今後も、色々と難題がふりかかってくるかと思いますが、彼ならひょうひょうとやり遂げてくれるかと。

ページも減ってきたので、この作品を製作するにあたり、関わってくれたたくさんの方に謝辞を。

イラストを担当してくださったをん先生、魅力的なヒロインたちだけでなく、マジエッチな口絵とかありがとうございます！　また、文庫刊行の機会を与えてくださったモンスター文庫編集部の皆様ありがとうございます！　そして、担当編集様には、いつも色々とご迷惑をおかけしております！　今後もご迷惑おかけすると思いますので、よろしくお願いします！

最後にこの本を手に取ってくれた皆様、本当にありがとうございます。鬼人族たちやアルベルトたちの活躍を小説だけでなく、マンガにもしたいと思っておりますので、お知り合いや友達へオススメして頂けると嬉しいです！　目指せ！　エッチなコミカライズ！

二〇二二年　六月末日　シンギョウ　ガク

本書に対するご意見、ご感想をお寄せください。

あて先

〒162-8540 東京都新宿区東五軒町3-28
双葉社　モンスター文庫編集部
「シンギョウ　ガク先生」係／「をん先生」係
もしくは monster@futabasha.co.jp まで

MONSTER bunko

異《い》世《せ》界《かい》最《さい》強《きょう》の嫁《よめ》ですが、夜《よる》の戦《たたか》いは俺《おれ》の方《ほう》が強《つよ》いようです～知《ち》略《りゃく》を活《い》かして成《な》り上《あ》がるハーレム戦《せん》記《き》～①

2022年8月31日　第1刷発行

著者　シンギョウ　ガク

発行者　島野浩二

発行所　株式会社双葉社
〒162-8540
東京都新宿区東五軒町3-28
電話　03-5261-4818(営業)
　　　03-5261-4851(編集)
http://www.futabasha.co.jp
(双葉社の書籍・コミック・ムックが買えます)

印刷・製本所　三晃印刷株式会社

フォーマットデザイン　ムシカゴグラフィクス

ISBN978-4-575-75311-0　C0193
Printed in Japan

Mし05-01